Decirte adiós con un te quiero

VERGARA

Decirte adiós con un te quiero

Silvia C. Carpallo

VERGARA

MÉXICO · BARCELONA · BOGOTÁ · BUENOS AIRES · CARACAS
MADRID · MONTEVIDEO · MIAMI · SANTIAGO DE CHILE

Decirte adiós con un te quiero

Primera edición en México, abril 2016

D. R. ©2015, Silvia C. Carpallo
La presente obra ha sido licenciada para América
Latina en español por el propietario de los derechos
mundiales de la obra, Ediciones Versátil S.L. a través de
Oh!Books Agencia Literaria.

D. R. ©2016, Ediciones B México, S. A. de C. V.
Bradley 52, Anzures DF-11590, México
www.edicionesb.mx
editorial@edicionesb.com

ISBN 978-607-481-000-4

Impreso en México | *Printed in Mexico*

FLOR DE LOTO

La amnesia causada por la flor de
loto es algo que mucha gente desea:
la posibilidad de empezar de nuevo,
volver a nacer y borrar el pasado.

Aitana

EL SILENCIO DEL CASERÓN se interrumpe por unos pasos que se acercan. Los descubre la madera antigua, que cruje cada vez con más fuerza, mientras esos pasos, señal de que algo malo se acerca, se aproximan lenta y angustiosamente, hasta que levanto la mirada y los tengo irremediablemente ante mí.

Son dos. Él es alto, grande, unos treinta y cinco años bien llevados, pero delatados por las ineludibles canas y las entradas. Ella es rubia, pequeñita, pero con buen cuerpo, quizás unos treinta. Y ambos son una más de esas parejas empalagosas que tanto detesto tener que soportar mientras trabajo. Una de esas que se leen la mente sólo con mirarse, de los que no paran de tocarse, de los que sonríen incluso cuando parece que uno no tenga motivos para sonreír. Una de esas parejas. Suspiro mientras preparo el papeleo de la reserva de su habitación. En realidad, no sé por qué me sienta mal que tonteen delante de mí. Veo muchas parejas venir a la recepción de la casa rural aguantándose las ganas de llegar a su habitación para hacer el amor como locos, mientras yo soy un momentáneo estorbo en sus vidas que se limita a pedir su documentación.

Me giro para escanear sus identificaciones, el escáner es lo más moderno que tenemos aquí. Los dueños de la casa rural se toman en serio la decoración, y hasta el mostrador de madera desprende olor a viejo. Aunque apenas entra luz por el ventanuco de piedra, los rayos iluminan lo suficiente las vasijas de barro y los accesorios de cocina de cobre. Mi jefa presume de que todo es herencia familiar, pero yo sé de buena tinta que lo compró en un mercadillo, aunque nadie se dé cuenta del artificio. Les devuelvo las identificaciones a la parejita, que en mi descuido, estaban de nuevo haciéndose arrumacos, y que al girarme, pegan un respingo. Sinceramente, éstas no son las parejas que más odio. Casi llevo peor las parejas mayores, las que vienen a celebrar aniversarios, bodas de madera, de bronce, de plata... Porque si con las primeras puedo pensar que es el fervor del primer momento, y que quizá después desaparezca, con las segundas sé que si siguen viniendo a un hotel romántico en las fechas especiales es porque tienen algo que vale la pena. Aunque esta idea me la estropea el tercer tipo de pareja: los amantes, los que sabes que se encuentran aquí de cuando en cuando y que al entrar se meten en el bolsillo el anillo de casados. Cuando una se pasa horas en el mostrador de la recepción de un hotel, se aburre mucho y se vuelve observadora, incluso de hasta esos pequeños detalles de los que ni siquiera uno mismo es consciente.

La pareja empalagosa se coge de la mano y sube entre risas a su habitación, y sin poder evitarlo vuelvo a mirar otra vez el reloj. Reviso de nuevo las reservas hasta que escucho los pasos de mi compañera acercándose a la recepción. Ya reconozco hasta su sonido al caminar; me recuerda a las películas, cuando el preso escucha unos pasos desde su celda, y sabe que lo que llega es la libertad. Le doy el parte lo más rápido que puedo, y me meto en el baño a acicalarme un poco. Por la ventana puedo ver que el sol está justo a punto de ponerse. Es como lo había planeado, es perfecto. En cuanto salgo por la puerta del hotel, Javier ya está esperándome.

Me acerco con una sonrisa, le doy un suave beso en los labios y me paro a observarlo. Javier viste mucho mejor desde que sale conmigo. De hecho antes iba algo, como decirlo, pueblerino, y se notaba que necesitaba una influencia femenina. Javier no es ni guapo ni feo. Es de ese tipo de chicos que no te producen ni frío ni calor, pero que de buenos e insistentes, una acaba por dejarse querer, y al final, le coges cariño. Todo el mundo en el pueblo me dice que Javier es un gran partido. Es trabajador, atento y de gustos sencillos. No le gusta lucirse ni es derrochador. Lo cierto es que siempre está cuando le necesitas, porque en realidad, la vida con él fluye sin sobresaltos, sabiendo que puedes contar con él por el simple motivo de que siempre va a estar exactamente en el mismo sitio.

—Te invito a cenar esta noche, ¿te apetece? —su voz grave me pilla desprevenida—. Podemos ir a tomar unas raciones, o podemos ir al bar Díaz, seguro que éstos aún andan por allí, y lo mismo les apetece hacer algo.

—¿Al bar? De eso nada, hemos quedado a esta hora porque ya tenía otros planes.

Odio el bar, odio a éstos, y odio profundamente las raciones grasientas, pero es una de esas cosas que nunca cuentas a nadie y que siempre aceptas con una sonrisa, sólo por encajar, sólo por parecer uno más de esa gente que en el fondo ni siquiera te gusta.

—¿Y dónde vamos?

—A dar un paseo por el río —antes de que Javier quiera hacer algún intento de réplica, le cojo de la mano y me dirijo a uno de esos caminos ya conocidos.

Me he acostumbrado a no llevar zapatos bonitos, y es que por estos caminos si no llevas tenis, lo más seguro es que te tuerzas un tobillo con alguna de las piedras que se ponen en tu camino. Es una de esas cosas que una aprende, que hay caminos para los que es mejor ir preparada. En cuanto nos vamos acercando se puede escuchar cómo el corretear del agua rompe nuestro incómodo silencio, y pronto se vislumbra el río, bañado por los colores anaranjados del atardecer. Me dieron mi primer beso en las piedras de la poza de ese río, y quizá por eso lo recuerdo siempre como un lugar especialmente romántico. Aunque también erótico, y es que mis primeros pinitos sexuales, aquéllos de los de «tocarse por fuera» y buscar el roce como si no hubiera un mañana, también surgieron con la melodía del agua corriendo como banda sonora. Por eso he elegido este lugar, porque es perfecto. Porque necesito que sea perfecto.

Nos disponemos a bajar, mientras Javier narra alguna anécdota del trabajo, pero yo sólo asiento, tengo la mente en otras cosas. Nos sentamos donde sé que hay mejores vistas del atardecer, me acurruco entre sus piernas, echo mi cabeza hacia atrás para apoyarme en su cuello y susurro en un suspiro, buscando ese instante de perfecta felicidad.

—¿No es precioso?

Javier apenas me da tregua, su boca enseguida se lanza contra la mía. Pero ni el sonido del río, ni los pájaros, ni el precioso atardecer consiguen que sus besos sean algo más que un intento de pasión torpe, que acaba por parecerme insípido y casi desagradable. Pero le sigo, y parece que soy convincente, porque no sólo activo su lengua, sino también sus manos. Aplastan mis pechos, no con mucho cuidado, y cuando me quiero dar cuenta, ya no estamos viendo el precioso atardecer que había planeado, sino que estamos tumbados sobre la hierba, mientras el cuerpo de Javier invade en todo lo posible el mío. Pese a ello, todo mi ser, cada fibra de mí, permanece fría, inarticulada. Me quedo tiesa como una tabla, lo que me suele pasar siempre. Mi cuerpo es asexual y por más que le doy incentivos románticos, no consigo despertarlo de su letargo. Una vez más, Javier se da cuenta y acaba por desistir de su intento. No es un hombre al que le motiven los retos.

—Si quieres aún podemos ir a cenar...

—Javi, yo...

Tengo unas ganas increíbles de llorar, pero no sé por qué nunca lloro. Había pensado que una tarde romántica podría ayudarnos, pero está claro que no hay truco que sea capaz de crear magia entre lo nuestro. Entonces lo tengo claro. Sé que si no lo hago ahora, lo dejaré correr, y volveré al mismo punto una y otra vez. Sé lo que tengo que decir, pero no encuentro las palabras para decirlo, simplemente lo miro, suplicante, y por primera vez desde que nos conocemos, conectamos.

—Por favor, no lo digas... Lo sé, lo sabemos, pero simplemente no lo digas —Javier me abraza, como intentando ahuyentar el frío, y nos quedamos allí, mirando cómo el sol termina de ponerse, hasta que el frío y la oscuridad empiezan a ocuparlo todo—. Será mejor que te acompañe a casa.

Cuando llegamos a la puerta, me pongo de puntillas y le doy un beso en su mejilla recién afeitada. Entro en mi casa y cierro la puerta, pero no soy capaz de mirar atrás, quizá, porque ya no hay nada que ver.

—¿Aitana? ¿Ya estás en casa? —la voz de mi madre resuena por la sala, como si te siguiera allá dónde te encontraras.

—¡Sí, mamá! —sigo el rastro sonoro de su presencia hasta encontrarla en la cocina, subida a una banqueta—. ¿Pero qué haces? ¿No ves que puedes caerte? ¿Es que no puedo ni salir un rato de casa?

—¡Por el amor de Dios, hija! Ya te he dicho mil veces que ya estoy mucho mejor, de verdad que puedo cuidar de mí misma, y de verdad que puedo subir yo sola por las latas de atún para preparar la cena.

—Pero...

—¡Pero nada, Aitana! Sé que has tenido que estar muy pendiente de mí, pero ya está bien —se baja de la escalera y se pone a abrir las latas dando por zanjada la discusión—. Y a todo esto, ¿qué haces ya en casa? ¿No cenabas esta noche con Javier?

—Ya... Pero al final no.

Entonces, con ese sexto sentido que sólo una madre tiene, me escudriña con la mirada, frunce el ceño y comienza a negar con la cabeza.

—Hija, a este paso te quedas para vestir santos.

—¡Mamá! —y en una sola palabra resumo toda la frustración acumulada en años por no tener una de esas madres que siempre tiene una palabra de consuelo.

—Ya vas teniendo una edad y...

—Eso, ¡arréglalo! Tengo veintiocho, y vale, tú con esa edad ya me tenías a mí y todo eso, pero la vida cambia, ya no es lo mismo. Aunque en este pueblo nadie parezca entenderlo.

—Puede que algunas cosas sí, pero lo básico sigue siendo lo mismo. Lo que quiero decir es que ya no tienes que preocuparte por mí, y va siendo hora de que te preocupes por ti, estoy segura de que el hombre de tu vida tiene que estar al llegar, y cuando lo haga, tienes que agarrarlo con todas tus fuerzas y no dejarlo marchar, como haces con todo lo demás.

Suspiro y me dirijo por los cubiertos para poner la mesa. Llevo media vida escuchando la misma historia, y a veces me pregunto si mi madre sigue pensado que el amor es para toda la vida, simplemente porque mi padre murió, o porque en el fondo aún existe ese tipo de amor. Si de verdad es cierto y no sólo una ilusión. Justo cuando voy a dirigirme al salón, mi madre vuelve a interrumpirme:

—¡Ais, por cierto! Te llamó esa amiga tuya, ¿Dalila?

—Delia, mamá, Delia —según pronuncio su nombre, me siento culpable, con tanto lío es cierto que hace mucho que no las llamo—. ¿Y qué te ha dicho? ¿Te ha dejado algún recado?

—Que le llamases, que era importante, pero no me ha dicho de qué se trataba, sólo que prefería hablarlo contigo directamente.

Delia no es de las que dice «importante» a la ligera. Si fuera Luci, el «importante» podría traducirse en que su perfecto marido y ella han comprado una vajilla nueva, pero cuando es Delia la que llama con una urgencia, es que de verdad lo es. Por eso me pone de nervios cada pitido que suena al otro lado del altavoz hasta que esa voz tan conocida responde. Cuando me da la noticia, me siento, y vuelvo a sentirme aún más culpable. He estado tan ocupada con mi madre, el trabajo, Javier y todo lo demás, que no me he ocupado de las chicas, de mis chicas. Aquellas que no hace tanto eran realmente mi todo, mi familia. Con la angustia abrazándome el pecho cuelgo el teléfono y me quedo un momento parada, mirando a la nada, hasta que reacciono. Inmediatamente subo a mi cuarto y preparo la maleta, tengo que coger el primer autobús que me lleve a Madrid.

Todo ha pasado ya. De una forma en la que nunca pensé que lo haría, vuelvo a cruzar una vez más ese umbral. Es muy difícil definir la sensación que me embarga al entrar de nuevo en el piso, pero si tuviera que quedarme con una palabra, sería la de calor. Y no me refiero al calor de cuando llega el buen tiempo a la capital, sino a ese calor que sólo se siente en aquella casa que consideras tu hogar. Han pasado muchos años y, sin embargo, el suelo que piso es el mismo, las paredes siguen teniendo un color lila, y los cojines de ganchillo de mi madre siguen adornando el sofá que Lucía y yo compramos en Ikea, mientras que el mueble de mercadillo por el que tanto luchó Delia sigue conteniendo casi los mismos libros, los mismos objetos tontos y horribles que recuerdan vacaciones en la playa. Sigue siendo nuestro piso de estudiantes. Pero aunque el continente no haya cambiado, sí lo ha hecho el contenido. Porque ésta es la primera vez que todas vestimos de un mismo color, el negro, y en vez de escuchar las risas o los gritos, o incluso los gemidos perdidos en la noche, hay un silencio sordo, sólo interrumpido por los tímidos sollozos de Lucía, que parece una estatua en el sillón, aferrada a la urna, también negra, que contiene las cenizas de su marido, y con la mirada recorriendo obsesivamente el cristal de la terraza, como quien busca algo que ha perdido. La observo, si es posible, la tristeza la hace aún más bella. Con su pelo largo y rubio, sus ojos oscuros, sus labios gruesos abiertos en un sollozo sordo, y ese lunar de la mejilla, humedecido y brillante por las lágrimas. La miro y veo una mujer, ya no a la chiquilla alocada que siempre se tomaba la vida como si fuera una comedia. Veo a una mujer rota, algo que pensé que nunca vería en Lucía.

—¿Preparo un café? Ha sido un día largo… —Delia se pone a rebuscar en los armarios de la cocina y para mi sorpresa saca tres tazas, una rosa, una verde y una azul. Las que fueron nuestras tres tazas del desayuno de toda la vida. No me puedo creer que aún las conserve.

Como no sé qué otra cosa hacer, me pongo a dar vueltas por el salón para echar un vistazo. Parece que no ha pasado el tiempo, incluso están colocadas las mismas fotografías en las estanterías. En la mayoría de las fotos salimos Delia y yo solas, haciendo alguna escapada, en la Granja de Segovia, en el Alcázar de Toledo, en el monasterio de El Escorial, montando juntas a caballo, en piragua… Delia y yo solíamos hacerlo todo juntas y, si bien no teníamos tanto dinero como Lucía, cuya madre corría con todos los gastos de sus viajes a Malta, disfrutábamos mucho de cada una de esas excursiones. Lucía, sin embargo, aparece más en las fotos de fiesta. Me río por dentro al verla con esas pintas de hippie cuando salía con el greñudo ese que conoció en Ibiza, o con las mechas rosas y azules cuando tuvo un novio punk. Con faldas de tubo ajustadas cuando salía con el chico de Administración y Dirección de Empresas, con gafas de pasta cuando salía con el cineasta, con pantalón de chándal cuando tuvo un rollo con un repartidor de pizzas, y finalmente, de chica culta y refinada, cuando acabó siendo el punto de mira de toda la facultad al convertirse en la amante de nuestro profesor de Márquetin Turístico. Cabe decir que yo nunca le vi futuro a su relación, ni siquiera cuando él dejó a su mujer, ni cuando se marcharon a vivir juntos a Barcelona, ni tan siquiera el día de la boda. Pero ahora, años después de todas aquellas fotografías, observo a la Lucía del presente y me doy cuenta de que en aquella ocasión no fue una pose, de que fue auténtico, y me da por preguntarme si siempre me he quedado con las múltiples poses de Lucía o si de verdad llegué a conocerla.

Mi vista salta ahora a Delia, que conservando su calma y paciencia habitual, incluso en momentos como éstos, prepara nuestros cafés. Me gusta su nuevo corte de pelo, antes solía llevarlo largo y salvaje, ahora sin embargo lleva un corte moderno, de esos que son más cortos de un lado que del otro, y con un alisado impecable. De alguna manera le realza los ojos azules. Generalmente la gente con ojos azules me transmite serenidad. Es como si llevase una tarde de playa en sus ojos y a través de ellos se pudiera ver ese horizonte infinito. Quizá tenga que ver, más que con el color de sus ojos, con su forma de mirar. Al contrario que Lucía, Delia nunca tuvo pose de nada, quizá por eso siempre ha resultado ser más enigmática. Hemos sido compañeras de piso, de mesa, de risas, y aún no consigo saber qué piensa cuando nos mira. Sólo puedo sentir el cariño inmenso de su mirada, esa sensación de protección maternal que he tenido siempre con ella y que ahora veo en sus ojos cuando observa preocupada a Lucía. Porque Delia siempre se ha preocupado por nosotras más que por sí misma, y si algo he de admitir, es que nosotras nunca hemos sabido corresponderle de la misma manera. Entonces caigo en un detalle que no he tenido en cuenta hasta ahora. Me acerco a ayudarla con las tazas y le susurro por lo bajo.

—¿Y Ángel?

—¿Qué pasa con Ángel? —contesta Delia como si tal cosa.

—Que por qué no está en casa, ¿o es que le has avisado para que nos dejase solas hoy?

—Ángel no vive aquí.

Vuelvo a mirar el salón. Es cierto que no hay cosas de hombre por la casa, y apenas hay fotos suyas o algún otro recuerdo que yo no haya reconocido como nuestro.

—¿Habéis roto? —digo en un tono de voz demasiado alto.

—No, no, no es eso. Sólo que cada uno vive en su casa. Es más sencillo.

—Pero lleváis más de tres años, ¿no? —vuelvo a sentirme culpable al darme cuenta de que, en realidad, tampoco sé nada sobre el hombre más importante en la vida de mi mejor amiga.

—Sí, pero la llevamos bien así. Él en su espacio y yo en el mío, lo decidimos hace tiempo cuando... —las palabras de Delia se ven interrumpidas por el llanto de Lucía. Ambas dejamos todo lo que tenemos entre manos y nos lanzamos a acunarla, incapaces de calmar ese ataque lacrimoso, entre desgarrado y nervioso, que suena a una herida profunda, que me recuerda a las largas noches en vela escuchando a mi madre cuando era pequeña—. Ya está cariño, eso es, échalo todo... No pasa nada, estarás bien, todo saldrá bien...

—Es que... —Lucía intenta hablar entre balbuceos—, cuando has dicho eso me he dado cuenta, Delia. Julio era todo mi espacio...

Delia y yo nos miramos cómplices, nos abrazamos a Lucía y le acariciamos el pelo hasta que logra calmarse, mientras el café se queda frío en la barra de la cocina.

Me despierta el sonido de un gato callejero, abro los ojos, y por un momento me siento desorientada en mitad de la oscuridad. Miro a mi alrededor hasta que soy consciente de que estoy en Madrid y de que me he quedado dormida en el sofá, abrazada a las chicas, como aquellas largas noches en las que Lucía tenía mal de amores. Pienso en levantarme e irme a la cama, pero finalmente me recoloco y vuelvo a encontrar la postura. El sueño vuelve a alcanzarme mientras me planteo lo extrañas que son a veces las cosas.

El siguiente sonido que me despierta es el de un huevo batiéndose. Antes de volver a abrir los ojos puedo adivinar por el olor que viene de la cocina, tras la barra americana, que es Delia preparando tortitas para desayunar. Aunque se entremezcla otro olor a quemado que también me es conocido, y enseguida identifico el olor a pelo quemado proveniente del cuarto de baño, donde Lucía debe estar encerrada con la plancha, casi una extensión de su brazo derecho. Despego los párpados poco a poco y la imagen que estaba en mi cabeza se confirma cuando me veo sola durmiendo en el sofá. Por un momento pienso que estoy soñando y he retrocedido en el tiempo, hasta cualquier domingo de cinco años atrás, cuando siempre era la última en levantarme. Pero cuando me incorporo y noto dolorido todo el cuerpo, sé que los años han pasado y, desde luego, no en balde.

La otra diferencia es que Lucía solía pasarse un tiempo indefinible en el baño cada mañana, pero esta vez sale enseguida. Tiene mejor aspecto, pero sigue teniendo la mirada perdida. La abrazo por detrás, lo suficientemente rápido como para no incomodarla, y entro corriendo al lavabo antes de que mi vejiga, desacostumbrada ahora a compartir piso, explote.

Cuando salgo me las encuentro a ambas sentadas en nuestra mesa cuadrada, ideal para desayunos, comidas y cenas, mantel de cuadros mediante, esperándome con el mejor analgésico que se ha inventado para el corazón: la Nutella. Antes de que Lucía tenga tiempo de volver a sentarse en el sofá a abrazarse a la urna funeraria, Delia intenta crear normalidad en la situación e intenta hacer conversación.

—¿Qué tal está tu madre?

—Mejor, mucho mejor. No sé si para bien o para mal ya se las arregla sin mí. Ha sido duro, pero creo que lo peor ha pasado.

—Me alegro cariño, os lo merecéis.

—La verdad es que me ha alegrado mucho venir a Madrid y veros —miro a Lucía, y pienso en si he metido la pata, dada la situación, y sin embargo, reacciona y abre la boca por primera vez en la mañana.

—A mí también. No sabía cuánto os echaba de menos hasta que he vuelto a este piso. Está todo tal cual...

—¿Verdad? ¡Yo he tenido la misma sensación! Esta mañana cuando me he levantado era como si no hubiera pasado el tiempo. Delia preparando el desayuno, tú encerrada en el baño, yo aún dormida...

—Sí, por lo visto hay cosas que nunca cambian —a Delia se le escapa una sonrisa de la boca.

—¿Y por qué has conservado las cosas como estaban? —insisto, aprovechando que ha sacado el tema.

—¡Porque yo también os echaba de menos, mis gordas! —Delia nos coge a cada una del hombro y enseguida volvemos a darnos uno de nuestros «abrazos colectivos».

—Ojalá pudiera ser todo como antes... —Lucía se aparta y vuelve a poner esa mirada perdida.

—¡Qué tiempos, verdad! Nos ahogábamos en una gota de agua, y en realidad todo era tan fácil... Daría lo que fuera por hacer que retrocediese el reloj, que las hojas volvieran a ocupar su sitio en el calendario.

—¿Es qué te sientes mayor? —me inquiere Delia mientras mastica su tortita, dejando claro que ella no.

—No, bueno, también, pero es que en el pueblo es todo tan diferente y, sobre todo, tan rutinario... Ha sido venir a Madrid y volver a respirar, no sé, ¿la libertad? Creo que mis años aquí, con vosotras, han sido los más felices. Bueno, ¡al menos hasta ahora!

—Sí, realmente fuimos felices en este piso, ¿verdad? —tras las palabras de Lucía, las tres nos quedamos calladas, absorbidas por una silenciosa melancolía, como si estuviéramos viendo la misma película de nuestra vida, hasta que la exclamación de Delia nos saca de nuestra ensoñación compartida.

—¿Y por qué no volvéis a Madrid? ¡Las dos! —antes de que respondamos con excusas, Delia se anticipa a nuestras respuestas—. Pensadlo, sería una idea genial. Lucía, tú tienes que ir a alguna parte mientras se vende vuestra casa en Barcelona, y dudo que quieras quedarte allí con tus odiosos suegros, y Aitana, tu madre está mejor.

—Sí, pero...

—Odias el trabajo en la recepción de la casa rural, me has dicho mil veces que necesitabas un cambio. Precisamente estuve hablando el otro día con Rocío, ¿os acordáis de Rocío?

—¿Rocío? —responde Lucía totalmente desubicada.

—Sí, mujer, Rocío, de la universidad, esa morenita de pelo rizado que siempre se sentaba atrás y se quedaba dormida. Bueno, da igual, que hablamos el otro día por Facebook, porque va a dejar su trabajo en una agencia de viajes, y busca a alguien que la sustituya. Le dije que yo había desistido de buscar algo de lo nuestro y me había embarcado en el negocio de la tienda, claro.

—¿Y a qué viene eso? —una vez más, sigo sin descifrar los pensamientos de Delia.

—Pues que te podría colocar a ti. Y os venís aquí las dos, conmigo. De nuevo las tres. Mis padres algún día se jubilarán, volverán a Madrid y reclamarán el piso, ¿qué mejor despedida que volver a reunirnos, terminar como empezamos?

—¿Lo dices de verdad? ¿No te importaría que nos quedásemos aquí una temporada? —la mirada de Lucía vuelve a llenarse de sentimiento, y si tuviera que adivinar de cuál, diría que de esperanza.

—¡Claro que sí! ¡Me encantaría! Nos divertiríamos las tres, como siempre.

No puedo contenerme y me lanzo a abrazar a Delia y, sin darme cuenta, estoy llorando como una tonta. Volver a vivir juntas las tres. Volver a Madrid. No podría haber mejor noticia.

Lucía no se siente con fuerzas para volver a recoger sus cosas a Barcelona, así que ha mandado a la asistenta a que meta todo lo que viese en su armario en una maleta y lo envíe a Madrid. Yo he tenido que volver al pueblo a hablar con mi madre, pero pese a lo que me temía, se alegra en vez de entristecerse de que vuelva a la capital con mis amigas, está segura de que me sentará bien. Es extraño que de una noticia tan triste, pueda salir otra tan feliz, al menos para mí, pero supongo que la vida es así, siempre hay luces en las sombras si hacemos el esfuerzo de verlas. O al menos, eso es lo que yo veo cuando observo nuestras maletas en el salón, un nuevo motivo para sonreír.

Mientras Delia acopla las habitaciones, me ofrezco a bajar por unas pizzas, pero cuando abro la puerta, me encuentro una caja con una flor blanca, como japonesa, en nuestro felpudo. La tomo extrañada, pensando que quizá sea para Lucía, pero en la tarjeta sólo viene un nombre, mi nombre. Me quedo pensativa, al final deduzco que debe ser de mi madre, o de alguna de las chicas, la dejo en el aparador de la entrada y bajo a la calle con una sonrisa imposible de borrar en la cara.

Manzanilla

Esta flor bastarda recuerda que
hay añoranzas que simplemente
son eternas, porque el dolor de un
amor perdido no se apaga jamás.

Lucía

JULIO ESTÁ SENTADO, como pensativo, en una esquina de nuestra cama. La luz de la mañana entra por el ventanal y me deja ver su cuerpo maduro pero fuerte, como tensionado. Me acerco por detrás, le abrazo y comienzo a juguetear mordisqueando el lóbulo de su oreja, sé que es su punto débil. No sé cuál sería su angustia, pero en cuanto me siente, me coge y me pone entre sus brazos, abrazándome como al mayor de sus tesoros. Sé que soy su refugio y cuando algo le preocupa, necesita perderse en mí. Me siento a horcajadas sobre él y le cojo de la barbilla para que se centre en mis ojos. Sonríe. Sé que ésa es la primera señal, así que comienzo a besarle juguetona, mordisqueando su labio inferior, como sé que le gusta. Siento cómo su deseo se despierta enseguida entre nuestras piernas. Comienzo a restregarme poco a poco, a sentir como cada vez está más conmigo y menos con todas esas otras cosas. A deleitarme en su respiración alterada, en esos gemidos involuntarios que a él también se le escapan. Sus manos sujetan mi cara, y empieza a besarme con más ansia, pero entonces para. Se queda observándome, como si sólo al mirarme encontrase la chispa que le falta. Sus manos se deslizan por mis hombros y bajan los tirantes de mi camisón, dejando mis pechos al descubierto, pero no del todo. Vuelve a sonreír. Sé que ésa es la segunda señal. Sin más preámbulos busco su pene erecto entre sus bóxeres oscuros, lo agarro y lo deslizo contra mi sexo, para tratar de humedecerme ante el roce delicioso de su punta contra mis labios menores. Entonces lo dejo ahí, a las puertas, sólo para que podamos deleitarnos con la sensación de expectación, para hacer que el deseo crezca a fuego lento. Cuando empezamos a acostarnos, el sexo siempre era algo loco, impulsivo y precipitado, pero con Julio aprendí que a veces el mayor placer está en tomarse las cosas con calma, en disfrutar de cada caricia, de cada momento. Noto que nos empiezan a vencer las ganas, así que a la vez que le beso, dejo que me atraviese entera, y la sensación es tan intensa, que incluso se me encoge el estómago. Pone sus manos en mis caderas y empieza a marcarme el ritmo, mientras yo echo mi cabeza hacia atrás y me dejo llevar por la sensación de las caricias de su pene en el interior de mi cuerpo. Siento cómo el calor va a más, así que me aferro a su cuerpo y dejo que no jueguen sólo nuestros sexos sino también nuestras lenguas para aumentar aún más la excitación. Me abrazo a él y dejo que me penetre más hondo, más fuerte, pero por alguna razón, el orgasmo no llega. Por alguna razón, Julio sale de mí y me deja vacía, dolorida, confusa y triste.

Abro los ojos en busca de una explicación en su mirada, pero Julio ya no está conmigo, y tampoco estoy en mi habitación. Me siento desubicada y tengo frío, mucho frío. Se ha hecho de noche, no hay luna y el cielo está especialmente oscuro. Siempre he temido a la oscuridad. Noto el calor del asfalto en mis pies y distingo las líneas blancas que marcan el camino de la carretera. La vista sólo me alcanza para ver los árboles que la rodean, que con el sonido del viento parecen estar susurrando alguna canción triste, algún lamento secreto que sólo ellos entienden. Hace frío, mucho frío, y por mucho que mis brazos intentan darme calor, sola no consigo templarme. Por fin, a lo lejos, comienzan a distinguirse unas luces, unas voces, y comienzo a correr hacia ellas. Intento gritar, pedir ayuda, pero nadie me oye, sólo puedo correr y correr hacia ellas. Entonces lo veo: las ambulancias, las sirenas, los hombres vestidos con colores fluorescentes, el coche empotrado a un lado de la carretera. Me acerco al Mercedes azul, miro temerosa por la ventanilla y lo veo entonces. Es mi vida, mi amor, mi sueño. Es Julio. Intento abrir la puerta, pero resulta imposible, hago señas a todos los que rodean la escena, pero ninguno parece verme. Meto los brazos por la ventanilla e intento buscar su rostro. Esa mirada que me cautivó desde el primer día ahora está simplemente vacía, sin vida. Un dolor terrible me atraviesa el pecho mientras acaricio su piel marmórea, mientras intento acercarme a su cuerpo en busca del calor que me daba cada noche, pero sólo hay frío, mucho frío.

Me despierto sudorosa y desconcertada. Me duele el pecho, y la angustia me embarga en forma de náusea. He tenido que gritar, porque Delia aparece corriendo en el marco de mi puerta, asustada, y se acerca rápidamente a mi cama. No me dice nada, sólo me acaricia el pelo, mientras Aitana se asoma por el otro lado, ofreciéndome una tisana. Bebo, como si el calor del agua fuera a templarme las entrañas, y vuelvo a cerrar los ojos, con más miedo de soñar que de estar despierta.

El sol me molesta en los ojos. Intento obviarlo, pero al final paso las manos por mi cara, me desperezo y miro desorientada la habitación. He debido volver a quedarme dormida. Al principio no entiendo qué hago allí, en mi cuarto de la universidad, qué ha pasado, dónde está Julio y por qué no me despierto con él en nuestra casa. Observo los pósteres que hay en la pared, uno de la mítica Audrey Hepburn y otro de las Yeah Yeah Yeahs, ese grupo que llegué a amar y a odiar con la misma intensidad, y por un momento creo que vuelvo a tener veinte años, que todo lo anterior ha sido un sueño. Sí, quizá sea eso. Quizá toda esa vida no fue más que un sueño y he vuelto al principio, a donde empezó todo. Como en el juego de la oca, donde la muerte te lleva de nuevo a la casilla de salida.

Me siento en la cama y me quedo observando el armario. Ahora podría levantarme y elegir algún modelito sexy para ir a clase. Sin prisas, todos los profesores ya saben que soy siempre la última en llegar, pero la primera en marcharme. Al salir, sé que éstas acabarán por dejarse convencer para irnos de cañas a Moncloa. La noche, como siempre, se liará, y en vez de ir a casa a estudiar, acabaremos de fiesta. Quizá conozca a algún chico esta noche. Quizá se acerque y se ponga a bailar conmigo con sus manos en mis caderas, con su entrepierna peligrosamente cerca de mi trasero y, si me gusta lo suficiente, puede que acabemos jugando a los médicos en el baño de ese mismo local. Sí, quizá tenga veinte años, sea una estudiante de Turismo y no tenga mucho en que pensar. Cojo uno de mis osos de peluche, lo abrazo, me envuelvo en la sábana para evitar la luz del sol y vuelvo a dormir, a tener pesadillas con nuestra casa vacía.

Esta vez me despiertan ruidos. De pasos, de prisas, de cosas que se caen, de platos que se almacenan. Vuelvo a estar desconcertada hasta que oigo la voz de Delia urgiendo a Aitana, y entonces recuerdo que hoy se iban a buscar trabajo, algo de una agencia, no consigo recordarlo bien. Quizá debería desearle suerte, pero me faltan fuerzas para salir de la cama, para hablar con ellas. Oigo pasos que se acercan y enseguida reconozco la forma de andar de Aitana, que abre despacio la puerta de mi habitación. Cierro los ojos de nuevo, para que piense que sigo durmiendo, hasta que finalmente desiste y oigo cómo se aleja, sintiendo que el peligro ya ha pasado. Sus voces comienzan otra vez a distorsionarse, y me vence el sueño.

El teléfono suena una y otra vez. Me pongo el oso de peluche sobre la oreja, pero el martilleo continuo de ese timbre estridente consigue que comience a dolerme la cabeza. Finalmente, desisto, vuelvo a abrir los ojos, alargo el brazo hasta mi bolso y busco mi teléfono móvil. Reconozco ese número, y sólo observarlo, consigue que las náuseas vuelvan a visitar la boca de mi estómago. Es el número de nuestro abogado. Sé de lo que quiere hablar, y sé que no quiero hablar de eso en este momento. Apago el teléfono, aparto el edredón de cuadros rosa y me levanto por fin de la cama. Busco en el escritorio y me encuentro con la urna de las cenizas de Julio. Ese tarro negro que parece mirarme desde otro mundo.

—Y esto es todo lo que queda, amor. Polvo. Cenizas. Eso, y el dinero, que parece que es lo que más les preocupa a todos, ¿verdad? Cinco años de amor, y al final, eso somos, mi vida. Cenizas y una herencia —acaricio el tarro, como si pudiera sentirle, pero sólo siento frío y sé que esto es lo que queda de su cuerpo, el frío, pero ¿y el resto? Y aunque quizás esté perdiendo la cabeza, se lo pregunto a la única persona que hasta ahora siempre tenía todas las respuestas—. ¿Dónde has ido Julio? ¿Dónde está tu chispa, tu inteligencia? Esto es lo que queda de tu carne, ¿y el resto? Dime, ¿dónde va el resto? Porque ni al abogado, ni a tus padres ni a tu exmujer les preocupa dónde se han ido tus abrazos, dónde está tu humor, tu sonrisa. Dónde están tus besos, tus caricias. Sólo les preocupa la herencia, la maldita herencia.

Me tumbo en la cama, rebusco de nuevo en el bolso, y encuentro mi iPod. Busco en una de las listas de reproducción *My immortal* y dejo que suene en mi cabeza una y otra vez.

> *You used to captivate me by your resonating light*
> *Now I'm bound by the life you left behind*
> *Your face it haunts my once pleasant dreams*
> *Your voice it chased away all the sanity in me*
>
> *These wounds won't seem to heal, this pain is just too real*
> *There's just too much that time cannot erase*

Hago *zapping* en la televisión, me cuesta centrar la atención en algo, y finalmente voy a la cocina, cojo mi taza verde y me pongo a untar otro de esos panecillos de leche con mantequilla, que últimamente son lo único que me apetece comer. Suenan las llaves en la puerta y Delia y Aitana entran juntas a casa.

—Anda, ¿y cómo es que llegáis a la vez?

—He ido a buscar a Aitana al trabajo, para ver qué tal ha empezado todo y darle una sorpresa —sonríe Delia mientras deja unas bolsas en la barra de la cocina americana, y su bolso en nuestra mesa del comedor que hay justo debajo—. He comprado pollo Thai para comer, ¿te apetece?

—No demasiado...

—¡Siempre te ha encantado el pollo Thai! —exclama Aitana poniéndome esa cara dulce suya, que siempre ha usado para convencerme de todo sin discutir.

—Probaré un poco, a ver... —me siento a la mesa, y me quedo esperando que traigan la comida. Mientras, mis amigas suspiran tras la barra del comedor.

—Lu, ¿has bajado a comprar el pan? —me insta Delia al traer los platos y los cubiertos a la mesa.

—No... al final no...

—¡No pasa nada! Puedo bajar yo en un momento, no me importa.

—No es eso, Aitana... Lu, cariño, llevas más de una semana sin salir de casa. Te vendría bien que te diera un poco el aire. Una vuelta por el barrio, sólo eso —Delia se me queda mirando en busca de una respuesta que no llega, así que sigue poniendo la mesa como si nada, y entonces se queda mirando a lo lejos, pensativa—. ¿Ha llamado alguien? El teléfono parpadea como si hubiera mensajes.

—Sí, sonó un par de veces, pensé que era mejor que dejasen un mensaje.

—Es un mensaje de tu madre, Lu, nos pregunta que cómo estás, como no le coges el móvil...

Entonces, sin saber yo misma muy bien por qué, me echo a reír como una loca, como si me hubieran contado el chiste más gracioso del mundo. En realidad, un poco es así. El día que le conté a mi madre mi relación con Julio, me dijo que la había defraudado como hija y como persona, y desde entonces, supe sólo de ella lo imprescindible. Fue aún peor cuando Julio dejó definitivamente a su mujer y yo dejé la carrera, aún con asignaturas pendientes, para irme con él a Barcelona a empezar una nueva vida juntos. Desde luego, se negó en rotundo a venir a la boda. Nunca llegó a asumir que mi padre nos abandonase por una mujer más joven, pero Julio no es mi padre ni abandonó a nadie. Simplemente nos enamoramos y teníamos todo el derecho del mundo a ser felices, lo entendiese ella o no.

—¿Y dice en el mensaje por qué no se ha dignado a venir al funeral?

—Yo creo que se siente culpable y por eso te llama, quizá quiera recompensarte o disculparse... —Aitana se sienta en su silla, y comienza a comer.

—Lo dudo, la verdad...

—Tu madre siempre ha estado pendiente de ti, es sólo que no entendió ciertas cosas... —Delia, en su papel maternal de siempre, intenta hacer de mediadora, hasta que mi expresión la lleva irremediablemente a cambiar de táctica—. Yo de tu madre la verdad es que no me puedo quejar, si no fuera porque nos invitaba a ir a su apartamento en Benidorm todos los veranos, me hubiera tirado años sin ver el mar.

—Oh, Dios, ¿te acuerdas de los modelitos que se ponía tu madre para bajar a la playa, Luci? Madre mía, nos teníamos que contener para no morirnos de la risa. Si es que de tal palo tal astilla...

—¿Y eso a qué viene? —no sé para qué pregunto, porque conozco lo suficiente a Aitana para saber la contestación que va a venir después.

—Pues, maja, a que los modelitos de tu madre de día sólo eran superados por tus modelitos por la noche.

—Pues bien que arrasaban... —decido que es mejor seguirles la corriente y contrataco—: Además, no creo que os disgustasen tanto porque luego os peleabais porque os dejase mi ropa, y encima casi nunca me la devolvíais.

—Y de hecho… ¡Esperad un momento! —Delia se levanta corriendo de la mesa y desaparece hacia su habitación, dejándome con la palabra en la boca. Aitana y yo nos miramos sorprendidas, sobre todo cuando se escuchan ruidos como de cosas que caen al suelo, hasta que nuestra amiga reaparece en escena, cargada con una caja llena de trastos viejos—. ¡Mirad lo que tengo! —deja la caja sobre la mesa y se pone a rebuscar hasta que entre sus manos aparece un top negro todo arrugado.

—¡Mi camiseta de la suerte! —exclamo en cuanto la reconozco, y me lanzo como loca a cogerla de entre sus manos—. La busqué por todas partes, ¿la tenías tú? ¿Todo este tiempo? —nos quedamos mirando y casi sin pararme a pensarlo, me echo a reír, y esta vez, sin parecer una psicópata, para mi propia sorpresa—. ¿Y qué más nos robaste y tienes guardado ahí dentro?

De la caja de los recuerdos de Delia sale de todo, como si fuera la chistera de un mago. Vasos de cuba guardados de festivales de música, camisetas de promoción de bebidas que nos daban en las discotecas, entradas de cine, de conciertos, fotos hechas con Polaroid, a saber dónde y a saber cuándo, un sombrero de paja que nos turnábamos en la playa, y otras muchas cosas, cada una con una historia, con una batalla.

—¡Madre mía! —Aitana escruta la caja hasta el fondo, de donde salen un par de cuadernos, parece realmente emocionada cuando hojea el primero—. ¡Son mis guías de viaje! ¿Os acordáis? Nos mandaron hacer una como trabajo para clase y me gustó tanto que empecé a hacer guías de todos los viajes que pensaba hacer… Aunque ahora que las miro, creo que al final no he hecho ninguno, qué triste…

—¿Y ese otro? —le quito a Aitana el cuaderno de las manos, y entonces soy yo la que se emociona. Es mi cuaderno de dibujos.

Solía dibujar en clase, cuando me aburría, y poco a poco me fue entrando el gusanillo, tanto que me apunté a cursos para aprender un poco más.

—Eran preciosos, Luci, de verdad, a mí siempre me encantó cómo dibujabas —dice Aitana metida casi encima de mí, husmeando, mientras paso las hojas.

—La verdad es que no he vuelto a coger un lápiz hace años...

—Pues deberías volver a hacerlo, nunca es tarde, ya sabes.

—Ya, bueno, hay muchas cosas que debería hacer...

Los recuerdos se amontonan en esas páginas, tanto que duelen. Suspirando dejo el cuaderno de nuevo en la caja y, con pocas ganas de seguir hablando, vuelvo a sentarme a ver la televisión, fingiendo que veo algo que me llama mucho la atención.

Al día siguiente me despierto extraña. No sé muy bien qué he soñado, pero por la sensación de angustia, deduzco que nada bonito. Me desperezo en la cama con pocas ganas de levantarme, y es que no encuentro motivos para hacerlo. Todos los días son iguales desde que empezaron a ser distintos. Con esa idea abro los ojos y como si el destino se empeñara en contradecirme, encuentro un elemento de cambio. Hay un regalo al borde de mi cama. Miro el reloj, las chicas se habrán ido ya al trabajo.

—¿Qué crees que sea? —le pregunto a Julio, cuyas cenizas siguen acompañándome en mi escritorio—. ¿Lo abro?

Como si fuera la mañana de Reyes me lanzo sobre el paquete y lo desenvuelvo destrozando todo el papel rosa brillante. Es un cuaderno de láminas y un juego de lápices y acuarelas. No me hace falta preguntar, sé que es un regalo de Delia. ¿De quién si no?

Me quedo sentada en la cama, observándolo, como si el cuaderno pudiera moverse hacia mí y atacarme en cualquier momento. Como si ese elemento inanimado tuviera algún tipo de poder, el poder del cambio. No sucumbo. Me hago una coleta, me pongo las zapatillas y, tras pasar por el baño, rebusco en el armario de la cocina en busca de mis panecillos de leche. Me siento en uno de los taburetes mientras me bebo la leche desnatada y observo desde allí la puerta de mi habitación. Por un momento, me viene a la mente la película de *Jumanji*, ésa en la que el juego hacía sonar tambores para llamar tu atención y que jugases con él, porque en mi mente, ese cuaderno no para de tocar un par de timbales. Al final no puedo resistirlo, y como si verdaderamente tuviera algún tipo de prisa por hacer algo en esta vida, me presento de un brinco en mi habitación, frente a frente con el cuaderno, con el enemigo.

—¿Y tú qué crees, eh? —pregunto a las cenizas de Julio—. Me acuerdo de la primera vez que hablamos. Te acercaste a mi mesa en la biblioteca y te quedaste mirando mis dibujos, ¿te acuerdas? Dijiste que te había llamado la atención verme tan concentrada, que nunca me veías así en clase... ¡qué excusa más mala! ¡Te llamó la atención mi minifalda! Pero después no volví a dibujar. Tenía otras cosas que hacer, supongo... Ya, ya sé que ahora no tengo que ocuparme ni de tus cuentas, ni de tus discursos, ni de las diapositivas, ni de la casa, que en realidad, no tengo que ocuparme de nada... Pero no es tan fácil, ¿sabes?

Me quedo esperando a recibir una respuesta, y aunque Julio ya no pueda hablar, aunque no pueda quedarme ensimismada escuchando la lucidez de sus palabras, de alguna forma siento que se comunica conmigo. Como si fuera él quien entra en la habitación, abre el cuaderno, lo pusiera delante de mí, colocase el lápiz en mi mano y me pidiera que dibujase algo bonito para él.

Observo la pared vacía. He quitado los pósteres y he dejado que mi propia habitación sea el último lienzo en blanco a rellenar, aunque cuando observo el material que se acumula sobre mi cama me doy cuenta de que quizá no sea suficiente. Cojo la silla del escritorio y me subo sobre ella, y pienso dónde podría colgar la siguiente lámina. Entonces de la nada me sobresalta la voz de Alanis Morissette, cantando eso de *I thought we'd be simple together...* Tardo un rato en identificar que es mi nuevo tono de móvil y no una señal divina. Cuelgo el dibujo y me bajo de la silla para mirar quién es, tal vez sea mi madre. Estos días he pensado en llamarla, pero al final no he encontrado fuerzas para hacerlo. Además, por primera vez, he estado ocupada. Pero no, la llamada registrada es del número de siempre, del abogado. Seguro que mis suegros, esos que me odian tanto, están acosándolo para que la arpía de su nuera se digne a firmar los papeles de la herencia. Están deseosos de recibir su parte. Pero no tengo tiempo para eso. Ahora tengo otras cosas en que pensar. Cojo otro de los dibujos y lo coloco en uno de los pocos huecos libres que queda en la pared. Ha sido una semana productiva, la verdad.

El teléfono vuelve a sonar, pero lo intento ignorar, hasta que Aitana entra en la habitación.

—¿No lo vas a coger? No deja de sonar... —entonces se queda callada, observando a su alrededor—. ¡Madre mía! ¿Por eso llevas encerrada en tu cuarto estos días? Y yo que estaba preocupada...

Empieza a dar vueltas y, como si estuviera en un museo, se queda observando cada uno de los dibujos.

—¿Es siempre la misma pareja?

—¿Qué?

—La de los dibujos... Los rasgos a veces cambian un poco, pero parecen la misma pareja. Aquí viendo el atardecer, en ésta bailando, en aquella lámina besándose... —Me pongo a su lado y ambas nos quedamos observando la pared como tontas—. Me gustan más ésas, las de los pequeños detalles. Me encanta ésa, en la que le quita el vestido, y ésa en la que se abrazan de espaldas. Se nota que hay amor.

—¿Te gustan?

—Me encantan, son... —Aitana va a decir algo, pero se queda callada, y para mi sorpresa, veo cómo empiezan a caerle algunas lágrimas, como de emoción, lo que me deja algo bloqueada—. No tienes que estar triste, Luci, es tan obvio que has amado y te han amado... y es tan bonito... Sé que ahora no lo entiendes, pero eres muy afortunada por haber vivido cada uno de estos dibujos, de verdad... Yo nunca... Nunca he amado así, nunca nadie me ha querido así...

Sé que en este momento debería darle un abrazo, consolarla como hacía siempre, pero ahora mismo me siento incapaz de reaccionar y solamente puedo quedarme quieta, escuchando cómo esas palabras de Aitana, que siempre me habían parecido ilusas y soñadoras, hoy me parecen estar llenas de sabiduría. Para mi alivio, es Delia la que aparece en escena para rebajar el nivel de drama.

—¡Anda, tonta, pero qué dices! ¿Y lo que te quiero yo no cuenta? —Delia abraza a Aitana por detrás, y como si volviese a ser una cría vuelvo a sentir celos de su relación especial, ésa por la que me he sentido excluida tantas veces, ésa por la que a menudo he pensado que estaba de más—. Lucía, no son sólo preciosos, son buenos, muy buenos, de verdad. ¿Y has hecho todos éstos en tan poco tiempo?

—No tenía otra cosa que hacer, y supongo que me he volcado, y además, en parte, me ha venido bien...

Me quedo observando a esa pareja de mis dibujos, a esos ojos que se miran, y después miro la urna que descansa en mi escritorio. Al final, de alguna manera, he podido recuperar la chispa de los ojos de Julio.

—Oye, se me está ocurriendo una locura, y me vas a decir que no, y te quejarás, pero al final te voy a convencer y lo sabes, ¡es genial! —Miro inquisitiva a Delia, la mujer de las grandes ideas, con miedo a la ocurrencia que está a punto de proponer—. ¿Por qué no exponemos los dibujos en la tienda? Son muy femeninos, seguro que a mis clientas les encanta. Podríamos hacer una selección, ponerles marco y hacer una especie de coctel exposición. ¡No me digas que no es una gran idea!

Sólo el pensar en salir de casa se me hace un mundo, y el compartir algo tan íntimo con alguien más que con mis amigas, se me hace un universo. Pero entonces miro la urna de Julio y como si fuera él quien pusiera las palabras en mis labios, contesto para mi propia sorpresa esa frase que saliendo de su boca cambió muchas veces nuestras vidas.

—Bueno, ¿qué podemos perder?

Siempre pensé que enamorarse era algo fácil. No requería de ningún esfuerzo en realidad, era algo que te llegaba solo, sin más. Supongo que lo difícil era encontrar alguien que te correspondiera, pero eso para mí nunca fue un problema. Al igual que mi madre, siempre he sabido, desde muy pequeña, que llamo la atención de los hombres, y que eso, en cierta manera, me aportaba muchas ventajas. Por eso cuando conocí a Julio y supe que podía llamar su atención sin importar la edad o la posición, pensé que enamorarse de él iba a ser una aventura como otra más. Lo que no sabía es que lo difícil en la vida no es enamorarse, sino construir un verdadero amor. Porque puede que enamorarse tenga que ver con la química, pero encontrar un amor, es algo para lo que se necesita auténtica magia. Encontrar a alguien con quien pasártelo bien en la cama o que te haga reír, es factible, pero sentirte en tu hogar cuando esa persona te abraza, y estar segura de que puedes desnudar tu alma sin miedo, es casi épico. Amar a Julio no fue nada fácil. Porque Julio era una persona única, pero muy complicada. Y es que pocos cuentos te cuentan que tras la boda, no llega siempre el «y fueron felices para siempre». Que hay que enfrentarse a la familia, a la rutina, a la convivencia, a las diferencias. Que discutirás mucho, que te frustrarás, que llorarás, pero que cuando tengas ganas de dejarlo todo, si de verdad es amor, encontrarás una buena razón para seguir adelante. Amar a Julio fue por tanto lo más difícil, pero también lo más bonito que hice nunca. Amar a Julio fue casi todo lo que hice durante estos últimos años, y quizá por eso ahora me resulte difícil encontrar energía para hacer algo más.

Llevo toda la semana encerrada en casa preparando dibujos, pensando en cómo combinar cuadros, y asumiendo que todo esto es una locura y va a resultar un absoluto fracaso. Sin embargo, cuando me quito la pijama por primera vez en días para abrir el armario y enfrentarme a uno de esos grandes dilemas de la vida, me siento extrañamente reconfortada.

—¿Qué me pongo? —observo el escritorio de madera, de donde Julio no se ha movido en todos estos días—. Ya, ya sé, llamativa pero discreta, sexy pero elegante. ¡Cómo echo de menos tu opinión en estas cosas!

Al final, tras dar varias vueltas a las perchas de adelante hacia atrás y de atrás hacia adelante, elijo un vestido negro, con espalda descubierta, y con el corte por la rodilla. Elegante y sexy, llamativo pero discreto. Me pongo delante del espejo y me doy cuenta de que en todos estos días no he sacado de la maleta mi maletín de maquillaje. Casi como si fuera uno de mis dibujos empiezo a pintarme los ojos en tonos oscuros y uso base en tonos tierra. Después, pongo a calentar la plancha mientras me peino el pelo, y me doy cuenta de que se me empieza a ver la raíz y que tengo que ir a la peluquería. Odio ser rubia de bote. Me hago un medio recogido y unas ondas con los mechones sueltos. Por primera vez en mucho tiempo, al mirarme en el espejo, me reconozco a mí misma.

—¡Estás guapísima, Luci! —Aitana, la tierna Aitana, me mira como si fuera una novia a punto de pasar por el altar—. Si es que tú siempre por poco que te hagas... ¡pero vámonos o llegaremos tarde! Delia ha llamado y ya está todo preparado.

Si pensaba que elegir un modelo era difícil, lo que realmente me resulta complicado es cruzar el umbral de casa. Me quedo parada, mirando nuestro felpudo de bienvenida como si fuera lava ardiente y según lo tocase fuese a derretir mis tacones. Pero Aitana, que me observa desde el marco de la puerta, me tiende la mano y, agarrada a ella, comienzo a pisar el asfalto de la ciudad.

Entrar a la tienda de Delia es como colarse por el hueco del árbol y aparecer en el País de las Maravillas. Colores, formas, dibujos, mensajes, todo invita a imaginar, a sentarse allí durante horas, a observar y dejarse llevar por las fantasías que nunca pensaste que fueran a hacerse realidad. No soy la única que parece sorprendida, y es que Aitana también se siente entre asustada y fascinada mirando todo lo que ve a su alrededor, casi puedo adivinar que sus pensamientos se parecen mucho a los míos. Sabía que Delia había montado una tienda erótica y, la verdad, me la había imaginado como un lugar prohibido, quizá recordando esos abordajes casi adolescentes a las *sex shop* de Montera; sin embargo, todo lo que veo es símbolo de feminidad. La observo allí, charlando con un par de mujeres, con su pelo corto y oscuro y ese rollo tan único y suyo, y enseguida sé lo que siempre supe, Delia siempre fue la líder. La adelantada, la luchadora, y aquí está, con su propia tienda erótica. Nunca se lo he dicho, pero siempre la he admirado, y en parte, envidiado. Enseguida se da cuenta de que hemos llegado y corre a abrazarnos.

—¿Verdad que ha quedado bien? Te dije que tus dibujos iban a encajar de maravilla, ¿qué le parece a la artista? —Observo entonces los cuadros que cuelgan en las paredes, mis cuadros, como si no los hubiera hecho yo, como si fuera una visitante más de la exposición. Y vuelvo a sentir calor en el corazón—. Venga, subir la música y traer un par de copas para mis chicas, que vamos a brindar.

Y así, al ritmo de esa música indie que tanto le gusta a Delia, las chicas consiguen que por un momento me mueva al ritmo de ese floreado *Dancing anymore*. Poco a poco comienza a aparecer gente por el local, la mayoría son clientas fijas que Delia ha liado para la ocasión, otras amigas de ella y su compañera en la tienda, a quien nos presenta enseguida. La verdad, es que Adriana, su amiga, es bastante más alternativa que ella, pero tiene algo que transmite como confianza, como serenidad al hablar. Supongo que Delia, la que nunca habla, ha encontrado a alguien más centrada que ella misma para contarle sus problemas, porque al instante se ve que entre ellas hay una conexión especial, que quizá, después de tanto tiempo, no ha sido capaz de tener con nosotras.

Me pierdo con mi copa mientras las chicas hablan, observando los dibujos. Me siento orgullosa de haber hecho algo bonito, pero a la vez enormemente triste, porque sólo hay una persona con la que desearía compartir este momento. Observo los gestos cariñosos de mis protagonistas y creo vivir una realidad alternativa, en la que se funden imágenes de mi pasado con las que tengo delante en mi presente.

—Perdona, ¿eres la artista? —un par de chicas me miran sonrientes—. Nos han dicho que teníamos que preguntarte a ti. Además de los cuadros, ¿tienes postales?

—¿Y chapas? Me encantaría ese cuadro de ahí en una chapa, o en una de esas bolsas de tela que vimos en un mercado de diseño, ¿te acuerdas, Laura?

—No... sólo los cuadros... —me quedo sorprendida ante la efusividad de las chicas.

—Ah, ¿y tienes varios de cada uno? ¡Es que nos hemos enamorado las dos del mismo! Sí, ése en el que salen en un banco abrazados por detrás. ¿Es precioso, verdad?

—Pues es que son originales... La verdad, no pensé en hacer nada más.

—Deberías hacerlo, gustan mucho, seguro que podrías hacer muchas cosas con esos dibujos. Entonces, yo me quedo con el del atardecer, que también me fascina. ¿Nos lo das ahora o lo encargamos?

Poco a poco comienzan a acercarse más personas y casi siento alivio de tener los bocetos en casa para volver a repetir cada uno de los dibujos, porque además de llevarse los originales, terminan por hacerme varios encargos. El tiempo pasa entre risas, anécdotas, preguntas, y me siento cómoda, realmente cómoda. Pero sobre todo, me siento útil.

—¿Y cómo se te ocurrieron? —me pregunta una pareja que me ha comprado tres para unirlos y ponerlos en la cabecera de la cama.

—La verdad es que al ver la lámina en blanco, simplemente salieron solos... —respondo mientras apunto los datos en un cuaderno que me ha dejado Delia para la ocasión.

—Son muy bonitos, quizá deberías probar a darles algo más de color, pero tienen un toque especial, ¿están inspirados en algo?

—Un poco sí... —contesto con una sonrisa, sin querer desvelar nada más que me haga volver a pensar.

—¡Lu, ven un momento! —Delia me coge de la mano y me lleva donde está Aitana con un chico, un poco esmirriado, castaño, con una barba extraña y con aspecto como de otra época, que me resulta familiar—. ¿Te acuerdas de Ángel?

Entonces caigo. Lo conocí en mi boda, y lo volví a ver en uno de los cumpleaños de Delia que coincidió con una clase magistral de Julio en Madrid. El novio de Delia, ese chico encantador pero callado, del que realmente apenas hemos sabido nunca nada. Como todo lo de Delia, hasta su novio ha sido siempre un misterio. De hecho, yo nunca pensé que Delia fuera a echarse un novio, y al principio pensé que era un amigo con el que vino a la boda que nos vendió como novio para quedar bien. Pero por lo visto me equivocaba.

—¡Sí, claro! ¡Hola, Ángel! Un placer volver a verte.

—Igualmente, al menos os veo aquí, porque parece que Delia me ha vetado del piso...

—¿Por nuestra culpa? ¡Sólo faltaba! Ven cuando quieras, es tu casa...

Delia le pega un codazo y le regaña por lo bajito por haber metido la pata, pero Ángel se pone a hacerle cosquillas y el enfado se evapora rápido. La verdad es que es extraño verla así, pero entrañable a la vez.

—Perdona, ¿atiendes aquí, verdad? —una mujer algo más mayor que yo viene con un juguete de la tienda en la mano.

—¿Qué? No, no, sólo la exposición de los cuadros, no la tienda.

—Ah, perdona, como veía que todo el mundo hablaba contigo... Era por saber si sabías exactamente cómo funciona éste.

Me quedo mirando el juguete, es rosa y tiene una base sobre la que sale un apéndice, demasiado delgado para ser un pene, pero que evidentemente debe introducirse en la vagina. Me quedo mirándolo tan sorprendida como la mujer, hasta que Delia se da cuenta y se acerca.

—Es un vibrador para usar durante la penetración. ¿Ve? La base se pone en el clítoris, se introduce esta parte, que no sólo vibra sino que también se mueve, y así se consigue más estimulación durante el coito.

—¡Madre mía, qué pasada! Lo que pasa que yo ahora de pareja nada, así que querría algo para usar más bien sola.

—Pues si le ha gustado este diseño, de la misma marca tenemos dildos y vibradores estupendos. Por ejemplo... Éste es de mis favoritos —de esa misma estantería Delia saca un dildo, esta vez color lila, que tiene un falo más grueso y largo, y otro más corto, unidos por una base blanca—. Los dobles son los mejores, esta parte de aquí es para la vagina, y ésta es para la estimulación del clítoris, porque chica, yo si no me estimulan el clítoris nada de nada.

—¡Qué razón tienes! ¿Me lo recomiendas entonces?

—Sólo te diré que yo tengo uno igual en mi mesita de noche.

Ambas se echan a reír mientras Delia coge uno nuevo de detrás del estante y lo lleva a la caja para cobrar a la señora. Mientras, yo me quedo ahí parada, mirando el juguete de muestra. La verdad es que es bonito. No pensaba que fueran tan bonitos, creo que incluso podrían servir como elementos de decoración. Siempre quise probar uno, y no es que mi vida con Julio fuera aburrida. Teníamos sexo al aire libre, jugábamos con hielos, chocolate, más de una vez me disfracé y le hice algún *striptease*, pero lo hacíamos todo juntos, así que nunca pensé en comprar un juguete. Tampoco antes de estar con Julio, porque a decir verdad, de una forma u otra siempre estaba con alguien. El sexo siempre fue una cuestión de dos y nunca me había planteado que tuviera que tenerlo sola. Pero es que nunca había estado sola hasta ahora.

La clientela poco a poco se va marchando, las ventas han ido mucho mejor de lo que yo hubiera esperado y, mientras Delia y su compañera recogen algunas cosas, Aitana le hace conversación a Ángel, que espera para invitarnos a cenar para celebrar el éxito, pese a mis muchas negativas, yo me quedo dando vueltas por la tienda. Bolas chinas, vibradores, dildos, he escuchado decir a Delia esas palabras en casa, cuando nos cuenta cosas del trabajo. Pero eran palabras sin sentido, que sólo lo cobran ahora cuando gusanitos, mariposas y patos de goma parecen formar un nuevo zoo de placer sexual, y mi cabeza comienza a pensar en cosas que nunca me había planteado.

A la mañana siguiente vuelve a despertarme el timbre de Alanis Morissette de mi móvil, es mi abogado. Para cambiar de nuevo mis rutinas, esta vez, aunque no tomo la llamada, le envío un mensaje quedando con él para la semana que viene. Salgo al salón pensando en que hoy también me haré algo diferente de desayuno, cuando veo un paquete de regalo encima de la mesa. ¿Y ahora, qué? Lo abro muerta de los nervios y me quedo alucinada cuando veo una caja que lleva dibujado el vibrador lila que Delia le vendió a aquella mujer. ¡La madre que la trajo! Me echo a reír, y como una tonta, entro de nuevo en mi habitación, cogiendo casi con pinzas el vibrador.

—¿Qué te parece lo que me ha regalado Delia, amor? ¡Está loca! Un chisme de éstos... ¿tú me imaginas a mí con un chisme de éstos? Sí, claro que me imaginas, anda que no tienes tú una mente perversa ni nada, ¿eh?

Entonces un ruido en la puerta interrumpe mi charla marital matutina. Dejo el vibrador en el escritorio, al lado de Julio, me pongo mi bata de seda y me asomo a mirar. Al principio no veo a nadie, pero entonces me fijo en que hay unas flores amarillas, como silvestres, en el felpudo. Me figuro que es otra sorpresa de las chicas, pero entonces veo que hay una tarjeta, y que en la misma pone el nombre de Aitana, aunque va sin ningún tipo de remitente. Vaya, vaya...

Jazmín

*Tanto el olor como la forma del jazmín
recuerdan al amor voluptuoso, a
la sensualidad, y quien lo regala
intenta convertirse en todo para ti.*

Aitana

La luz en Madrid tiene un color especial, como anaranjada, que algunos bautizaron como la «luz de Velázquez», por el color de sus cuadros. Me gustaría poder compararla, como hacen otros, por ejemplo, con la luz rosácea de Estocolmo, pero no he salido nunca de España, y sólo puedo saber si lo que me cuenta la gente es real por los libros que leo. No me quejo, aún sin conocer todas las ciudades del mundo, puedo decir que Madrid es mi ciudad, y creo que algo así debe sentirse cuando conoces al hombre de tu vida. No conoces a todos los hombres del mundo y, sin embargo, sabes que ése está hecho para ti, pues algo así me pasa a mí con esta ciudad.

Volver a pasear por sus calles es como reencontrar un amor perdido, como supongo que debe ser recorrer esa piel que echabas de menos. No me sé de memoria los lunares ni las cicatrices de nadie, pero me sé las marcas de antigüedad en las piedras del Templo de Debod, la velocidad con la que parpadean los neones de la Gran Vía, los tonos rojizos de los tejados de las casas en Huertas y el reflejo del sol en los cristales de las Torres Kio.

Madrid fue mi mejor amante, pero fue uno de esos amores que te conquista poco a poco. La primera impresión fue asustadiza. Toda esa gente caminando de un lado para otro, con prisa, siempre con prisa. El sonido de los coches, los taxis que no respetan ninguna norma de circulación, y esa vida nocturna, que en esta ciudad parece no dormir nunca, fue un cambio, quizá demasiado radical. Mi vida, hasta entonces, se había basado en un círculo cerrado, de gente, de lugares, de rutinas. Llegar al centro fue como abrir las opciones y eso a veces asusta. Es más fácil saber qué tienes que hacer, cuando no hay mucho donde elegir, pero saber que puedes ser o hacer cualquier cosa, supone un verdadero reto para alguien como yo.

Sin embargo, el amor fue llegando poco a poco. Pasado el impacto inicial, decidí no dejarme avasallar y comencé a dar largos paseos por la ciudad. Pronto descubrí que como las personas, las ciudades son mucho más de lo que podemos ver en una visita turística. Que cuando de verdad comienzan a conocerse es cuando te pierdes entre sus calles, entre esos rincones que pasan desapercibidos, en ese jardín que está como escondido, esa fachada que no te paraste a admirar, esas pequeñas tiendas que hablan más de la gente que vive aquí, que los grandes centros comerciales. Fue una conquista lenta pero segura. El Madrid de los Austrias, las tiendas de Malasaña, los palacetes de la Castellana, el parque del Capricho, se convirtieron en esos detalles que consiguen que una admiración pasajera pase a ser una verdadera relación estable.

Luego llegaron las chicas, que se convirtieron en una nueva familia, la vida social de la universidad, ya en sí más amplia que todo mi núcleo de amistades en mi pueblo natal, y la oportunidad de ser una Aitana mejor de lo que era, o en su defecto, más completa. Pese a todo ello, pese a la felicidad que supuso para mí esta ciudad, hubo algo que nunca terminó de llegar. Porque ni en esos paseos, ni en los pasillos de la facultad, ni en el ascensor de nuestro nuevo piso, ni siquiera en las noches en los bares de moda de turno, apareció lo que siempre estuve buscando: un amor de verdad, de los de carne y hueso. Una de esas personas que, cuando la conoces, consigue cambiar toda tu realidad. Un hombre que cuando me abrazase sintiera, como no sentía desde niña, que nada malo podría pasar, que de verdad yo era especial.

Puede que cuando me despedí de Madrid, ésa fuera la pena que me dolió más. El pensar que había perdido mi oportunidad, que en el pueblo, eso que buscaba no iba a estar. Mis padres se conocieron en un baile, en una de las fiestas que en realidad se celebran mil veces al año. Él era del pueblo de al lado, fue con unos amigos, allí conoció a mi madre y desde entonces su amor fluyó de forma armoniosa y natural. Sin grandes aventuras ni sobresaltos, pero sabiendo que con lo que tenían no necesitaban nada más. Pero yo no soy así, yo necesito algo más. Volver a cuidar de mi madre, establecerme de nuevo en las conocidas rutinas, personas y lugares, suponía en el fondo renunciar. Quizá por eso empecé a salir con Javi, en la desesperada búsqueda del intento de encajar, de fluir como los demás. Un premeditado plan hacia el consabido fracaso.

Por eso, cuando camino de nuevo por el asfalto de mi ciudad, pienso que lo que tengo delante no sólo es el reencuentro con Madrid, sino un nuevo motivo de esperanza. Que la vida te quita cosas, pero también te da la oportunidad de volver a intentarlo una vez más.

Cruzo la puerta de mi nueva oficina y agradezco simplemente que Madrid vuelva a ser mi hogar. Según entro por la puerta sonrío y me arremango como si tuviera que ponerme manos a la obra. La gente va de un lado para otro y el teléfono suena sin parar, como si en vez de una central de una agencia de viajes fuésemos la redacción de *The New York Times*. Es el antónimo de lo que era mi trabajo en la recepción del hotel. Todo el día sola, y con muy poco que hacer. Si lo bueno es que me siento activa, lo malo es que me siento algo desbordada de trabajo. Mucho que aprender, demasiado por hacer y poco tiempo para hacerlo. Dejo el bolso en la percha, cojo mis cascos, enciendo el ordenador y antes de que pueda hacer nada más, ya tengo a Celia pegada a mi mesa.

—Te traigo novedades —menos mal que con las novedades me trae un café, aunque sea ése tan asqueroso de la máquina—. Ya no eres la nueva de la *ofi*.

—¿Carne fresca?

—¡Y tan fresca! No sé qué edad tendrá, pero chica, qué bien se conserva. Un tipazo la tía que da asco.

Me echo a reír, las mujeres a veces somos así, qué triste. Aunque cuando por mi lado veo pasar un cuerpo escultural de larga melena rubia y ondulada, sin que pueda evitarlo, mi mente construye por sí sola una frase: «qué trauma». Por un momento me recuerda a la primera vez que vi a Lucía en la facultad, y la odié por llevar los tacones como si fueran una extensión de sus piernas, y no como los llevo yo, que parece que voy con los zancos de la feria.

—Encima se llama Janet, tú me dirás qué clase de nombre es ése —Celia se queda observando, como yo, el contonear de nuestra nueva compañera, mientras prueba su café, hasta que pega un berrido—. ¡Ay, joder, cómo quema esto! Me he abrasado la lengua.

—Eso es el karma, de verdad, qué crueles sois las mujeres entre vosotras —Daniel, uno de los pocos chicos de nuestro departamento de reservas, aparece de la nada con un vaso de agua fría para Celia—. Te pasa por criticar tanto y trabajar tan poco.

—Tú sí que eres malo —sonríe Celia justo antes de zambullir su lengua en el vaso de plástico blanco—. Ahora me dirás que no te has fijado tú también en la nueva y que no has escuchado comentarios en los baños.

—Muchos, la verdad, pero ninguno criticándola, más bien todo lo contrario.

—Al final hombres y mujeres, a nuestra manera, somos igual de perversos —suspiro mientras aparto mi café a un lado y espero a que se enfríe.

—Sí, pero unos lo son más que otros —responde Daniel mientras me deja sobre la mesa los informes de venta del sistema.

—¿Y eso, a qué te refieres? —al final, mi chismosa interior sale del armario en el que había estado intentado secuestrarla.

—Por Joel, uno de los guapos de los comerciales. Ha hecho una apuesta para ver quién consigue tirársela primero. Se creerá Iker Casillas en el vestuario del Madrid intentando ligarse a Sara Carbonero.

—Uis, qué puesto estás tú en chismes, ¿no? —le susurra Celia.

—Qué remedio, ¡me paso el día con vosotras! Así que vamos, ¡a currar!

Mientras Celia y Daniel toman posiciones y el programa de reservas arranca, me pongo a pensar en que, aunque me parezcan de lo más machista este tipo de apuestas, nadie hizo ninguna parecida el día en que yo llegué a la oficina.

Como estoy empezando, mi trabajo consiste en recibir todos los correos electrónicos más las reservas hechas en la web e ir gestionando todo en nuestro programa. En realidad, es bastante aburrido, pero el volumen es tal que no tengo tiempo para pararme a pensarlo. Aunque no puedo evitar que, cada vez que veo una reserva a alguna ciudad o país que no me suena demasiado, aproveche cuando no mira nadie para fisgonear fotos por internet. Aquí todo el mundo habla de los viajes que ha hecho y yo siempre intento documentarme por Wikipedia y disimular. Ésa es la parte deprimente, vender los viajes que ni has hecho, ni tal vez hagas jamás. La cuestión es que la mayoría de reservas son viajes para dos personas y yo nunca he tenido un *partenaire* que quisiera acompañarme a recorrer el mundo. Porque recorrer el mundo, sin tener con quién compartirlo, por mucho que digan, no es lo mismo. O quizás ésa sea una excusa. A veces creo que no he hecho más viajes porque en realidad tengo miedo de enamorarme de todas esas ciudades, sabiendo que seguramente nunca vaya a volver a verlas.

Para no perderme, me gusta hacer ciertas rutinas de colocación. Señalo en la agenda todo lo que tengo que hacer cada día y lo ilumino de diferente color, verde si está hecho, naranja si está a medias, y amarillo fosforito si es urgente. He creado un cuaderno donde igualmente me lo voy anotando todo, y que también he clasificado con Post-it de colores, según son reservas de hotel, de vuelos, si son llamadas o si son correos. Quiero hacer bien mi trabajo y ser metódica es clave.

La hora de la comida es la más entretenida, en la que disfruto de tener compañeros con quien hablar. En realidad, son los únicos con los que converso aparte de Delia, Lucía y mi madre. No hablamos sólo del trabajo, sino que también podemos compartir cosas del día a día, y es un alivio tener otras perspectivas. Las chicas, aunque en ocasiones escupan veneno, en el fondo son encantadoras, y Daniel, la verdad, es quien mejor me ha acogido. Es el único que se ha molestado en enseñarme, el único que aunque pasen los días no pierde la paciencia conmigo.

Cuando vuelvo a mi mesa, mi jefa, la Señora Exprimidor, que es así como la llaman todos, me está esperando.

—Hola, Aitana, ¿qué tal va todo?

—Bueno, poco a poco, pero bastante mejor.

—Me alegro, sabía que iría bien, por eso mismo tengo un nuevo encargo para ti y estoy segura de que lo vas a hacer igual de bien. Es un nuevo *pack* de ofertas que estamos vendiendo en una caja regalo, tienes que gestionar junto con la web y los correos, como hasta ahora, sólo que el sistema es un poco diferente, seguro que alguno de tus compañeros puede explicártelo. ¡Mucha suerte! —y se va sin más, sin apiadarse de mi cara de quiero morirme en este momento.

Me pongo a ojear el pack, y a trastear por el programa. No puede ser tan difícil. No quiero molestar a nadie, seguro que soy capaz de hacerlo por mí misma. Pensamiento positivo. Aunque en cuanto estoy en el menú de opciones me convierto en Homero Simpson delante de su panel en la central nuclear: una lerda que le da a botones al azar. Como era previsible, en mi caso no tengo la misma suerte, y la pantalla de ERROR salta en rojo, como si hubiera provocado un incendio que temo no podré apagar. Y una vez más, llamo a los bomberos.

—¡Daniiiii! Socorro… —me planto en su mesa con mi cara de perrito triste a sabiendas de que su corazón es más grande que el de mi jefa.

—¿Qué es esta vez? —dice el pobre muchacho con una mirada casi paternal.

—El programa del pack de regalo... Es malo, muy malo...

—Espérame en tu mesa, seguro que no es para tanto —pero cuando se sienta en mi mesa, descubre que en realidad sí que lo era—. Pero ¿qué has hecho Aitana? ¿Has bloqueado todo? Ni siquiera sabía que eso podía pasar.

—Dios, ¿van a echarme, verdad? Soy una inútil, una completa inútil.

—No seas exagerada, tiene arreglo, sólo necesito un rato. Hagamos una cosa, yo me quedo aquí arreglando el estropicio, y luego te explico cómo hacerlo, y a cambio, tú te vas a mi mesa y atiendes mis llamadas. ¿Te parece?

—¡Te adoro! Recuérdame que te debo algo grande, algo increíble, ¡un unicornio!

Más feliz que una perdiz me siento en la mesa de Dani, me pongo sus cascos y espero la primera llamada, tranquila porque aquí no hay mil botones con los que trastear. Las primeras llamadas son fáciles, llevo lo suficiente haciendo reservas para saber solventar dudas sencillas y me sé los hoteles mejor que la contabilidad, como para poder hacer algunas recomendaciones. Comienzo a sentirme segura tras el agobio con el incidente. Miro a Dani, que me guiña un ojo, y casi sonrío maliciosa al saber que he sido una niña mala y que nadie va a enterarse de nada. El teléfono vuelve a sonar, pero no consigo entender a mi interlocutor.

—Perdone, ¿me lo podría repetir?

—Sí, hija, quería saber si podrían llamar a alguien para que revisase la habitación de mi hotel y me enviasen por correo mi dentadura. El vaso no, ya lo pueden tirar.

—¿Su qué?

—Mi dentadura. Me la dejé en el cuarto de baño, hija, uno que con la edad tiene ya unos despistes...

Le tomo los datos mientras me planteo cómo es posible olvidarse una dentadura y qué llevará entonces ahora en la boca. Aunque no es la única llamada extraña de la mañana. La atención al cliente es un trabajo lleno de sorpresas y sobre el cual se podría hacer un trabajo sociológico analizando la sociedad de hoy. Me armo de paciencia, e intento ser servicial y amable y ayudar en lo posible, aunque hay cosas que no hay por dónde pillarlas. Desde la señora que me pide las medidas de su habitación para llevarse fundas de plástico para cubrir los muebles porque le dan asco las bacterias, al señor que se empeña en enviarme las fotos de sus vacaciones para que identifique cuáles son los monumentos que salen en cada foto, porque él con tanta excursión al final se hizo un lío y ya no sabe catalogarlos en su álbum. Ya no envidio nada a Dani, y llego a pensar que se entretiene más arreglando mi trastada para no atender estas tortuosas llamadas. Cuando pensaba que la tarde no podía ser más surrealista y casi me arrepiento de no ser fumadora para pasarme la mitad del día abstraída en el ático como hacen muchos, el teléfono vuelve a sonar, pero nadie me contesta al otro lado. Sólo se escucha una respiración.

—¿Hola? No le escucho bien, ¿en qué puedo ayudarle?

—Puedes decirme cómo tienes de grandes los pechos y ayudarme a correrme, con esa voz tan sexy que tienes...

El comentario me deja tan descolocada que soy incapaz de contestar; la voz continúa insinuándose.

—Me estoy tocando pensado en lo jugoso que debe de ser lo que tienes entre las piernas...

—¡So cerdo! —casi con ganas de llorar por la frustración cuelgo el teléfono con todas mis fuerzas, y entonces, para mi sorpresa, la mitad de la oficina se echa a reír. Entonces los veo, están todos arremolinados en torno a la mesa de Joel, que sujeta su teléfono tapándolo con un pañuelo mientras se ríe a carcajada limpia.

Hay quienes se toman las bromas a risa y se unen a la carcajada general, hay otros que deciden guardársela y esperar el momento perfecto para devolverla. Yo no soy ninguna de esas dos, a mí las bromas simplemente me dan por culo, y es que cuando era una enana de cinco años y no levantaba un palmo del suelo, una de mis frases estrella ya era: «a mí no me gustan las bromas». Me dirijo hacia la mesa de Joel, toda colorada, pero con intención de cantarle las cuarenta, cuando Dani se me cruza por el camino.

—Ven, Aitana, ya he arreglado tu ordenador, deja que te explique en un momento.

—Ahora voy, Dani, antes tengo que arreglar una cosa...

—No, vente, que me corre prisa, anda. —Al final desisto y lo acompaño hasta mi mesa, y en cuanto me siento empieza a susurrarme algo—. Joel es un gilipollas, un niñito, pero es el sobrino del jefe y un enchufado, no te conviene enfrentarte a él, simplemente ignórale, pasa desapercibida, ya se pondrá a tocar la moral a otra persona, es lo mejor, créeme.

—Pues ya me podías haber advertido...

—No te lo tomes como nada personal... Y ahora a ver que te explico esto que creo que por fin he conseguido arreglarlo.

La verdad es que Daniel es un cielo, no deja rastro de mi estropicio y con una sola explicación suya consigo trabajar toda la tarde con el nuevo pack sin ningún problema. En cuanto salga de la oficina pienso encontrar el muñeco de un unicornio para dejárselo mañana en su mesa. Supongo que en todos los trabajos hay gente maja y gente a la que simplemente desearías todos los males del mundo. Así que me centraré en lo mío, y ya está.

El resto de la tarde transcurre tranquila, hasta que la Señora Exprimidor me pide que la acompañe al despacho. Terror. Se ha enterado de mi cagada. Me va a echar. O se ha enterado de lo de la broma y me va a regañar a mí. O no sabe que era una broma y me va a echar por llamar cerdo a lo que ella cree que era un cliente. Me va echar, tiene que ser eso, me va a echar.

—¿Pasa algo? —pregunto con un tono de voz apenas perceptible para el cuello de mi camisa.

—No te preocupes, es que me ha surgido un tema y quería comentártelo a ver qué te parece... —Cruzo los dedos detrás de la espalda, que no me eche, que no me eche—. Ha surgido un viaje a Bilbao para visitar uno de los hoteles que tenemos en cartera. Vamos de vez en cuando, nos gusta que el personal pueda ver un poco las instalaciones, familiarizarse con la zona y así pueda dar más datos a los clientes. ¿Te interesaría ir?

—¿A mí? —un viaje, no me va a echar, me ofrece irme de viaje.

—Sí, los demás ya están más acostumbrados y sé que me van a poner más pegas porque es en fin de semana. Por supuesto, los gastos de alojamiento y dietas están pagados. ¿Lo confirmo?

—Sí, sí, claro que puedo, sí.

¡Un viaje! No me podían haber dado mejor noticia para arreglar el día. Aunque me da un poco de apuro la idea de tener que ocuparme de todo yo sola.

—Perfecto, luego te paso todos los datos y la información que quiero que recopiléis y ya apañas vuestra reserva en el hotel.

—¡Ah! ¿Voy con alguna otra compañera? —la cosa encima mejora por momentos.

—Sí, vas con Joel Marín, del Departamento Comercial, habla mañana con él y os organizáis. Ya puedes irte entonces, muchas gracias, Aitana.

Un jarro de agua fría. Un fin de semana entero con el gilipollas de Joel Marín. Salgo del despacho de mi jefa pensado si la noticia del despido no hubiera sido mucho mejor que ésta.

Llego a casa agotada y agobiada, y mientras meto la llave en la cerradura sólo puedo pensar en tomarme un buen vaso de Cola Cao frío en mi taza rosa, meterme debajo de las sábanas y olvidarme de que existe el mundo. Pero en cuanto abro la puerta lo que me entra es hambre. Huele de maravilla. Entro pensando qué estará preparando Delia, cuando, para mi sorpresa, es a Lucía a quien me encuentro con el delantal puesto.

—¡Qué bien huele! —sonrío. Creo que es la primera vez que veo a Lucía cocinando—. No sabía que ahora también hacías de artista en la cocina.

—Pues es una receta personal, la aprendí en Barcelona, pasaba mucho tiempo en casa, y aunque a veces cocinaba la asistenta, otras me daba por innovar. ¡Espero que te guste!

—¿Dónde está Delia? —tengo miedo de probar un plato personal de Lucía a solas.

—Pues ha salido a cenar con Ángel. La llamó él y se empeñaba en quedarse conmigo, pero ya le he dicho que salieran, que lo tiene muy descuidado al pobre desde que hemos invadido su casa.

—Bueno, invadido invadido, le estamos pagando un alquiler, como siempre.

—Ya, bueno, pero tú me entiendes, habrá tenido que influir en su intimidad. Ya le he dicho a Delia que no tengo problema en que Ángel suba a casa, que por mí no lo haga, que es una cabezota. Pero bueno, ¿qué tal el día? —Lucía cierra el horno y me dedica una sonrisa. Es genial verla así.

—Pues… raro la verdad, muy raro, aunque tengo novedades. Me voy a Bilbao el fin de semana.

—¡Anda! ¿Y eso?

—A ver uno de nuestros hoteles, pero a gastos pagados, así que genial —por un momento pienso en contarle todo el tema de Joel, pero reculo enseguida, seguro que se pondrá a hacerme bromas al respecto y ya he tenido bastantes bromas por hoy. Ya se lo diré en otro momento—. ¿Y tú qué tal?

—Pues he estado dibujando y poco más, pero ha sido productivo. ¿Vas poniendo la mesa? Echan una película chula que empieza en media hora, podemos cenar y luego seguimos viéndola con un poco de helado de chocolate que he bajado a comprar para la ocasión, ¿te apetece?

—¿Tú? ¿Helado de chocolate?

—No pasa nada, ¡es *light*! —Lucía saca el tarro del congelador y me lo enseña, y no puedo sino echarme a reír—. Además, ahora mismo no tengo a ningún hombre al que conquistar...

Al final acabamos peleándonos por ver quién mete la cucharilla antes en el helado de chocolate, muy poco ligero, y viéndonos una película que, aunque bastante mala, consigue que no pienses en nada por un rato y la noche se haga más amena de lo que ha sido el día. Sobre todo, porque aunque hagas todo tipo de comentarios, no pierdes el hilo de la historia.

—Vaya con la protagonista. Ya se ha liado con tres en el rato que llevamos —suelto mientras relamo mi cuchara.

—¡Ya estamos! ¡Y el tío con cinco y no dices nada!

—No es lo mismo, ya sabes...

—¡Venga ya, Aitana! ¿Todavía sigues con ese rollo? ¿En serio? Entiendo que fueras un poco más cerrada hace años, pero a estas alturas del cuento...

—Mi madre me lo ha repetido toda la vida: «hay mujeres para casarse, y mujeres para divertirse».

—Pues yo me he divertido y me he casado, así que esa frase no tiene ningún tipo de coherencia, en cambio tú... —Lucía se queda callada de golpe.

—¿Yo qué?

—Nada, nada, da igual, de verdad.

—No, venga, dilo. Que yo no he hecho ni una cosa ni la otra, ¿no?

—Yo no he dicho eso, pero mira, quizá si dejarás de ver sentido a esas frases arcaicas, lo mismo hacías las dos.

Si soy una persona que no aguanta las bromas, también soy de esas que no sabe tener una réplica en el momento adecuado, aunque en esta ocasión, ni siquiera se me ocurre qué debería haber contestado durante el resto de la noche. De hecho, aunque pongo cara de enfurruñada y sigo viendo la peli, me quedo dando vueltas en la cabeza a las palabras de Lucía.

El sonido del claxon del coche se cuela una y otra vez por la ventana. Parece que todos los hombres creen que pueden controlarnos con un pitido. Aunque a mí no hace más que desconcentrarme y perder el hilo mental del repaso de todas las cosas que debo llevar en la maleta. Repaso la lista una vez más, ¡claro! ¡Olvidaba el *kit* de costura! Cierro por fin la maleta, salgo corriendo y me despido rápido de las chicas. Al final les he contado que voy con Joel, más que nada porque él me dijo que venía a recogerme a casa con el coche, y como era de suponer, Lucía ha estado haciendo bromitas. De hecho, se ha emperrado en meterme un neceser con condones en el bolso y no ha aceptado un no por respuesta. Se lo perdono, porque me gusta ver que vuelve a hacer bromas otra vez.

Cuando bajo, veo que lleva un coche descapotable, antiguo, como de segunda mano. Tiene la música a todo volumen, al menos conozco la canción, *Baila morena*, pero me molesta que tengan que escucharla todos mis vecinos. En cuanto estoy enfrente del coche, se baja sus gafas de sol de aviador y me suelta un:

—Buenos días, morena.

—Pues para que lo sepas, soy castaña —tiro mi maleta en la parte trasera y doy la vuelta para montarme en el lado del copiloto.

—Pues abróchate el cinturón, castaña.

Me abrocho pensado que es un auténtico gilipollas y, sin embargo, no puedo evitar sentir un gusanillo en el estómago cuando veo que sus ojos azules me recorren de arriba abajo. No cruzamos más palabras, intento distraerme aprovechando que voy en un descapotable, cosa que no hecho nunca antes, para disfrutar las vistas de Madrid desde un asiento privilegiado.

—¿Te gusta?

—¿El qué? —pregunto desorientada.

—Las vistas... —dice, dirigiéndome una mirada que incluye un claro doble sentido.

—Las de Madrid, sí.

—Pues entonces sé un camino mucho mejor.

Joel pega un volantazo hacia la derecha y en vez de coger la autopista empieza a callejear, en lo que no sé si es un intento por agasajarme o simplemente por fardar de coche. Pero pese a todo, incluso al incómodo silencio, disfruto mucho del paseo. O al menos lo hago hasta que miro el reloj.

—¡Vamos a llegar tarde! ¿Podemos ir más directos?

—No te preocupes, en el tren se puede entrar hasta el último momento, yo he llegado a pasar con las puertas cerrándose casi en mis talones.

Pero mi cara de no sé si perdonarte la vida finalmente le lleva a pegar otro volantazo y dirigirnos a la autopista. Por supuesto, mi mala suerte nos lleva directos a un enorme atasco. Increíble, he planeado salir con el tiempo suficiente como para no tener que ir atacada de los nervios, y aquí estoy, comiéndome las uñas y con el corazón a punto de salirse del pecho. En cambio Joel, va tan tranquilo, con los Rolling Stones al mismo volumen que en un concierto y cantando para sí mismo. Cuando por fin me dirige una mirada, se echa a reír.

—Tranquila, si perdemos este tren, el siguiente pasa en tres cuartos de hora, no es tan grave.

—Será para ti, que no tienes nada que perder, yo no me puedo permitir liarla; la primera vez que me mandan de viaje, ¿sabes? —y ése es el fin de nuestra conversación.

Llegamos a Atocha con menos de diez minutos de margen para llegar a nuestro tren. No pregunto, simplemente echo a correr, sin mirar atrás. Él podrá coger otro tren, pero éste es mi tren y no voy a perderlo. Corro entre la multitud de los pasajeros y en mi intento de no llevarme a nadie por delante, lo que se lleva por delante un enganche de la pared es el tirante de mi vestido. ¿Por qué a mí?

Por fin vislumbro la antesala de pasajeros de los trenes de largo recorrido. Cinco minutos, quedan tres para que el tren cierre sus puertas y no sé dónde está Joel. No hay tiempo. Echo de nuevo a correr, casi sin aliento, y mi mala suerte vuelve a aparecerse, torciendo mi tobillo por el camino. Entonces, de la nada, Joel, me coge en volandas, enseña nuestros billetes a la azafata, y nos mete en el tren justo mientras las puertas se cierran a nuestra espalda.

—Emocionante, ¿verdad?

—Estresante, diría yo, la verdad, ¿me puedes bajar ya?

Me pongo a buscar mi asiento, aún coja, y sintiendo la respiración de Joel pegada a mi cogote. Cuando por fin me siento, no me puedo creer que al final todo haya salido bien.

—¿Me dejas ver? —la tranquilidad, al lado del señor Marín, por lo visto, está destinada a durar poco.

—¿El qué?

—Tu tobillo, te duele, ¿no? —antes de que pueda decir nada, Joel, que se sienta justo enfrente de mí, me coge la pierna, desabrocha mi zapato y comienza a masajearme el tobillo, aliviándome sorprendentemente el dolor—. Es un truco de mago que aprendí hace tiempo.

Joel me guiña un ojo y yo no termino de entender a qué viene todo este tonteo, cuando en el trabajo nunca me ha hecho ni caso, salvo para gastarme alguna de sus bromas pesadas. Como si pudiera leerme la mente, Joel me suelta el pie, vuelve a ponerme el zapato y se me queda mirando fijamente.

—¿Sigues enfadada por lo del otro día? Era sólo una broma, mujer. Te lo tomas todo demasiado en serio, no puede ser sano vivir así...

—Tampoco puede ser bueno tomárselo todo a broma, ¿no?

—Al menos tiene pinta de que me la paso mejor que tú.

No sé ni para qué lo intento. Pongo mi mirada en otra parte, pero como noto que él no deja de mirarme directamente, me hago una bola y me echo a dormir. He estado tan nerviosa esta noche, y he llegado tan exhausta al tren, que caigo totalmente en coma. Tanto que cuando noto que alguien me toca en el hombro, en un intento por despertarme, me siento del todo desubicada, y me cuesta un buen rato entender qué pasa y dónde estoy.

—Llevas dormida dos horas, como un lirón. He ido a la cafetería por un par de bocatas, invita la casa.

Me quedo mirando la mano tendida de Joel y al final, acepto su bocadillo.

—Gracias...

Empiezo a comer el bocata en silencio, pensando que al final puede que no sea tan idiota, hasta que saco mi teléfono móvil para ver la hora, y me quiero morir cuando veo que en mi fondo de pantalla aparezco yo dormida con la boca abierta y hasta con un poco de babilla. Me entran ganas de matarle, pero no voy a montar el número delante de todo el tren. Cambio la contraseña de mi móvil, y me tiro el resto del viaje con los cascos puestos, mirando por la ventanilla y sin hablar. Aun así, puedo sentir los ojos de Joel mirándome de soslayo y oír cómo de vez en cuando no puede evitar echarse a reír.

Mi primera impresión de Bilbao es gris. Puede que sea el día o puede que sea mi estado de ánimo. Aunque poco a poco, según nos adentramos, voy viendo resplandecer rayos de sol, mientras callejeamos por las coquetas casas del casco antiguo, cuando pasamos por la orilla de la ría y sobre todo cuando llegamos al Guggenheim. Lo había visto en miles de fotografías, pero es increíble verlo en persona y pensar cómo la mente humana puede visualizar algo así y hacerlo real. Para disgusto de Joel, aprovechando que vamos con tiempo, me empeño en dar la vuelta entera alrededor, para observar cómo el sol baña el metal dando diferentes notas de color, y por supuesto, claudico de mi silencio para suplicar una foto con el perrito Puppy, que ahora en primavera luce el color de sus flores con todo su esplendor. Pero no tenemos tiempo para más turismo, hemos quedado en punto con los representantes del hotel, en la terraza que está justo al lado de la entrada del museo, y ya vamos con el tiempo justo.

Nos sentamos a esperar, mientras pienso en cómo los vamos a reconocer. Estoy nerviosa. En el hotel rural no tenía reuniones importantes ni nada que requiriera de especiales dotes para la vida social. Una cosa es la atención al público, y otra es esto. Me siento realmente insegura a decir verdad. Sobre todo porque sé que no me puedo apoyar en Joel, a él le da igual todo, ni siquiera tengo claro qué hace aquí, supongo que quería aprovechar para hacerse un viaje con los gastos pagados.

Justo cuando le estoy observando, perdida en mis pensamientos, se levanta de golpe y se pone a saludar a una mujer rubia, de unos cuarenta años, y a un hombre algo entrado en canas al que no sé muy bien calcularle la edad. Se sientan con nosotros y piden dos vinos «para empezar». Yo no bebo vino casi nunca, así que empezar, empezamos mal.

—Bueno, ¿os ha dado tiempo para ver algo de la ciudad? Habíamos pensado proponeros un *tour* para que veáis un poco la oferta de la zona —la mujer se muestra enseguida amable y encantadora.

—Ah, sí, estupendo, no conozco mucho por aquí —respondo con toda sinceridad.

—¿No habíais estado antes en Bilbao? —el hombre, sin embargo, me hace sentir incómoda sólo con su mirada.

—No...

—Bueno, yo sí conozco bastante la zona, así que lo que más nos interesaría es conocer un poco las instalaciones del hotel. Desde la apertura del museo han proliferado los hoteles y hay incluso demasiada oferta para la demanda existente, así que en realidad en lo que estamos más interesados en conocer cuál es la estrategia del hotel para intentar diferenciarse del resto y poder ofrecérselo así a nuestros clientes.

De pronto Joel se hace por completo con la situación. Como si fuera un camaleón, pasa de ser un crío despreocupado a un eficiente y convincente hombre de negocios. Se mete a ambos en el bolsillo y lleva totalmente la batuta de la conversación, dialogando con ellos sobre la situación industrial de la zona, la posición de la ciudad en el turismo español y otros muchos temas que a veces me cuesta seguir, para mi disgusto. Desde luego este chico es una caja de sorpresas, aunque me fastidia que despliegue su magia de tal manera que consiga dejarme un poco de lado. Por eso, durante la visita al hotel, mi punto fuerte, soy yo la que muestro mis encantos, y extrañamente, aunque pensaba que Joel iba a intentar competir conmigo, me deja hacer.

Finalmente, todo parece salir bien, así que quedamos en encontrarnos de nuevo para cenar en el restaurante del hotel, dejándonos la tarde libre para pasear.

—Pues al final no has estado tan mal —me susurra Joel en la puerta del ascensor.

—¿Perdona? —le digo mientras busco en mi bolso la llave de la habitación.

—Sí, al principio te vi súper nerviosa y por eso decidí intervenir, pero he visto que poco a poco te podía dejar hacerlo a ti solita. Era como ver a Bambi empezando a caminar.

—Lo que pasa es que has querido lucirte y no me dejabas hablar... Pero el caso es que ha ido bien, ¿verdad?

—Ha ido perfecto, castaña. Habrá que dar un paseo, ¿nos vemos entonces en quince minutos en el vestíbulo? —me quedo callada, pensativa—. ¿O es que me vas a dejar paseando solo? En el tren has estado todo el rato en tu mundo, me debes un poco de conversación, o vas a conseguir que este viaje esté en el pódium de los más aburridos de la historia.

Justo entonces se abre la puerta del ascensor, entramos, y Joel me roza con su cuerpo al apretar los botones, el tres para mí, el cuatro para él. Puedo oler su perfume y pienso cómo es posible que después de todo el viaje aún huela tan bien. Los números de los pisos ascienden lentamente, y no sé qué es, pero es como si me faltase el aire, como si sintiera una presión, una energía magnética que me hiciera acercarme de nuevo a ese olor. Por fin se abre la puerta de la tercera planta.

—Te veo en quince minutos entonces.

La puerta del ascensor se cierra dejándome como última imagen su sonrisa. Entonces echo a correr de nuevo. Tengo quince minutos para estar, al menos, tan perfecta como él.

Tras una ducha rápida, una pasada de emergencia de la cuchilla, lavarme los dientes, repintarme y decidir qué camisa ponerme que me marque un poco más el pecho, y qué vaqueros, que me disimulen más el culo, estoy bajando, esta vez sola, en el ascensor. Sólo llevo tres minutos de retraso y, conociéndolo, seguro que él llegará tarde. En cambio, cuando se abren las puertas, es su imagen inmaculada, con una cazadora de cuero marrón y unos vaqueros oscuros, la que me recibe en la puerta.

—¿Lista, castaña?

Joel me ofrece su brazo y, un poco reticente, me agarro a él y dejo que me lleve por las calles de Bilbao. Me explica cosas sobre la ciudad y enseguida me doy cuenta de que Joel ha estado en todas partes. Vuelvo a sentir envidia. Pero seguro que a él su familia le costeaba todos los caprichos y que no tenía que trabajar los fines de semana para pagarse la universidad. Recuerdo a ese tipo de chicos en clase, dispuestos a comerse el mundo simplemente porque sabían que podían hacerlo. No todos jugamos con las mismas cartas, aunque yo siempre estuve dispuesta a ganar la partida de todas formas.

Al principio no sé muy bien de qué hablar, saco conversaciones tontas sobre el trabajo, sobre los compañeros, los chismes y hasta acabo describiendo mis teorías de mejora del programa de reservas. Sé que lo estoy aburriendo, sin embargo, parece escucharme como si realmente dijera algo interesante, hasta que finalmente, me escudriña con sus ojos azules, y me descoloca de nuevo por completo.

—Eres una mujer realmente extraña, Aitana —entonces se para, nos giramos y veo que tenemos delante un pequeño barco blanco con un letrero rojizo—. ¿Te apetece un paseo por la ría? Estoy cansado de caminar.

Sin más me coge de la mano y me mete directa en el barco. Joel todo lo hace así. Sin preguntar, sin rodeos, y entonces me imagino si es así de directo en todo. Si esa seguridad que tiene en sí mismo la tendrá para todo lo demás. Mientras hago fotografías de las vistas y disfruto del paseo, no puedo evitar preguntarme cuál es el verdadero Joel. Por qué a ratos es odioso, y a ratos un encanto. Por qué un momento me seduce y al otro me saca de mis casillas. Por qué si parece que todo se lo toma a broma, su mirada perdida parece esconder mucho más. Entonces, en uno de esos impulsos míos, que aún no soy capaz de controlar, mi boca se abre y mis pensamientos fluyen en voz alta.

—No te entiendo...

—¿Ein? —Joel, que parecía también perdido en sus pensamientos, fija en mí su mirada—. ¿Por qué?

—No lo sé, es como si fueras bipolar o algo así. Un momento eres un crío irresponsable y al otro te conviertes en un súper hombre de negocios, como esta mañana. A ratos parece que estés todo el rato pensando en divertirte, y en momentos como ahora, parece que en tu mirada se escondiese mucha más tristeza de la que parece.

—Vaya, pues según lo describes, parece que entonces tú no eres la única extraña.

—¿Ves? Me cambias de tema. Te escondes detrás de tus bromas.

—Ya te lo he dicho, no creo que sea sano tomárselo todo tan en serio. Además, el trabajo no lo es todo.

—Pues, aunque no me guste reconocerlo, se te da muy bien —me apoyo sobre la barandilla del barco y espero a que Joel asuma el cumplido para tener más respuestas.

—Puede, pero no es el trabajo de mi vida.

—Ah, ¿y entonces cuál es?

—No lo sé, ¿tú sabes cuál es el tuyo?

—Pues sí...

—Cómo no. Tú por lo visto lo tienes todo previsto y planeado. ¿Y cuál es el trabajo de tu vida, Aitana?

—No voy a decírtelo si empiezas burlándote —me giro un momento, ofendida de que siempre sea tan duro conmigo—. Además, tampoco creo que te importe demasiado. Ha sido una tontería por mi parte preguntar, perdona.

—Anda, venga, no te enfades otra vez. Me importa. Me pareces intrigante. Venga, ¿qué es? ¿Cantante de ópera? ¿Actriz porno?

—No seas ridículo...

—Mmm... Azafata, estarías sexy con uno de esos uniformes.

—Pues no, pero se acerca un poco más, mira.

—¿Piloto de aviones?

—No, idiota, guía turística. Estudié Turismo, no era difícil.

—Uno no siempre estudia en función de lo que sueña. Pero no me parece un sueño tan inalcanzable. Sólo te falta ser un poco más amable y habladora quizá.

—No se me da tan bien hablar como a ti.

—Pues deberías practicar. Si éste tampoco es el trabajo de tu vida, pero es tu presente, intenta echarle un poco de pimienta para que te sepa mejor. A veces la vida es sólo cuestión de eso, de saber echarle pimienta a la ensalada.

—¿Y cuáles son tus sueños? Tú no me has contestado.

—Porque estábamos hablando de ti, castaña.

Abro la boca para seguir hablando, cuando me paro en seco.

—¿Y desde cuándo te interesa saber de mí?

—¿Y por qué no podría interesarme?

Entonces lo miro, vuelve a poner esa pose de gallito, como cuando estamos en la oficina, y el hechizo desaparece.

—Quizás es que tengas intenciones ocultas. ¿Acaso has hecho alguna apuesta con este viaje igual que la hiciste con Janet al llegar a la oficina?

Se hace el silencio, y sus ojos azules se muestran especialmente fríos en esta ocasión, como si algo de lo que he dicho, encima, le hubiera molestado.

—Nunca le he hecho tantas preguntas a Janet, te tomas las bromas en serio, y las conversaciones serias demasiado a broma.

—¿Y entonces por qué tú no me contestas? ¿Qué es lo que sueñas tú? Yo me he sincerado —le insto en busca de una muestra de confianza por su parte, que me permita no sentirme como una tonta, y para mi sorpresa, esa muestra llega.

—Escribir. Me gusta escribir.

—¿En serio? No te pega nada...

—Ya, por eso no lo cuento.

—Pues me encantaría leer algo que hayas escrito, ¿me dejarías? —Joel se me queda mirando fijamente, vuelve a sonreír.

—Quizás algún día. Y ahora, ¿nos hacemos una foto para que pueda ganar la apuesta de que he ligado contigo en la oficina?

Le pego un codazo, nos echamos los dos a reír y, al final, para bien o para mal, nos hacemos esa fotografía, pero con mi móvil.

La cena con los representantes del hotel fluye mucho mejor que la comida. Me siento mucho más segura y relajada, y en vez de competir con Joel, noto que ambos intentamos darnos pie en la conversación. Al final resulta que no somos tan mal equipo. Pero tras los postres no puedo más, declino la invitación a unas copas, que Joel acepta encantado, y les dejo a los tres charlando, mientras yo me retiro, no sin cierta inquietud, sola a mi cama.

De hecho, es la primera vez que duermo sola en un hotel, y la verdad, me siento rara. Puede que ésa sea la causa de que tenga unos sueños muy extraños esa noche, sueños en los que se me aparecen una y otra vez unos ojos azules.

Si tuviera que elegir qué es lo mejor de alojarse en un hotel, lo tendría claro, el bufet del desayuno. Es el cielo de los pecadores de gula. El olor me llega desde la entrada, y antes de elegir mesa, no puedo evitar ir a echar un vistazo a todo lo que hay para elegir. El cocinero prepara tanto platos dulces como salados, huevos revueltos o tortitas. Pero también hay bacon, tartas, frutas de esas que no encuentras fuera de temporada, diferentes zumos, cereales y una mesa llena de muchos colores que anuncia una gran variedad de sabores. Comería un poco de cada cosa, pero al final me lanzo por los dulces, que son mi perdición favorita. Voy con mi plato de tortitas con Nutella en busca de una mesa, preguntándome si Joel ya habrá bajado a desayunar, porque no le veo por ninguna parte. Al final, como él no termina de venir, y como nadie me ve, sabiendo que estamos solas yo y mi conciencia, me levanto y me sirvo otro plato más. Creo que mis pantalones van a reventar de felicidad.

Justo en la salida alguien grita mi nombre. Son los representantes del hotel, me paran para decirme que estamos invitados a una noche más de hotel, que ya está todo arreglado, incluidos los billetes de tren, y que disfrute de la estancia, que de nuevo le dé las gracias al señor Marín por todo. ¿Qué les habrá hecho Joel a estos dos durante las copas de anoche?

Subo el ascensor, pensando si pasarme por la habitación de Joel o si simplemente llamarle al móvil. Al final, no me atrevo con la primera opción y entro en mi habitación en busca de mi móvil, cuando veo que hay una nota que alguien habrá colado por debajo de la puerta:

«Ponte ropa cómoda, pantalones, y coge lo imprescindible. Te espero en la puerta del hotel, castaña».

Extrañada leo la nota una vez más, y emocionada, me lanzo de nuevo sobre la maleta en busca de mis vaqueros y de una camiseta de algodón. Me hago una coleta, cojo la chaqueta, meto cuatro cosas en mi bolso y suspiro antes de salir. ¿Y ahora, qué?

Efectivamente Joel me espera en la puerta de salida del hotel, pero no como yo esperaba. Está montado sobre una moto.

—¿Y esto?

—Una moto, ¿no la ves?

—Ya, pero ¿para qué la quieres?

—Ayer ya vimos lo principal de Bilbao, y ya que nos quedamos un día más, he pensado que podríamos salir fuera de la ciudad, así que la he alquilado por un día. Monta.

—¿En eso? ¡Ni de broma!

De más pequeña monté en moto con los chicos del pueblo alguna vez, y me daba tanto miedo, que me juré a mí misma no volver a acercarme a ninguna. Y desde luego, no a una tan grande como la de Joel.

—Soy un conductor experto, pequeña —Joel me guiña el ojo y me tiende un casco.

—Me da lo mismo, las odio, no pienso montar.

—Bueno, entonces me voy yo solo, que te lo pases bien.

Joel se pone su casco y abre el asiento con intención de guardar el del copiloto. Conociéndolo es capaz de dejarme en tierra, y sola durante todo el día, así que al final no me queda sino claudicar. Cojo el casco que pensaba guardar, me lo pongo y levanto la visera para advertirle una vez más.

—Más te vale ser tan experto como dices.

—Soy tan experto en esto, casi tanto como en otra cosa...

Pese a la insinuación, en cuanto arranca, no puedo evitar soltarme del agarre trasero y apretarme fuerte a su cintura. Pocas cosas están por encima de mi orgullo, pero mi seguridad es una de ellas. Puedo ver cómo sonríe, pagado de sí mismo, por el retrovisor, pero intento hacerme la disimulada mirando un poco el paisaje. Entonces dejo de pensar en Joel y me maravillo con la naturaleza, con ese color verde que distingue al norte, y me siento como flotando en realidad. Voy agarrada a un chico atractivo, en una moto, y camino a vaya usted a saber dónde. Me río por lo bajo. Quién iba a decir algo así de mí.

Paso el camino entre ensoñaciones, y puede que sea cosa mía, pero cada vez que me separo un poco de su ancha espalda, siento que acelera y mi cuerpo se acerca como un imán al suyo. Pese a eso, extrañamente, me siento muy segura con él. Como si estando a su lado nada malo pudiera pasarme. Por fin veo que Joel toma una de las salidas, y comienzo a fijarme en los carteles que marcan la llegada a Donostia/San Sebastián.

Aunque no quepo en mí de alegría, intento disimular. Ésta es una de esas ciudades que siempre había querido visitar, y no puedo negar que al saber que íbamos a Bilbao pensé en la opción de escaparme a visitarla, pero después me dio miedo la idea de ir sola. Parece que Joel se adelanta a mis pensamientos. Por lo que puedo ver en nuestro paseo en moto, la ciudad tiene, digamos, una clase de la que no pueden presumir todas. Los edificios son elegantes, limpios, refinados, y el ambiente marítimo le da un toque verdaderamente especial. Joel aparca cerca del comienzo del paseo marítimo de la Concha.

—Bueno, yo hago de conductor, y usted, señorita, hace de guía turística. ¿Crees que serás capaz de enseñarme la ciudad?

Me quedo callada, ¿cómo le voy a enseñar la ciudad si nunca la he visto? Es cierto que San Sebastián tiene el honor de tener un número especial en mis guías turísticas caseras, y que aunque no he estado nunca, gracias a la magia del internet, en realidad, podría describirla entera, pero eso no significa que no me dé una vergüenza terrible hacer el número de la guía turística con Joel.

—Decídase o tendré que buscarme otra guía. A cambio, prometo invitarla a comer, y si lo hace muy bien, puede que incluso a cenar. ¿Hay trato?

Joel me tiende la mano y, con miedo de estar aceptando más condiciones de las aparentes, acepto su plan. Acto seguido saca algo más de la guantera de la moto, una cámara de fotos. Me ofrece de nuevo su brazo y, sin más, comienza nuestro tour por la ciudad.

Hacemos fotos por las casas del centro, y a los números de las ventanas de la plaza mayor, que tal y como le explico a mi atento turista, estaban marcados así porque la plaza también cumplía su función como plaza de toros. Joel me invita a comer en uno de los restaurantes de la zona, tal y como había prometido, mientras yo repaso a escondidas la ruta por la que le quiero llevar, aunque no me deja cumplirla enseguida, ya que mi acompañante se salta el protocolo desviándonos un momento para probar, lo que según le han dicho, es la mejor tarta de queso de la historia. Como todo lo que dice, presupongo que es una fanfarronada más, hasta que al probarla, ese tacto único deshaciéndose en mi boca, me traslada simplemente a otro universo, a un estado de absoluta felicidad terrenal. De hecho, y como en una extraña ironía, no puedo evitar reconocer que en el bar suena una de mis canciones favoritas de Katy Perry y, como una boba, empiezo a tararear:

You make me feel
Like I'm living a
Teenage dream
The way you turn me on
I can't sleep

Let's runaway
And don't ever look back
Don't ever look back

Damos un paseo por el puerto mientras le relato que en realidad, allá por el siglo XIX toda la costa iba a ser gran puerto para mercantes, pero que al final, el impulso del turismo llevó a cambiar de idea y se decidió construir el paseo de La Concha. Joel me escucha asintiendo, pero cuando llegamos a los jardines de Alderdi Eder, tira de mi mano y nos plantamos justo enfrente del Carrousel Palace. Es inevitable, por mucho que me queje, al final, cedo a hacerme una foto montada en uno de los delfines. Al final consigo tirar de él hacia el paseo y se ríe de mí al verme emocionada con la barandilla de La Concha.

—Pues tiene muchas curiosidades, como que sólo hay una pieza que es desigual al resto, donde una de las flores mira hacia dentro, no hacia fuera. Aunque no es tan única, porque por lo visto tiene muchas similitudes con la que fue la barandilla de la gran escalinata del *Titanic*. Bueno, es tan famosa, que hay incluso colgantes de plata con su forma… —Joel parece como ausente, y comienzo a darme cuenta, por su gesto, de que él ya sabe todo lo que le estoy contando—. ¿En realidad tú ya has estado aquí antes, verdad?

—Solía venir algunos veranos con mis padres, les gustaba mucho esta ciudad.

—O sea que llevo todo este rato haciendo el ridículo.

—Uno a veces puede haber visto mil veces algo, y de pronto, mirarlo con nuevos ojos y verlo totalmente diferente. Quería que hoy tú fueras mis ojos.

—Ya veo, ¿has visto algo de forma diferente a cómo lo veías?

—Puede...

—¿Siempre eres así de críptico?

—¿Y tú eres siempre así de parlanchina? Y yo que ayer decía que no hablabas...

—No me gustan los silencios.

—No hace falta que lo jures.

Seguimos paseando por el paseo, e intento firmemente quedarme callada, sólo por no darle la razón, pero al final mi curiosidad me vence y vuelvo a contratacar.

—Juguemos a una cosa.

—¿Me vas a proponer un juego?

—De momento todos los has propuesto tú, déjame probar esta vez.

—A ver, sorpréndeme. ¿Se queda alguien desnudo al final?

—¡Es en serio!

—No me gustan los juegos que van en serio.

—No seas pesado. Es muy fácil, yo te digo una palabra, y tú me dices lo primero que se te venga a la cabeza.

—Vale, no, odio ese juego especialmente.

—Porfa... —le pongo mi carita de perrito triste, esa que siempre funciona con Lucía y que parece funcionarme también con Daniel.

—Vengaaa, a verrr, ¡dispara!

—Mmmm... Libro.

—*El señor de los anillos.*

—Película.

—*Réquiem por un sueño.*

—Color.

—Negro.

—Comida.

—Una mujer desnuda.

—¡No empieces! Ibas muy bien.

—A ver, comida...

—¡No lo pienses!

—India.

—¿De verdad? A mí me encanta la comida india.

—Está bien saberlo, ¿me toca adivinar a mí, entonces?

—No, aún no he terminado. A ver... Amigos.

—Cambiantes.

—Vaya... Trabajo.

—Obligación.

—Familia.

—Humillación.

Nos quedamos los dos callados, sin saber muy bien qué decir. No me hace falta jugar más para saber que Joel esconde mucho más de lo que muestra, y no hace falta ser muy lista para saber que ya no va a querer jugar más. Dicho y hecho, Joel cambia de tema y se pone a contarme el noticiario de hoy, como si se lo hubiera aprendido de memoria. En cuanto salen temas de política la discusión es inevitable. Sé que es absurdo discutir de política con alguien, porque es obvio que ni tú le vas a hacer cambiar de opinión, ni él a ti, y que al final es tiempo perdido y enfados innecesarios. Pero Joel sabe cómo enseñarme la capota y que yo vaya enfilada como los toros. Al final, acabo gritándole. No entiendo cómo alguien que se las da de moderno y liberal, para otras cosas pueda ser tan arcaico y cerrado, se nota que no es más que un niño de papá. Me quedo quieta esperando su réplica, y extrañamente ésta no llega. En vez de eso, un extraño sonido que parece salir del mismo infierno comienza a envolverme y un chorro de agua y vapor sale del suelo y me empapa toda la cara. No me he dado cuenta de que estamos ya al final del paseo y de que bajo el suelo hay una especie de géiser desde el cual se cuela no sólo el sonido, sino también el agua enfurecida del mar. El sonido de mi grito sólo se ve ahogado por el volumen de las risas de Joel, que por un momento está a punto de perder el equilibrio y caer al suelo. Al final, no puedo sino echarme a reír yo también, tanto, que incluso a los dos comienza a dolernos la tripa. Nos quedamos un rato viendo las esculturas de Chillida, no puedo creer que con mi charla política ni siquiera me hubiera dado cuenta de que estábamos aquí. Observo cómo las olas suben hasta casi acariciarnos y reímos jugando con los chorros del suelo, que esta vez ya no me pillan tan de improviso.

Nos queda un largo paseo hasta el otro lado de la playa, por eso a mitad de camino le pido a Joel que nos sentemos un rato en la playa, una misión difícil cuando ha subido la marea y todo está empapado. Al final nos quedamos simplemente de pie, observando el atardecer. Sería un momento perfecto para permanecer así, juntos, en silencio, pero mi boca se vuelve a abrir otra vez.

—Todavía no me has contado por qué trabajas aquí, si éste no es el trabajo de tu vida.

—Y no te vas a callar hasta que no te lo cuente, ¿verdad?

—Según tengo entendido eres un enchufado... —Joel me mira con cara de pocos amigos—. ¿No lo eres?

—Sí y no, las cosas no son siempre blanco o negro.

—¿Entonces?

Joel suspira, como si se estuviera armando de paciencia.

—Mi tío tiene varias empresas y, por supuesto, toda la familia trabaja en ellas. Él nunca ha tenido hijos y mi padre siempre ha tenido la esperanza de que yo lleve un poco las riendas con el paso de los años. No es algo que me haya interesado nunca mucho, la verdad, pero estudié Empresariales, y empecé a conocer un poco cómo funcionaba todo. Lo odié, y al acabar la universidad, digamos que entré un poco en crisis... Mi madre pensó en mandarme a hacer un máster a Alemania, y por supuesto, una vez más hice lo que me pidieron, pero una vez allí... No sé... Cogí el dinero que me pasaban para el máster, al que dejé de ir, y me lo fundí todo en viajar, en ver mundo, en barajar opciones, qué sé yo. Pero el dinero se acabó, mis padres se extrañaron, vinieron a verme, se enteraron y todo estalló.

—¿Y cómo has acabado aquí?

—Decidieron que me creía muy niño de papá, como tú me llamas, y que me vendría bien empezar desde abajo. Al final, mi tío, que se apiadó de mí más que mi padre, me dio este trabajo, por eso de que me gusta viajar. No sé si con buena intención o como una ironía. Pero el caso es que no es más que una prueba. Es como si tuviera que demostrarles que estoy dispuesto a pasar por el aro. Un trabajo serio, una casa, casarme con una chica que les encaje, darles nietos, ya sabes.

—¿Y lo estás? ¿Estás dispuesto a pasar por el aro? —su mirada se queda ausente—. Porque no les has contado nada sobre ser escritor... —Joel ahora se echa a reír.

—¿Estás burlándote? No, claro que no. ¿Para qué?

Esta vez sí que no sé muy bien qué decir, y para suerte de Joel, me quedo en silencio de verdad. Hace un poco de frío, y sin que tenga que pedirlo, Joel me coge entre sus brazos y me frota con sus manos.

—¡Estás helada, castaña!

No sé si por puro instinto, me acerco un poco más a él, en busca de su calor, y entrecierro un poco los ojos, como si hubiera encontrado el mejor lugar del mundo. Joel se queda quieto, cogiéndome entre sus brazos, y ambos nos dejamos envolver por ese silencio ruidoso que conforman las olas y el sonido de nuestra respiración. No sé qué se me pasa por la cabeza, pero me giro, y me pongo frente a él, sin atreverme a acercame más, pero rogando con la mirada que dé calor también a mis labios. Nos quedamos los dos así, mirándonos, en ese momento en el que es imposible medir el tiempo antes de un beso; pero cuando parece que va a lanzarse, se aparta de mi lado.

—Se empieza a hacer de noche, ¿te apetece que vayamos a cenar ya?

Con ganas de que la tierra me trague y herida en mi orgullo, asiento, y camino a su lado cabizbaja el resto del camino. Si lleva todo el rato ligando conmigo, ¿por qué me ha rechazado? ¿Habrá sido todo imaginación mía? Monta la escapada romántica, se sincera conmigo, reímos juntos, era simplemente el momento perfecto. Pero no ha querido besarme, y es que puede que yo sea más intrigante que Janet, pero está claro que también soy menos atractiva. No puede ser otra cosa, Joel tiene fama de mujeriego, entonces ¿por qué conmigo no?

Nos vamos al centro a hacer la ruta de los *pintxos*. Sé que los pintxos son famosos en todo el mundo, y aunque hay algunos que enamoran el paladar de cualquiera, otros no están tan elaborados como debería pensarse por su precio. Pero Joel invita y yo he decidido no pensar y degustar. Para intentar que me anime, no para de darme conversación, que yo sigo sólo con monosílabos. Es como si los papeles se hubieran invertido. Con la comida, Joel pide unas copas de vino.

—Yo no suelo beber vino.

—Pero los pintxos sin vino, no son lo mismo, un día es un día, mujer.

Al final, en un intento por dejar de pensar, cojo el vaso, acabando por reconocer que los sabores son mucho más intensos que cuando los mezclo con agua. Así vamos de bar en bar, de pintxo en pintxo, y de copa de vino en copa de vino, hasta que no recuerdo por qué estaba enfadada y acabo riéndome de sus tonterías otra vez. Pero cuando salgo del último bar, empiezo a no sentirme tan bien. Comienzo a notar cómo todo me da vueltas, siento que mi cabeza está embotada y me trabo al hablar. Joel decide que está bien por hoy y que no puedo meterme en la cama así o me sentiré como en una montaña rusa, que lo mejor es que demos una vuelta por la playa para que me despeje un poco.

Cuando me siento en la rampa de cemento para quitarme los zapatos y no mojarlos en la arena empapada, me cuesta no perder el equilibrio. Voy sobre la arena zigzagueando un poco, y cuando tropiezo, siento que Joel está a mi lado, también descalzo, sosteniéndome.

—Al final acabas en el agua, castaña.

—Pues podría darme un baño nocturno, fíjate, pero no lo haré por no darte el gusto de ver cómo se transparenta esta camiseta cuando está mojada —no me creo lo que acabo de decir, pero debe ser que Joel tampoco, porque no puede parar de reír.

—No mientas, no te darías un baño porque tú nunca haces cosas así.

—¿Cosas así? ¿Así, cómo?

—Improvisadas, alocadas...

—¿Ah, no? —entonces echo a correr hacia el agua y puedo escuchar los pasos de Joel corriendo tras de mí, gritando mi nombre. Pero cuando ya noto el agua por mis tobillos, freno en seco, su enorme figura masculina se queda frente a mí, sólo iluminada por la luna y por las farolas en la lejanía.

—¿Ves? Al final no te has atrevido. Nunca te atreves a nada, no eres más que una gallina, Aitana.

Según lo dice, me hierve la sangre, estoy harta de que se haya pasado todo el viaje retándome, así que puede que por el efecto del vino, o de la tensión acumulada, ni corta ni perezosa pego una patada en el suelo y lo empapo de agua. De hecho, lo empapo mucho más de lo que pensaba, y según lo hago me tapo la cara con las manos, como si no quisiera ver la que he liado.

—¡Joder! ¡Está helada!

—¡Lo siento, lo siento! No pensé que te fuera a mojar tanto, de verdad.

—¿Ah, no? —entonces, el vengativo de mi compañero mete la mano en el agua y empieza a salpicarme, pero reacciono más rápido que él y echo a correr por el agua—. ¡Ven aquí, me debes la revancha!

Al final entre carreras y patadas, los dos acabamos empapados, demasiado empapados para estar al aire libre en el norte en primavera. Hacemos una tregua y paramos a descansar, para coger aire y para ver el estropicio que hemos hecho con nuestra ropa. En cualquier otro momento me hubiera puesto hecha una furia y hubiera tomado corriendo un taxi para ir a cambiarme al hotel y no coger una pulmonía. Pero ahora, cuando nos miro a los dos, como dos críos, no puedo sino sonreír. Vuelve a darme un ataque de risa, y con la tontería, me traiciona el relieve de la arena en la oscuridad, tropiezo y caigo de culo en el agua. Joel se acerca preocupado por si me he hecho daño, pero yo no puedo parar de reír. Al final me tiende la mano y me levanta tan fuerte que caigo sobre él, y tengo que agarrarme a su pecho para volver a conservar el equilibrio. Otra vez frente a frente, otra vez en ese abismo, y otra vez, cuando parece que Joel va a sucumbir a mis encantos, vuelve a apartarse, como disimulando, de mi lado. De pronto se me han pasado las ganas de reír.

—¿Por qué lo haces?

—¿El qué?

—Apartarte... En cuanto nos acercamos demasiado, huyes. Y por lo que tengo entendido, no eres el tipo de hombre que huye de una mujer que se le está claramente poniendo a tiro. ¿Tan poco atractiva soy?

—Aitana, has bebido demasiado, estás diciendo tonterías.

—¿Las digo? —me vuelvo a poner frente a él, sin dejarle escapatoria—. Dime por qué no te gusto.

—No es eso, sabes que me gustas...

—Entonces dime por qué no me deseas...

Esa última frase me sale casi como un susurro, como si el dolor que ahora mismo tengo en el pecho hubiera encontrado la forma de expresarse en palabras. Entonces Joel se acerca más a mí, y esta vez su mirada tiene algo diferente. Me mira como creo que nunca me ha mirado nadie. Ya no hay más palabras. Joel pone su mano sobre mi nuca, me acerca a él y se lanza como un animal hambriento sobre mi boca. Todo se precipita, de pronto estamos lejos de la orilla, justo debajo del paseo, y el cuerpo de Joel me aprisiona contra la pared. Sus besos queman, no tendría otra forma de decirlo, porque sus labios no me besan, me muerden, y su lengua no me acaricia, me penetra. Es como si el incansable roce de nuestros cuerpos crease tal fricción que todo lo que hay entre nosotros ardiera. Joel levanta mis brazos sobre la pared y me los sujeta con una sola de sus manos, me levanta con la otra la camiseta y empieza a devorarme el pecho. Pero esta vez no me quedo quieta, como suelo hacer, sino que mi cuerpo, como si en realidad ésa siempre hubiera sido su reacción natural, se abre por completo al suyo. Subo mi pierna a su cadera y busco la fricción, mientras muerdo su cuello, su oreja, a la vez que siento su erección aguijoneándome la entrepierna.

En un ataque de cordura, recuerdo el absurdo neceser con condones de Lucía y doy gracias al destino por tenerla como amiga. Me aparto de Joel, que me mira ansioso, y rebusco en el bolso, y cuando por fin los encuentro, le tiendo uno. Me sonríe, me sonríe con esa sonrisa que ahora mismo me lleva casi al orgasmo. Mientras él se lo pone, yo lucho por bajarme los pantalones mojados, y antes de que me dé cuenta, Joel me ha puesto de espaldas, contra la pared, me ha abierto las piernas, ha cogido mi cadera entre sus manos y me ha penetrado de una sola embestida. Muero, muero de placer. Y si esa sensación aguda que me llega hasta casi el estómago me traspasa en esa primera irrupción, no cesa en las siguientes, en el bamboleo de su cuerpo con el mío, en sus manos fuertes sosteniéndome, en el morbo de saber que alguien podría vernos, en lo excitante de tragarme los gemidos cuando muero de ganas de que me desgarren la garganta. Sus manos ahora se pierden en mis pechos, que los toman con ansia y, en apenas unos minutos, Joel me lleva a la cima que yo siempre había tenido que alcanzar sola. El orgasmo me abrasa casi con la misma intensidad que sus besos, y pronto noto cómo sus embestidas se hacen más fuertes y rápidas y escucho un gruñido ahogado. ¿Acaba de pasar todo esto de verdad? Antes de que tenga tiempo de planteármelo, Joel me da la vuelta, me sube los pantalones mientras yo intento volver a cuadrar el ritmo de mi respiración, coge mi bolso y me da un beso dulce en la boca.

—Creo que es tarde para volver a Bilbao, vamos a buscar un hotel por aquí, pequeña, o pillaremos una pulmonía.

En la confusión del momento, lo único que puedo agradecer es que no hayamos cogido la moto y que el taxi nos deje directamente en la puerta del hotel más cercano. Mientras Joel pide habitación, pienso si lo que ha pasado ha sido sólo un impulso, pero entonces escucho que pide una única habitación con cama de matrimonio, y entonces sé que la noche aún no ha terminado.

En cuanto se cierra la puerta, Joel se sitúa a mi espalda y baja la cremallera trasera de mi camisa, deslizándola por mis hombros, mis brazos, haciendo ese mismo recorrido con sus manos. El resto de la ropa desaparece enseguida, y lo que entran en escena son mis nervios. En la playa no he tenido tiempo de pensar, pero ahora todo es diferente. Me tiendo en la cama expectante, pero Joel en vez de abalanzarse sobre mí, con la misma fiereza de apenas media hora antes, se tiende a mi lado. Cierra mis párpados con la mano, y después acaricia mi cuerpo, cada parte de él, cada rincón que yo desconocía que pudiera ser acariciado. Con cada caricia, el miedo comienza a diluirse, y cuando sus manos se pierden por mis muslos y noto cómo sube una de mis piernas a su hombro, para pasar a lamerme cada uno de los dedos de mi pie, abro los ojos, mostrándole cuanta hambre tengo de él. Una vez más, Joel me entiende sin palabras, se coloca un preservativo, y se tiende sobre mi cuerpo, penetrándome lentamente, sin prisas. Como si quisiera que el placer se apoderase de mí poco a poco. Pero la espera se me hace demasiado eterna, así que subo mis piernas a su cintura y le obligo a adentrarse en lo más profundo de mí. Me llena por completo. Me aferro a su cuello y su cadera responde aumentando el ritmo y me lleva, no por última vez, a ese extraño paraíso en el que mi razón no existe. Durante esa noche, bajo las sábanas, aunque todo sea tan confuso, aunque todo parezca un extraño sueño en el que yo no puedo estar siendo la protagonista, todo es, sin embargo, más real que nunca.

Quizá sea por eso que por la mañana, al levantarme junto a su cuerpo, más escultural que cualquier otro de mis compañeros, no pueda dejar de pensar si es posible no haberse enamorado en toda una vida, y enamorarse sin embargo en una sola noche. Me río para mis adentros, pensado en una de las frases típicas de Lucía: «A los hombres se les conquista por el estómago, y a las mujeres se nos enamora por la vagina».

Esa mañana no bajamos al bufet, sino que pedimos el desayuno al servicio de habitaciones. Salimos deprisa hacia Bilbao, porque tenemos que dejar la moto antes de marcharnos, pero durante el viaje no hablamos de nada de lo ocurrido. Joel apenas me ha dejado dormir en toda la noche, así que en cuanto cogemos el tren de vuelta a casa, ambos caemos rendidos, apoyados uno sobre el otro, mecidos bajo el ronroneo de las vías del tren.

La despedida es un beso en la boca, un «hasta pronto» y una mirada hacia atrás antes de marcharme. No he querido hacer preguntas, y es evidente que Joel esa mañana no iba a darme respuestas.

Llego a la puerta de casa casi flotando, y en mi ensoñación distingo un olor dulzón que me viene de alguna parte. Agacho la mirada y veo un cesto lleno de florecillas blancas. Otra vez con mi nombre, otra vez sin remitente. No pueden ser de Joel, está claro, y si no son suyas, ahora mismo, no me importa de dónde vengan.

FLOR DE MENTA

*La menta nos ayuda a guardar
los recuerdos, pero también, a
mirar al futuro con esperanza.*

Lucía

LAS PAREDES DE CASA me producen angustia. Veo todo demasiado pequeño, sobre todo para ser compartido entre tres personas. Nuestra casa era muy amplia y solamente estábamos los dos, no nos habíamos planteado tener hijos a corto plazo, teníamos mucho que hacer aún, proyectos por alcanzar, viajes que realizar. El mundo nos parecía pequeño.

Extrañamente, hace apenas unos años, veía esta habitación enorme, sobre todo cuando podía subir a alguno de mis novios, en vez de pasarnos la noche encerrados en su coche. Ese espacio tan reducido donde se sucedían largas conversaciones, noches de amor, discusiones. Donde se servía la cena tras pasar por algún autoservicio, para después beber una copa de la boca de la botella y bailar con la música de la radio. Noches de sexo, drogas y rock and roll en apenas unos metros cuadrados. Creo que entonces era el mundo en general lo que me parecía enorme.

También me lo parecía el tiempo, llevar tres meses con alguien ya era sinónimo de algo significativo. Recuerdo que incluso solía medir el tiempo por relaciones sentimentales. Hay gente que recuerda una fecha según el curso en el que estaba, o el trabajo que desempeñaba, yo siempre he medido el tiempo por novios. Y es que, ahora que lo pienso, apenas había espacios vacíos entre uno y otro. Siempre me ha dado mucha envidia esa gente que parece feliz comiendo sola en un restaurante, que te cuentan que se han ido con la mochila solos a hacer un viaje, que no tienen miedo a la soledad. Ojalá pudiera ser así. Suspiro. Las paredes de esta habitación son cada vez más pequeñas.

Observo la caja del regalo de Delia, que está junto a la urna de Julio. Ni siquiera me he atrevido a abrirla, a curiosear un poco.

—Siempre me decías que la curiosidad mataba al gato, pero también que te gustaba lo curiosa que era, una de esas contradicciones tan tuyas.

Sin poder contenerme más me lanzo sobre la caja, la abro y saco el vibrador. Me quedo observándolo como si fuera una de esas esculturas del Museo Reina Sofía que nunca entiendo. La verdad es que la tienda de Delia me impresionó y me gustaría saber más de todo esto, sólo por simple curiosidad, sólo porque me parece un tema divertido del cual aprender. Aunque reconozco que en la tienda no sólo me picó el gusanillo por los juguetes, sino por la atención al público. Si estudié Turismo era porque siempre he sabido que se me daba muy bien la gente, y pensé que en esta carrera podría trabajar de cara al público. Me gustaba esa idea. Sin embargo, todos estos años me los he pasado encerrada en casa ayudando a Julio con sus cosas, sin relacionarme con mucha gente por mi cuenta. Sonrío. Ya sé qué tengo que hacer hoy.

Cuando entro en la tienda, saludo efusivamente para hacerme oír, como si hubiera algo en el ambiente que me dijera que estoy interrumpiendo un momento entre Delia y Adriana. Adriana me saluda y se mete inmediatamente en el diminuto almacén, mientras Delia se sumerge en sus papeles de cuentas.

—¿Todo bien? —pregunto algo inquieta ante la evidente tensión en el ambiente.

—Bueno, un día tranquilo, sin más. Pocas clientas.

—¿Y tú, qué haces por aquí? —Delia me dedica una sonrisa de esas suyas, esas que transmiten paz incluso sin proponérselo. Sin embargo, en cuanto Adriana vuelve a entrar en la tienda, esa sonrisa se borra. Se acerca a Delia para preguntarle algo con los albaranes en la mano, y cuando la coge del hombro, Delia se aparta nerviosa. Adriana suspira y sigue con la conversación como si ese gesto no hubiera existido. Yo, mientras tanto, observo en silencio, como si fuera una mera espectadora. Puedo percibir qué es lo que pasa, pero nunca me he planteado ni opinar ni entrometerme en la vida de Delia. Es cierto que ella siempre se mete de lleno en las nuestras, pero también lo es que nosotras la necesitamos y ella sabe cuidarse solita.

—Pues verás, había pensado que como te he trastocado tanto en casa, podía compensar ayudándote un poco en la tienda.

—Vamos, Lu, sabes que tú no trastocas nada.

—Ya, bueno, es que también se me cae un poco la casa encima. Me gusta volver a pintar, pero me gustaría tener algo más que hacer...

Delia me mira frunciendo el ceño, y después me muestra una de sus sonrisas comprensivas.

—La verdad es que el otro día en la exposición se te dio muy bien tratar con los clientes, ése es un don que se tiene o se tiene.

—Necesito ver otras caras, que no es que no disfrute con vuestra compañía, pero hablar con otras personas, ya sabes...

—Pero para eso tendrás que aprender un poco más sobre lo que tienes que vender. Hoy parece que la cosa está un poco parada, ¿qué tal un *tupper sex* personalizado?

Delia comienza a explicarme cosas, y yo voy apuntando lo que buenamente puedo en un cuaderno. No sabía que este mundo fuera tan amplio, que hubiera tantas posibilidades y, sobre todo, que cada juguete tuviera tantas funciones. Pero me gusta. Es algo diferente en que pensar.

La semana pasa con una de esas calmas tranquilas, como si cada cual fuera una parte del engranaje perfecto de una máquina, de la que poco a poco empiezo a sentir que formo parte. Con lo anti-sistema que fui yo en su momento. Reconozco que ir a la tienda se ha convertido en un motivo para levantarme por las mañanas, para poner el despertador a una hora concreta. Cuando uno está en ese ritmo frenético que es muchas veces la vida diaria, piensa que tomarse un tiempo para hacer simplemente nada debe ser algo fantástico, en cambio, cuando no haces nada por obligación, perder el tiempo ya no resulta tan divertido. Todos necesitamos tener rutinas, sentirnos útiles, hacer algo que nos motive o que mantenga nuestra cabeza ocupada para no pensar en aquellas cosas que todos evitamos pensar.

Una clienta entra por la puerta y acudo amablemente a ofrecerle mi ayuda. Es gracioso como en tan poco tiempo he podido aprender tanto, aunque a veces me siento como una de esas nuevas dependientas de dieciocho años de El Corte Inglés en la sección de electrodomésticos, que por mucho que se hayan aprendido la teoría, se nota que no los han utilizado nunca. Cuando la clienta se va, me doy cuenta de que ni Delia ni Adriana están en la tienda.

—¿Chicas? —escucho susurros en el almacén, hasta que veo a Delia salir por la puerta.

—¿Cómo vas, Luci? —Delia deja en el mostrador varios vibradores y sopla hacia arriba intentando quitarse de encima el flequillo de su corta melena morena—. Te traigo algunas novedades que nos han traído. No sé qué tal lo verías en ese estante.

Me quedo pensativa, puede que aún tenga lagunas en cuanto a la masturbación femenina, pero desde luego, no en cuanto a estética.

—No sé, yo aprovecharía que hay material nuevo para recolocar un poco todo. ¡Hoy está claro que vamos a tener tiempo de sobra! Mira, yo pondría los vibradores anales mejor en éste, y en ése lo que haría sería una exposición de animales.

—Pero así rompería el orden de categorías —Delia siempre tan pragmática.

—¿Y qué? ¡Quedaría tan cuquiii! —me emociono sólo de pensarlo—. Mira, podemos poner el patito rosa y el negro, la edición París, un dildo delfín vibrador, el arnés de la mariposa y el masajeador ése tan mono con forma de conejito. Seguro que llama más la atención.

—Lucía, hemos hecho un gran fichaje contigo —Adriana sale de la nada y mira fijamente el estante vacío como si pudiera visualizar todo lo que he dicho—. Tienes buenas ideas. ¡Quizá deberíamos fichar también a Aitana y entre las dos nos levantabais el negocio!

—¡Uis, qué va! Con lo clásica que es Aitana, no la veo yo debatiendo si las bolas anales debemos ponerlas junto a los azotadores y al lado de los huevos para masturbación masculina —me echo a reír sólo de pensarlo.

—Pues según me ha contado Delia ha venido muy... renovada de su viaje por San Sebastián.

—Ya... La verdad es que a veces la gente te sorprende, ¿verdad?

Delia se gira y se queda observando los estantes, como si quisiera apartarse de la conversación.

—No sé, yo creo que Aitana siempre va a ser Aitana, y que un hecho puntual no significa nada —reacciona por fin Delia.

—Pues a veces un momento lo cambia todo... —respondo mirando pensativa algunos de mis cuadros que se han quedado en la tienda para atraer a más clientes.

—Puede ser. Mírate a ti, no habías pisado una tienda de éstas en tu vida, ni sabías la diferencia entre dildo y vibrador, y ahora pareces toda una experta.

Las tres nos echamos a reír. Adriana entonces coge su chaqueta, esa que está hecha de remiendos de telas de miles de colores.

—Bueno, pues yo me voy ya —se me acerca a cuchichear antes de irse—. No hagas caso a Delia, está un poco de mal humor desde el fin de semana, a saber por qué, ya la conoces, le da de repente, pero se le pasa enseguida.

—Ya nos conocemos, no te preocupes, aunque a veces pienso que nadie la conoce como tú. Es una suerte que te tenga como amiga.

—Bueno, ¡supongo que la suerte es mutua! —Adriana revuelve su bolso como buscando algo, y después vuelve a girarse por última vez—. Que sea leve la tarde, ¡os veo mañana!

Delia pasa la tarde subiendo *posts* a las redes sociales, llamando a proveedores y actualizando la contabilidad, mientras yo me quedo atendiendo la tienda. Aunque a mí me viene muy bien tener algo que hacer, salir de casa, relacionarme con gente y aprender algo nuevo, a Delia y a Adriana les he venido como agua de mayo, para qué nos vamos a engañar. Supongo que Adriana tiene razón, entre dos personas, cuando todo fluye, la suerte es mutua. Aunque cuando todo va mal, la desgracia también lo es. La tarde pasa lenta, porque aparecen pocos clientes y la mayoría para compras sencillas. Lubricantes de sabores, velas con aceites afrodisiacos, pintalabios vibradores y ese tipo de cosas. Pequeños toques de color. Casi todo son parejas, está claro que buscan algún elemento sorpresa y algo que marque un poco la diferencia en sus rutinas. De hecho, no vienen sólo parejas jóvenes, sino también mayores. Supongo que cuando se lleva media vida juntos, y se sabe casi más del otro que de uno mismo, es necesario seguir buscando caminos para volver a recorrer juntos. Por eso me llama la atención cuando entra en la tienda una mujer más mayor, de unos cincuenta años, sola, y va directamente al estante de los dildos.

Tras el escaparate he ido observando un poco las rutinas que casi todos los clientes siguen. Primero miran todo lo relacionado con la cosmética sensorial, cremitas, aceites, polvos y pintura comestible, cosas que consideran más inocentes. Poco a poco se acercan a la zona de vibradores, primero masajeadores, pequeños, que no sirven para la penetración, y después, poco a poco, se sumergen en los dildos. Sólo los más atrevidos pasan al estante anal y sólo los expertos van directo a la zona de *bondage*. Pero son pocas las mujeres que van directo a lo que en el fondo quieren comprar. Supongo que la experiencia siempre es un grado, aunque experiencia no sea siempre sinónimo de edad. Al final la mujer coge uno de los dildos vibradores que me parece más gracioso, porque imita a dos gusanitos y, más que erótico, me parece casi entrañable.

—Me voy a llevar éste, tendría que innovar más, pero al final soy muy tradicional, ¡qué se le va a hacer!

—¿Es que ya lo tenía?

—Sí y no, tenía un modelo anterior. Vamos, que es el mismo gusano, pero iba a pilas en vez de ser recargable, y no te creas porque era un fastidio, pero aún con ésas he acabado quemando el motor. —No puedo evitar echarme a reír, aunque la mujer me sigue con gusto—. Había pensado en cambiar de modelo, pero éste me gustó tanto... Me pasa como con los hombres, aunque uno me abandone, al siguiente me lo busco igualito, tengo un ojo para eso que es cosa mala.

—Es lo bueno de los juguetes, supongo, que siempre están ahí y ni critican ni se quejan, ¿verdad? —es una frase que siempre oigo decir a Delia.

—Sí, eso es verdad, pero no te creas que es que yo no aguante las críticas y las quejas. Una pareja tiene sus cosas malas y sus cosas buenas. Mi problema es que los míos me abandonaban, pero no para irse con otra, sino para irse a ese sitio del que ya nunca se vuelve. A mis cincuenta y dos años, ya he enviudado dos veces.

Me quedo en *shock* un momento, y casi siento la necesidad de contarle que yo también soy viuda, pero al final, las palabras no me salen y simplemente decido seguirle la corriente.

—Pues parece llevarlo muy bien.

—Hay cosas en esta vida que se eligen y otras que llegan. Yo no elegí perder a quien quería, pero puedo elegir qué hacer con ese dolor, y sobre todo, qué hacer conmigo misma.

—Y por eso ha decidido cambiar a los hombres por un amante con cargador incorporado, supongo. Mucho más práctico.

—¡No, mujer, no! Yo estoy deseando volver a enamorarme. El amor es lo mejor de este mundo. Pero en cada pérdida se aprende, y la lección que me ha dado esta vida es que los hombres van y vienen, pero que con la única persona que podrás contar siempre es contigo misma. Así que mientras el amor vuelve a llegar, me mimo todo lo que quiero y más.

—Es una buena filosofía de vida...

—Yo creo que es simplemente la vida, nada más.

Cobro a la mujer su vibrador y se despide de mí con una sonrisa, y con muchas cosas sobre las que pensar. Delia sale de nuevo al mostrador, ha puesto un poco todo al día, así que decido irme a casa, de repente me siento muy cansada.

Cuando llego al portal, vuelvo a encontrar unas flores, como malvas y salvajes, e inconscientemente siento un aguijonazo de celos. Quién me iba a decir hace unos años que la de los admiradores secretos y los amantes apasionados iba a ser Aitana, y no yo. Que la atrevida y la vividora iba a ser ella, y que la que iba a pasarse las noches viendo películas sola en casa, sería yo. A veces todo es igual, pero a la vez totalmente distinto.

Dejo las cosas en mi habitación, me quito ansiosa los tacones, los pendientes y el sujetador. Me desabrocho los pantalones, me pongo una camiseta ancha y disfruto de la liberación, de dejar de ser un rato mujer para ser persona.

—Un día más amor, un día más sin ti —me quedo mirando a Julio, a la espera de una contestación—. Pues nada, ya que tú no me vas a contar qué tal tu día, te contaré yo algo del mío.

Me quedo por un momento mirando la caja del vibrador violeta y pienso en si esa mujer habrá encontrado en la silicona el placer de la carne.

—Hoy he conocido una mujer muy curiosa, ¿sabes? Era viuda como yo, pero era en lo único en lo que creo que nos parecíamos... Porque ella no parecía tener tanto miedo... Y el caso es que me ha hecho pensar... ¿tú cómo crees que sería? Sólo por probar...

Me quedo mirando el vibrador. Su tacto es suave, más que algunos otros de los que las chicas tienen en la tienda. Pruebo a encenderlo para ver si está cargado, y efectivamente empieza a vibrar, aunque de forma sutil. Me lo pongo en la palma de la mano, y noto el cosquilleo. Es placentero, aunque me deja la mano algo dormida. Pruebo a dar a uno de los botones, y el ritmo se acelera. Me lo pongo en el cuello, como si fuera un masajeador cualquiera, y la sensación es mucho más agradable. Me tumbo en la cama, y lo apoyo sobre mi vientre, donde puedo notar cómo da calor a mi interior. Suspiro. Cierro los ojos y lo apoyo sobre mi ropa interior de lycra negra. Eso es mucho más que agradable. Doy de nuevo al botón, y esta vez la vibración en vez de aumentar, cambia. Ya no es un ritmo constante, sino que va como a pulsaciones, como si la intensidad fuera de cero a cien cada vez. Aparto mis bragas, y lo dejo ahí apoyado, entre mis labios, rozándome el clítoris, sin moverlo, sólo sintiendo de nuevo que algo, aunque sea inerte, vibra entre mis piernas. Mi cuerpo comienza a revolverse. A despertar poco a poco de un letargo en el que ni siquiera sabía que estaba sumido. Cojo el vibrador y comienzo a acariciar con él la entrada de mi vagina, a lubricarlo con mi propia humedad. Echo la cabeza hacia atrás, y me abro un poco más. Pero la sensación de placer en mi vagina, inevitablemente, activa también la sensación de placer en mi cabeza, que empieza a buscar por su cuenta imágenes que puedan ayudarme a sentir. Así, mientras el vibrador entra poco a poco en mí, mi mente huye a sus manos, a sus dedos gruesos rebuscando en mi interior los puntos más sensibles. A su lengua hábil y constante lamiendo mis pliegues, para acabar despertando huracanes en mi oscuridad. Me estremezco, y mis labios se mueven, como si buscaran un beso. Como si buscaran el calor del interior de su boca, o incluso, como si buscaran el sabor salado de su sexo al derramarse en mí. Porque mi placer estaba en su sexo dentro de mí. Meto todo el vibrador dentro de mí, y mi vagina se amolda expectante, temblorosa ante la novedad, como si hubiera olvidado lo que es ser acariciada. Comienzo a gemir. Necesito sentir. Muevo mi falo lila dentro y fuera, intentando recordar cuáles son mis puntos mágicos, buscando las huellas de un camino que él dejó recorrido. Pero tropiezo con su mirada, con su sonrisa, con la sensación de sentirme rodeada por sus brazos, con su espalda ancha. Mi placer choca de lleno con su ausencia, con el vacío de su cuerpo sobre el mío. Vuelvo a mover el vibrador dentro de mí, pero la humedad ha huido de mi vagina para alojarse en mis ojos. No quiero parar, quiero sentir, sólo necesito volver a sentir. Pero lo único que me invade es una profunda soledad, y al final, mis gemidos se convierten en mudos gimoteos.

Suena la puerta y, por el sonido de los pasos, adivino que es Aitana. Rápidamente suelto el vibrador, lo escondo y me seco las lágrimas. Me recoloco un poco, carraspeo para que la angustia vuelva a colocarse en su lugar y salgo de la habitación como si no hubiera pasado nada.

—¡Buenas!

—Hola, Luci… —Aitana parece llegar a casa igual de cansada que yo.

—¿Un mal día?

—No, pero tampoco uno bueno… —Aitana deja su abrigo tirado, algo extraño en ella, que siempre es muy meticulosa con el orden de las cosas—. ¿Nunca has pensado en fugarte, comprarte un traje de cuero e irte con una Harley a recorrer bares de carretera por Estados Unidos? Así, como en las películas, con la melena suelta, rollito zorra despreciable, o a lo mejor rollito Britney Spears si me apuras.

—¿Cómo? —aunque parecía imposible, la cabecita loca de mi amiga ha conseguido que pase de las lágrimas a las carcajadas.

—Nada, cosas mías, supongo que sólo estaba pensando en alto —mi «zorra despreciable» se apoltrona en el sofá y se agarra a un cojín, cual bebé a su osito para dormir.

—Mmm, déjame adivinar, ¿quizá sea ese momento incómodo en el que hay que dar un beso en la mejilla a quién ya has besado en la boca?

—Ni siquiera. No ha venido a trabajar esta semana, está en otras oficinas de la agencia haciendo no sé qué cosas.

—¿Pero habéis hablado?

—No mucho… Me mandó un e-mail para preguntarme unas cosas del hotel de Bilbao y me comentó que estaría allí, pero tampoco me ha dicho nada más. No es que esperase que se plantase en mi ventana con una serenata, pero no sé. ¿Tú crees que no quiere saber más de mí? ¡No lo entiendo! Todo fue tan…

Delia tenía razón, Aitana sigue siendo simplemente Aitana.

—No sé, a lo mejor lo que pasa en San Sebastián se queda en San Sebastián.

—No creo, lo que pasó allí fue especial, de verdad que sí.

—Ais mi niña, lo que pasó allí es que tuviste muy buen sexo, y las mujeres, por norma general, venimos todas con un defecto de fábrica, tenemos la vagina conectada al corazón.

Según lo digo, algo se me clava en el pecho y mi corazón me recuerda que el de Aitana no es el único defectuoso.

—Bueno, dejemos el tema, ¿hay algo de cenar? —mi compañera me mira expectante, y sólo entonces me doy cuenta de que debo haber pasado más tiempo del que pensaba en la habitación. Mi cara habla por sí sola—. Preparo yo algo. Una sopa caliente, si te parece bien. No consigo quitarme de encima este resfriado desde que volví del viaje.

Y aunque el caldo de pollo siempre alimenta el alma, en esta ocasión, a mí se me queda hecho un nudo en la garganta, así que al final, opto por cenar mis dos panes de leche con mantequilla y no volver a hablar de sexo ni a pronunciar la palabra amor en lo que nos queda de la noche.

Cuando en la universidad discutía con alguno de mis novios, al día siguiente solía apagar el móvil, llevarme el mp3, casi siempre con algo de Nena Daconte, Efecto Mariposa, o cualquier voz triste de amores fallidos, y caminar por Madrid sin más. El paseo habitual era bajarse en Sol, subir por Preciados, donde solía caer alguna prenda de consolación, y después bajarme en Gran Vía, ese lugar lleno de gente que es perfecto para estar sola. Solía comprarme algo para picar y me lo comía sentada frente alguna de las fuentes de Plaza España. Después caminaba hasta el Templo de Debod, hacía algunas fotos al perfil de la casa de Campo, y retrocedía sobre mis pasos para caminar hacia los Jardines de Sabatini y aparecer en el Palacio Real. Llegados a este punto, la ansiedad se había disipado casi por completo y, para cuando subía por Arenal y volvía a abordar el metro en Sol, me sentía mucho mejor para enfrentar casi cualquier cosa. Ésos eran, casi, mis únicos momentos en soledad. Y en ese sencillo recorrido, decidía qué hacer cuando llegase a casa, sin más, el tiempo era oro y no era una cuestión de estar perdiéndolo.

Es por eso que hoy salgo de casa y hago ese mismo recorrido, pero en esta ocasión, al llegar de nuevo a Sol, no he obtenido mi respuesta. El tiempo ya no cunde lo mismo, y el oro ha adquirido un nuevo valor. Cuando llegué aquí no me preocupaba para nada por el dinero, tenía la suerte de que mi madre ganaba un buen sueldo y podía permitirse tanto sus caprichos como los míos, y cuando empecé a vivir con Julio, de alguna manera ambos asumimos que él corría con los gastos, porque con su sueldo podía hacerlo. Quizás el haber dejado que me mantuvieran supuso también dejar que me limitaran, porque nunca tuve la necesidad de intentar hacer algo por mí misma, hasta ahora. No sólo me he quedado sola, sino que me he hecho mayor de golpe. Nunca hasta este momento me había planteado lo que supone pagar una hipoteca, lo que puede ser invertir en un negocio. Mi juventud idealista veía el dinero como algo sucio, corrupto, algo que no debía atarnos. Claro que luego te haces mayor y te das cuenta de hasta qué punto eres esclava del mismo, hasta qué punto el dinero lo condiciona simplemente todo. Las familias, las parejas, los sueños, todo tiene que ver con el dinero. Pero más que ninguna otra cosa, el futuro. Sin dinero, no hay esperanza, y sin esperanza no hay futuro que valga. La incertidumbre se mide en euros. Por eso sólo hoy sé todo lo que significa esa herencia, en muchos sentidos.

Decido hacer otra parada en el camino y sentarme a tomar un refresco. Miro la hora, aún me sobra tiempo hasta mi cita. Pienso en irme a ver el atardecer al Retiro, o llegar al menos caminando hasta Atocha, pero no encuentro las fuerzas. Al final desisto, y para no alejarme demasiado y acabar llegando tarde, me pongo a merodear entre las calles estrechas, curioseando por los escaparates de las tiendas pequeñas. Madrid ha cambiado mucho en estos cinco años, y es que pese a la crisis, se han abierto muchos pequeños comercios, más creativos, más artesanales, con más gusto. Hay tiendas de ropa con diseños propios, creperías en las que apenas cabe una silla, pero que, sin embargo, te trasportan al mismo París, tiendas de decoración donde encuentras cosas inservibles pero preciosas y mini restaurantes decorados con césped artificial donde sólo venden zumos y comida vegana.

Madrid ha evolucionado, como lo hemos hecho nosotras, la cuestión es que Delia y Aitana parecen saber qué son o qué quieren ser, y yo nunca he sabido ni una cosa ni la otra. Aunque a veces las respuestas llegan solas, sin esperarlo. Cuando alguna fuerza del destino nos hace cruzar el umbral de una puerta, sumergirnos en paredes con estampados antiguos, lámparas de piedra con tonos cálidos, e imágenes que resumen en un lienzo nuestro estado de ánimo. Lienzos y otros muchos objetos realizados a partir de ilustraciones. Y entonces nos damos cuenta de que hay gente que cumple sus sueños y que sólo es cuestión de arriesgarse a intentar hacer realidad los propios.

Cuando llego por fin al café en el que he quedado con mi abogado, tengo una respuesta en firme para darle.

—¿Entonces vas a montar tu propio negocio? —Delia me mira sorprendida mientras sorbe sus tallarines.

—Ajá. Me gusta pensar que aunque Julio se haya ido, me sigue tendiendo la mano para continuar...

—¿Y qué va a opinar su familia? —Aitana trae más vino del frigorífico.

—Julio dejó especificado lo que pertenecía a cada uno, incluso dejó estipulado un dinero para su exmujer, ya sabéis. Tampoco es tanto, pero bueno, entre la casa, que al fin y al cabo era nuestra casa, el apartamento en la playa, los coches y su fondo de inversiones... El abogado se va a ocupar de todo, ni siquiera pienso entrar en eso.

—Me alegro mucho cariño, de verdad, estoy segura de que lo vas a hacer muy bien, en la tienda se nota que se te da genial tratar a los clientes, y tus ilustraciones son...

—Son parte de nosotros, ¿verdad, amor? —dada la ocasión, he traído la urna de Julio al salón, tenía que ser parte de la cena de celebración. Sin embargo, Delia y Aitana se quedan calladas cuando se dan cuenta de con quién estoy hablando.

—Luci, y... ¿has pensado qué vas a hacer con eso?

—¿Con qué?

—Con... Julio —sé que Aitana hace un esfuerzo por tratar el tema con normalidad, me hace hasta un poco de gracia—. Supongo que en el testamento, además de la herencia, dejaría dicho qué quería que hicieras con... con él.

—Sí, en realidad no hacía falta escribirlo. Siempre dijimos que descansaríamos juntos en Cap de Creus. La idea era hacernos de una casita para la jubilación, esas cosas que se dicen siempre. Pero era nuestro lugar preferido del mundo, y sé que si quisiera quedarse en algún sitio, sería allí.

—Podríamos ir un fin de semana, si quieres, y llevarlo. Podemos hacerlo las tres juntas, no tienes por qué hacerlo sola.

—Sí, pero aún no...

—¿Y cuándo? —Aitana mira hacia la urna como si le temiera.

—Cuando esté preparada para decirle adiós... —las chicas me miran y asienten en silencio—. Bueno, ¿ponemos una peli? Decidme que sí o me aprovecharé y os pediré que me pintéis las uñas.

Me encanta cuando las tres nos sentamos en el sofá unas encima de las otras a ver una película tonta y nos perdemos la mitad de lo que pasa con nuestros propios diálogos. Esa noche me voy a dormir con una sonrisa en la cara, y por primera vez, no tengo pesadillas.

Por la mañana vuelvo a levantarme con el estómago revuelto. Quizá sea el exceso de la cena. Abro la nevera debatiéndome entre el hambre y la náusea, y al final, vuelvo a caer en mi pan de leche. Tras desayunar, saco mis bártulos para ponerme a dibujar, pero estoy como nerviosa, alterada, y no consigo centrarme en nada. Entro en la habitación a buscar algunos bocetos que tenía hechos, cuando me reencuentro con el vibrador, que se había quedado escondido en un cajón. Lo vuelvo a coger y, esta vez, sin preámbulos, me tumbo con él sobre mi cama. Quizá sea la paz que me falta.

Tengo toda la mañana libre y sé que en esta ocasión no aparecerá Aitana sin avisar. Decido tomarme mi tiempo. Me suelto el pelo, me quito la camiseta y comienzo simplemente a acariciarme. Intento no pensar, no quiero luchar con fantasmas, sólo quiero quererme, nada más. Paso mi mano por mi nuca, y después por mi cara. Humedezco la yema de mis dedos entre mis labios, para después, humedecer con ellos mis otros labios. Me acaricio lentamente, presionando más que nada, y después, jugueteando con mi clítoris entre los dedos hasta que se hincha de pura expectación. Sé que no puedo darle lo que quiere, pero al menos espero poder engañarle esta vez. Enciendo el vibrador y busco entre los botones hasta que el motor comienza a producir olas de placer. Me relamo sólo de pensarlo. Dejo que mi amante de silicona consuele mi erección, para que la excitación me vaya abriendo poco a poco. Mientras, me toco los pechos, vuelvo a meter los dedos en mi boca y humedezco mis pezones hasta que se vuelven duros y oscuros. Siento que estoy lista.

Introduzco poco a poco de nuevo el vibrador en mí, esta vez sin ansia y sin violencia, sino como un amante delicado, que se deleita con cada movimiento. La vibración me inunda enseguida. Antes de perder los botones de vista, vuelvo a presionar y esta vez el ritmo se vuelve más intenso. Comienzo a juguetear, sólo por probar, y pronto los gemidos se escapan de mi garganta. Es una sensación diferente a la que me haya proporcionado ningún hombre, así que decido que no quiero hacer nada igual. Dejo de meter y sacar el vibrador y busco mi almohada, colocándola entre mis piernas, como cuando aliviaba mis sofocos adolescentes en mitad de la noche. Vuelvo a colocar el vibrador dentro de mí y, en vez de moverlo, soy yo la que cabalga la almohada, dejando que el vibrador simplemente se deslice dentro de mí. Ahora la sensación es mucho más agradable. Puedo sentir mi pecho rozándose con el edredón, mientras recoloco el vibrador para que me llegue más al fondo, y casi puedo decir que está hecho para mí. Encaja en mi interior de manera que todo comienza a sentirse más y más, mientras que el falo más pequeño roza a la vez con mi clítoris. No sabía que podía existir un placer así. Mi mente está en blanco, sólo puedo pensar en la sensación de la vibración, que se desliza por las paredes de mi vagina, en el roce de mi clítoris entre la almohada y la silicona. Todo es más y más. Comienzo a girar, a moverme a mi antojo, sin pensar en nada que no sea mi placer. La silicona se desliza cada vez más y es que mis fluidos lo acogen mejor que cualquier otro lubricante. No dejo de mojarme, no dejo de excitarme. Más deprisa, más adentro, hasta que al final, mis manos sueltan el juguete, cierro los ojos y simplemente dejo que lo que tenga que pasar pase. Mi cadera se contonea inquieta y las contracciones de mi vagina comienzan a ser más intensas, pero el vibrador cae poco a poco de mi interior, sorprendiéndome con nuevas sensaciones inesperadas justo en el principio de mi agujero. Me derrito, sin avisos previos, el orgasmo me traspasa y comienzo a gritar como si lo hiciera para alguien.

Me quedo quieta, con los ojos en blanco. Me he corrido, me he corrido sola y como pocas veces lo he hecho en la vida. Me tumbo boca arriba, mientras intento recuperar el ritmo de mi respiración. En cuanto lo hago, vuelvo a coger el vibrador. Sé que puedo hacerlo aún mejor esta vez. Cambio el ritmo de la vibración, cierro los ojos, y pruebo suerte una vez más. Quiero más de lo que por lo visto sólo yo me puedo dar.

La mañana transcurre entre orgasmos, entre descubrimientos, y así, la motivación para crear, vuelve a nacer sola. Después de comer, vuelvo a sentarme entre mis pinturas, y en esta ocasión decido pintar algo diferente. Ya no pinto parejas, pinto a mujeres solas.

Claveles

Aunque el clavel es una flor sencilla,
tras la misma, se oculta la más
ardiente de las pasiones.

Aitana

LA PRIMERA IMAGEN que tengo de mi infancia es de mi padre jugando conmigo en un columpio. Ni siquiera sé si esa imagen es real o es un recuerdo inventado, quizá sacado de una fotografía o de alguna anécdota, pero de alguna forma, si cierro los ojos, puedo sentir la sensación vertiginosa de estar en el aire, levantando las piernas para elevarme, y la tranquilidad de sentir sus manos en mi espalda, empujándome, dejándome volar pero protegiéndome a la vez. No tengo muchos más recuerdos de él.

Mi padre murió cuando yo tenía apenas siete años, y a esa edad es fácil que todo se vaya haciendo borroso, que las imágenes del pasado se difuminen poco a poco. Me hubiera gustado saber más de él, pero mi madre tampoco hablaba mucho. Le dolía demasiado. Sé que mi padre fue el gran amor de su vida y, por alguna razón, quiso guardar toda la esencia que le quedaba de él para ella misma. Por eso, lo que solía hacer era pedir a mi familia que me hablase de él. Así, poco a poco, a base de palabras sueltas, de recortes, fui creando un *collage* de ideas del que debió ser mi padre. Amigo de sus amigos, atractivo, buena persona, elegante, divertido, siempre con una palabra amable para quien la necesitara, trabajador, un poco altanero, algo sabelotodo, pero sobre todo, especial. Pero al final eso sólo eran palabras y no podían transmitirme realmente nada de lo que él fue o dejó de ser. Me gustaba, también, pasarme las tardes mirando fotografías antiguas. De viajes, vacaciones, cumpleaños, y lo cierto es que siempre se le veía muy cariñoso conmigo y con mi madre. Supongo que era un gran marido y que de haber tenido más tiempo, habría sido el mejor de los padres.

El último recuerdo real que tengo de él, fue una tarde que pasamos en el campo, los tres juntos, dando un paseo por las afueras del pueblo. Era primavera. Recuerdo ir corriendo de un lado para otro, mientras mis padres paseaban felices de la mano. Mi madre sonreía, sonreía como no la he vuelto a ver sonreír nunca, y mi padre la observaba con una mirada que sólo he podido descifrar ahora de mayor. El campo estaba lleno de flores y yo jugaba a tirarme encima de ellas, como si me creyera Heidi en los Alpes, o algo parecido. Hice un ramo de flores para mi madre, pero mi padre las cogió y me hizo una guirnalda para la cabeza, que llevé puesta todo el día. Ése fue el último regalo que me hizo, una guirnalda de flores.

Aspiro el aroma de mi habitación. El recuerdo de ese día me ha resultado simplemente inevitable al dejar que la mezcla de los perfumes de las flores que se acumulan en mi habitación entre de golpe por mi nariz. Cuando alguien prepara un ramo de flores suele unirlas por colores, por tamaño, pero pocas veces se prepara un ramo pensando en la armonía de los olores. Aunque tampoco repara en eso cuando deja más o menos cada semana una flor en tu puerta, y los olores se mezclan juguetones en tu habitación.

—¿Sigues sin saber quién puede ser? —Lucía rebusca algo de ropa en mi armario.

—Ni idea. Y casi que me da algo de miedo. Con la suerte que tengo, en vez de un admirador, será un psicópata, que me manda una amenaza velada, y ni siquiera me he dado cuenta.

—¡Qué cosas tienes! Yo creo que debe ser alguien de la universidad.

—¿Y por qué?

—¿Quién más sabe que vivimos aquí juntas las tres? Piénsalo, cuando decidimos mudarnos lo hablamos con alguna compañera, se debió de correr la voz, y algún antiguo admirador pensó en volver a probar suerte. ¡Es muy romántico!

—Lo que es, es intrigante. Podría poner una pista, una frase, una letra en su firma, ¡algo! Pero sólo pone mi nombre... Yo sigo en mi teoría del psicópata, es ésa, o es mi madre, que tampoco es una opción desdeñable.

—Qué poca imaginación, ¿cómo va a ser tu madre? Yo creo que es el hombre de tu vida, que un día aparecerá por la puerta y te rescatará de la vida de currante, cual princesa.

—Y luego soy yo la afectada por Disney, ¿no? —Nos miramos y nos echamos a reír.

—Pues mientras el hombre de tu vida llega, ¿qué te parece este modelo para ponerte esta noche con el hombre de tu vagina?

—¡No lo llames así, por favor! —le tiro un cojín enfadada, aunque la verdad es que el modelito que me ha elegido es perfecto. Ahora que lo recuerdo, me lo regaló ella. Es un vestido rojo, no muy corto, pero un pelín escotado.

—¿Qué hacéis, niñas? —Delia se asoma a la puerta.

—Decidiendo si quien me envía las flores es un psicópata peligroso o un príncipe azul; yo me decanto por la primera opción, pero Luci por lo visto se ha vuelto la idealista del grupo.

—Sí, y sigo siendo la estilista. ¿Qué te parece este vestido para su cita con Joel?

Delia se queda mirándolo, y sólo su gesto ya denota desaprobación.

—¿Pero has vuelto a quedar con él? ¿No estaba desaparecido en combate?

—Ha estado liado esta semana, con lo de arreglar no sé qué en las otras oficinas, pero me ha escrito que si quería quedar hoy.

—Claro, y tú te has puesto a mover el rabito como un perrito —Delia deja el vestido en la cama—. No sé, no me gusta ese tío.

—Ha estado ocupado, sólo eso…

—Tú también, ¿y a que has tenido tiempo de mirar el móvil cada diez minutos?

—No seas mala, Delia. Deja que por una vez se lo pase bien…

—Yo sólo te aviso, tú verás —Delia se queda en el quicio de la puerta—. Ahora viene Ángel para acá, que venía a traerme unas cosas.

—¡Hombre! ¿Por fin le has levantado el castigo y le dejas subir? —no puedo evitar ponerme sarcástica, pero es que Lucía y yo hemos comentado infinidad de veces lo extraño que resulta que el novio de Delia apenas pase por casa.

—No estaba castigado, sólo que me he estado pasando más yo por su casa que él por la mía, ¿qué más dará?

—Te he dicho mil veces que por mí no hay ningún problema. Ángel me parece un encanto de chico, y yo estoy mejor, de verdad, Delia… —Lucía pone carita de buena y Delia sale de la habitación con un gesto de confusión.

Mi estilista comienza a peinarme y a preparar el maquillaje en silencio, hasta que oímos el timbre de la puerta. Pensamos en salir a saludar, pero al final decidimos no agobiar más a Delia y darles un poco de intimidad. De hecho, parece que tenían ganas de rehuirnos, porque oímos cómo se meten enseguida en su habitación y cierran la puerta.

—¿Tú que crees? —le digo a Luci mientras me plancha el pelo.

—¿De qué?

—¡De esos dos! ¿No tienen una relación muy rara?

—No tienen la relación que yo tendría... pero cada pareja es un mundo, ¿no? Y teniendo en cuenta que Delia ya es un mundo en sí misma...

—También es verdad.

La conversación se interrumpe por un golpe en la cama al otro lado, y ambas nos quedamos mirando. No hace falta decir nada, en un segundo estamos las dos con la oreja pegada a la pared.

—¿Lo estarán haciendo? —inquiero a Lucía—. Yo no oigo nada.

—Hombre, con nosotras al lado es un poco obvio...

—¡Qué morro! ¡Tú siempre lo hacías con nosotras al lado!

—Shhh, ¡que así no oímos nada! —Lucía se ríe por lo bajo—. Nada, yo creo que éstos han hecho voto de castidad.

—¡O que Delia se ha acostumbrado demasiado a los vibradores! —ahora soy yo la que se intenta aguantar la risa sin mucho éxito, hasta que por fin oigo unos pasos—. ¿Se mueven?

Pero Lucía me da un golpe en la espalda, y cuando me giro me doy cuenta de que los pasos que oía no eran en la otra habitación, sino en la nuestra, y que Delia está frente a nosotras.

—¿Por qué no os vais las dos un poquito a la mierda? —Delia cierra la puerta de un golpe, y nos quedamos petrificadas. Mierda, mierda, mierda...

Salimos en su busca, pero nada más llegar al salón vemos cómo sale con Ángel por la puerta.

—Pues lo mismo sí que tenían un motivo para no venir a casa... —digo casi para mí misma.

—Anda, vamos a que termine de arreglarte, y ya veremos cómo solucionamos esto otro mañana.

Al final me pongo el vestido rojo sin rechistar y dejo que Lucía haga conmigo lo que quiera. Mejor una sola amiga enfadada, que no dos. Tras pasar por chapa y pintura, me siento en el sofá a ver la tele, a la espera de que el teléfono móvil suene, avisándome de que Joel está en mi puerta. Pero llegan las ocho y nada. Las ocho y diez; y cuarto... Las miradas de refilón de Lucía comienzan a atacarme los nervios. Y veinticinco, y media... Miro su conexión, lo mismo se ha averiado el metro y por eso no puede llegar. Menos veinte... Dejo de nuevo la gabardina negra y el bolso en la percha, y busco en la cocina algo que comer para calmar la ansiedad. Justo cuando abro el armarito suena el teléfono. Es un mensaje.

«Estoy en tu puerta, castaña».

Vuelvo a respirar, y sin mirar atrás, salgo escopetada por las escaleras. Quiero dejar las tensiones en casa y disfrutar sin pensar en nada más que esta noche, me depare lo que me depare. Casi puedo escuchar en mi cabeza la canción *Girl on fire* cuando mi entrepierna arde al ver que me espera en su descapotable, en el que entro como si ya fuera un lugar conocido.

—Llegas tarde.

—Ya, me he entretenido, ¿nos vamos?

Comienza a conducir y me quedo un poco descolocada. Ni me pide perdón, ni me da un beso. En realidad, ni siquiera sé muy bien qué hay ahora mismo entre nosotros, pero sé que si se lo pregunto, así, directamente, no volverá a llamarme. Así que prefiero investigar poco a poco.

—¿Dónde quieres ir?

—No lo sé, pensé que ya habías mirado algo tú...

—No, pero puedo improvisar —por primera vez Joel me mira y me sonríe.

—Me parece bien —ese simple gesto ya me tranquiliza—. Y cuéntame, ¿qué tal ha ido esta semana? No he sabido mucho de ti desde que te has ausentado de nuestra oficina.

—Porque no había mucho que contar. Sólo trabajo, nada más.

—Bueno, pero entonces, ¿todo bien? —Joel me clava esos ojos azules, como descifrando los posibles significados de mi pregunta.

—Todo bien, castaña.

Su mirada vuelve a centrarse en la carretera, pero su mano, sin embargo, abandona la palanca de cambios y se queda apoyada en mi muslo, peligrosamente cerca. Cuando tiene que cambiar de marcha abandona mi pierna, pero vuelve a su huella de nuevo, ni más arriba, ni más abajo, como esperando una invitación, que al menos de momento, prefiero no hacer.

Dejamos el coche en un *parking* del centro y, para mi sorpresa, al salir me coge de la mano. Intento que no vea mi sonrisa, pero me es imposible contenerla. Joel es todo un misterio, y reconozco que yo siempre fui amante de las novelas de Agatha Christie.

Cuando me doy cuenta estamos en la puerta de un indio. No pinta mal.

—¿Un indio?

—Dijiste que te gustaban mucho, ¿no? —me sorprende que lo recuerde, pero también hace que algo se me remueva por dentro.

—Sí, pero tampoco hacía falta...

—Me gusta, y me gusta que te guste lo exótico... Pero he de reconocer que también me pierden los argentinos.

—¿Te gusta la carne?

Joel tira de mi mano y me acerca a su cuerpo, para poner su boca en mi oreja y susurrarme con una sonrisa.

—La carne es mi perdición en este mundo...

Calor, mucho calor.

Entramos en el restaurante, y Joel vuelve a convertirse en ese hombre resuelto y seguro de sí mismo que pude ver en Bilbao. Consigue la mesa perfecta, seduciendo sutilmente a la camarera, a la que le encarga que nos traiga un vino que él parece conocer a la perfección y que yo no he oído en mi vida. Por mi parte me sumerjo en el menú, pero me cuesta concentrarme en los platos, teniendo en cuenta que su pie se posa, como de casualidad, junto al mío. Finalmente pedimos, y cuando Joel saborea la primera copa de vino, comienza a hablar como si le hubieran dado cuerda. Me habla de sus viajes y, una vez más, vuelvo a sentirme pequeña a su lado. Supongo que hemos dedicado el tiempo a distintas cosas a lo largo de nuestra vida, pero pienso que nunca es tarde para rectificar. La comida no tarda mucho en llegar; aunque sé que lo habitual es comer con las manos, me sorprende que Joel lo haga así, porque yo siempre he sido muy partidaria de no abandonar el cuchillo y el tenedor, sobre todo en una cita. Aunque hay cierto toque primitivo, y por tanto excitante, en esa escena, no es exactamente lo que me imaginaba que sería una cita con él.

—Tienes un concepto muy raro de lo que es una cita romántica, ¿sabes? —bebo mi copa de vino mientras le miro fijamente a los ojos.

—¿Y quién dijo que tuviera que ser romántica? —esa frase hace que por un momento se me atragante el vino, pero prefiero ser lista y aprovechar la ocasión.

—O sea que no es aquí donde llevas a tus chicas.

—Puede que sí, puede que no...

—Pero ha habido más chicas... —sé que no debería sacar la conversación de «anteriores relaciones», pero en realidad, me muero por investigar.

—¿Y tú? ¿Cuántos chicos has tenido? —Joel me devuelve la pelota mirándome desde su copa de vino.

—He preguntado primero.

—Ya, pero tú preguntas siempre. Me toca. ¿Algún hombre al que le hayas roto el corazón?

—Puede que sí, puede que no... —a esto yo también sé jugar.

—Si fuiste tan apasionada como conmigo en San Sebastián, seguro que sí.

Me quiero morir de la vergüenza, no esperaba esa respuesta. Pero no respondo, no quiero que sepa, que en realidad, yo nunca había sido así, que sólo él ha sabido sacar esa parte de mí, que aunque sólo sea por eso, ya es inolvidable.

—¿Y para ti qué es lo que pasó en San Sebastián?

—¿Por qué me lo preguntas? Creo recordar que tú también estabas allí...

—Sé lo que pasó para mí, pero me gustaría saber qué pasó para ti.

—Ya veo... —Se hace un silencio incómodo, y cuando creo que una vez más me voy a quedar sin las respuestas que necesito, Joel comienza a hablar como si nada—. Pues para mí lo que pasó fue que un viaje que pintaba bastante negro, ya que me acompañaba una maniática del control, se volvió genial cuando descubrí que cierta persona era increíble cuando simplemente se dejaba llevar, y me gustaría saber hasta donde sería capaz de llegar. ¿Crees que hoy podré averiguarlo?

—Puede que sí, puede que no... —No puedo evitar que la sonrisa de Joel me contagie, y sin saber distinguir si lo que tengo es hambre o mariposas en el estómago, me pongo a devorar yo también mi carne, pensando entonces que puede que yo también sea una gran carnívora.

La cena transcurre mucho más relajada, aunque Joel ya no está tan hablador. Ha cambiado su pose de hombre seguro por la de niño bromista, y aunque reconozco que es mucho más divertida, creo que no es sino otro escudo para evitar cualquier conversación mínimamente trascendente. Asumo que por el momento no voy a poder sonsacar más, y sigo su decisión de hacer de ésta una noche divertida.

Acabo algo abotagada por el vino. Me doy cuenta de que con Joel siempre acabo algo achispada y que quizá por eso nunca pienso con claridad. Antes de que me percate ha pagado la cuenta. Sé que se supone que lo hace como un caballero, pero hace mucho que me mantengo por mí misma, y no me gusta demasiado que nadie me tenga que invitar, así que a cambio insisto en ir a tomar unas copas, que por supuesto pagaré yo.

Nada más salir del restaurante, Joel, en vez de cogerme de la mano, me rodea con su brazo. Siento el calor de su cuerpo. Es una sensación tan agradable sentir el cuerpo del otro, tan cerca, tan accesible, que puede que sea por el vino, o por el reto que está claro que me ha lanzado a lo largo de la cena, que me quedo pegada al suelo, y ante su mirada de sorpresa, me lanzo a su cuello para hacer lo que me moría de ganas de hacer toda la noche. Besarle. Joel, al que también se le nota más desinhibido, no titubea, y mientras me coge de la cintura para acercarme más a él, responde a mi beso con toda la intensidad que él sabe ponerle a las cosas. Cuando nos separamos, me quedo mirándole como una tonta, y sin saber qué hacer, simplemente me echo a reír.

—Vaya, pues creo que mi castaña al final va a preferir ir a tomar un postre en vez de unas copas...

—Es que además de exótica soy una chica muy dulce, ¿sabes?

Joel me pilla desprevenida, y vuelve a besarme.

—Desde luego, dulce me sabes...

Entramos en el coche con el calor saliendo de nuestras mejillas y ponemos la capota. Esta vez, su mano no se posa sólo inocentemente en mi muslo, sino que sube sin miedo, y yo, lejos de recriminárselo, me abro para él. Cierro los ojos y siento como sus dedos me hacen el amor. Sólo por un segundo pienso en que debería concentrarse más en la carretera que en mí, pero algo me dice que Joel es perfectamente capaz de hacer dos cosas a la vez. Cuando estoy a punto de concentrarme lo suficiente como para dejarme ir, me asusta el frenazo del coche. Nerviosa, pensando que quizá nos hemos dejado llevar demasiado, abro los ojos sobresaltada, pero lo que veo no es más que un descampado.

—¿Recordando tiempos adolescentes, quizá? —le pregunto inquisitiva.

—Esta vez me has pillado, sí, aquí sí llevaba a las chicas, pero hace mucho, mucho tiempo...

—¿Y por qué hemos venido aquí ahora?

—Porque esto está mucho más cerca que mi casa y no podía esperar más...

Sin más preámbulos, Joel se echa sobre mí, pero en vez de besarme como esperaba, comienza a devorar mi cuello, como si hubiera averiguado, sin yo decirlo, que ése es mi punto débil. Me derrito, y vuelvo a cerrar los ojos mientras mis manos buscan a tientas su propio tesoro, que encuentran duro y firme, dispuesto a darme todo lo que necesito. Y es que, aunque tenía en mente más bien una noche de placer lento y entregado, la necesidad urge en mi entrepierna.

—Te necesito dentro Joel, te necesito ya... —sorprendida de nuevo por mi impulsividad, doy por hecho que Joel tampoco se va a hacer de rogar.

Esta vez sí que vuelve a sumergir su lengua en mi boca, a recorrer después con ella mi cuerpo, mientras me apresuro por deshacerme de mis medias, antes de que la desesperación de alguno de los dos acabe por romperlas. Él hace lo propio con sus pantalones y mientras echa el asiento hacia atrás, yo busco un condón en mi bolso. Ya he aprendido que chica precavida vale por dos. Se lo cedo y de un respingo me sitúo encima de él, y en cuanto está listo, cojo la llave de mi felicidad y abro con ella la puerta al paraíso ya en la primera metida. Es todo un poco precipitado, acalorado, pero no por ello menos intenso. Nunca fui una adolescente muy sexual, creo que lo he hecho en un coche veces muy contadas, y siempre me pareció algo incómodo. Sin embargo, ahora mismo no puedo pensar en si mi pierna roza con el freno de mano, o en si mi cabeza choca con el techo cada vez que me muevo, porque simplemente no puedo parar. No puedo parar de moverme, de sentirle dentro una y otra vez, como si quisiera que me atravesase, que entrase más y más en mí, mientras grito y grito de placer. Esta vez no tengo que esconderme, ni tengo que disimular. Disfruto de la visión de su sexo entrando en el mío, de su cara devorando mis pechos, muerto de placer; es tanta la sensación, que tras el primer orgasmo, soy incapaz de parar, como si nada pudiera saciarme, como si fuera a exprimir todo lo que Joel me dé durante toda la noche hasta desfallecer. Así, vuelvo a llegar a la cumbre, una vez, y otra vez más, hasta que Joel me coge de la cintura, aumenta el ritmo de las embestidas, y se derrama dentro de mí, sin disimular tampoco en sus gemidos todo su placer.

Caigo rendida sobre su cuello, sin decir una palabra, intentado recuperar el ritmo de la respiración y aspirando todo el aroma que desprende su cuerpo. Me hubiera gustado permanecer así hasta dormirme sobre él, pero Joel sale de mí, agarra el preservativo desde la base y se desprende de él. Me quedo sentada a su lado y, de pronto, empiezo a sentir mucho frío...

—¿Estás bien? —Joel se me queda mirando y, por alguna razón, no sé muy bien qué decir, pero una vez más adivina mis pensamientos—. ¿Tienes frío? Ven, toma —se acerca y con cuidado me tiende su chaqueta, me arropa con ella, y me da un beso en la frente—. Mucho mejor, ¿verdad, castaña?

Asiento y me quedo mirándole en silencio. No hemos hecho el amor, sino que hemos follado, sé ver la diferencia. Sin embargo, ahora tiene ese gesto tan tierno conmigo. Y en la cena ha sido todo un seductor, aunque ahora me ha llevado a un descampado como unos adolescentes, en vez de dejar que pasase la noche en su casa. Ni siquiera el subidón de oxitocina puede evitar que me llene de dudas y desconcierto. Intento simplemente disfrutar; aunque desde luego estoy haciendo cosas que nunca haría, no puedo dejar de ser yo.

—¿Joel?

Joel tiene apoyada la cabeza en el asiento, y esa pose tan relajada, incluso en su cara, le hace ser aún mucho más sexy.

—Dime.

—Yo... me preguntaba... —no sé muy bien cómo hacer *la pregunta*, sin que suene a *la pregunta*, porque sé que es pronto para hacerla, pero mis nervios no pueden esperar más—. ¿Tú y yo...?

—Tú y yo lo pasamos genial, eso está claro, castaña — Joel me guiña el ojo.

—Ya, pero... ¿hay algo más, aparte de eso? —tiemblo, estoy temblando, y ya no es de frío, aunque siento que cuanto más dura el silencio de Joel, más fría me quedo.

—No me gusta etiquetar las cosas, Aitana. Creo que hacerlo lo complica todo.

—A veces uno necesita las etiquetas precisamente para no complicarse... —Joel se me queda mirando fijamente, muy, muy serio.

—Sólo puedo decirte que eres alguien especial para mí, diferente a muchas chicas que he conocido, que me gusta estar contigo... Pero que no me gusta comprometerme...

El frío termina de apoderarse de mí, hasta tal punto que tengo que aguantarme las ganas de llorar. Simplemente asiento y comienzo a vestirme. Soy una estúpida, una niñita estúpida que ha visto muchas pelis de Disney. Voy a coger el abrigo y la mano de Joel me detiene.

—¿Qué haces?

—Vestirme para que me lleves a casa.

—No seas así, Aitana. Simplemente... vayamos más despacio, ¿vale? Nos lo estamos pasando bien, estamos bien, ¿verdad? No compliques algo que no hace falta complicar... —me coge el mentón con una de sus manos, y pone su boca junto a la mía—. Sólo quédate conmigo, Aitana... por favor, sólo eso, quédate aquí y ahora, conmigo.

Y entonces, como si fuera una princesa Disney, sucumbo al hechizo del mago malvado, y dejo que el aroma de sus besos me embriague la razón, porque es hora de aceptar que los príncipes azules, sólo existen en los cuentos.

LILAS BLANCAS

Símbolo de la juventud y de la inocencia, las lilas blancas también son un símbolo del amor renaciente.

Lucía

EL SEXO ES UNO de los mejores regalos de la vida. Te pone de buen humor, te quita el dolor de cabeza, te aporta serotonina, que es la clave química de la felicidad e incluso te ayuda a sobrellevar los dolores menstruales.

La primera vez que hice el amor con un chico fue a los dieciséis años. Era el chico más popular del instituto, jugaba en el equipo de futbol del barrio y tenía moto. ¿Qué más podía pedir? Quizá que hubiera sido más romántico, al menos, más cuidadoso. Es extraño descubrir tu cuerpo gracias al cuerpo de otra persona. Me acuerdo de que me gustaba mucho leer esas revistas de adolescentes en las que el sexo parecía ser el gran descubrimiento de tu vida. Para mí, no resultó ser gran cosa. Excitante, pero quizás algo decepcionante. Los fuegos artificiales llegaron más tarde. Después de que el chico con moto se fuera con una repetidora, y después de otros tantos parecidos, a los diecinueve me enamoré locamente de un chico inglés durante un verano en la playa y cometí la locura de comenzar una relación a distancia. Más allá de la desesperación de no verle, lo que más recuerdo de Mark fue el descubrimiento del verdadero placer en el sexo. Era algo más mayor que yo, con experiencia, pero sobre todo tenía algo especial. Era apasionado, atento, y sabía muy bien lo que se hacía. Sabía que mi piel escondía muchos puntos de placer que no sólo estaban en mi vagina. Que las ganas hay que provocarlas y que las risas van bien con el placer. Que una mirada puede ser mucho más excitante que un juego de manos, y que hay palabras, que bien susurradas, saben llevarte al infinito. Con él aprendí todo sobre el sexo, sobre mi propio placer, y entendí por qué todo el mundo enloquecía por su causa. Desde entonces, disfruté mucho más de las experiencias con todos mis amantes, incluso de los ocasionales, y el sexo se convirtió en una parte vital de mí misma. Era algo tan natural como andar, como dormir, como comer. Tener un orgasmo era simplemente una necesidad vital.

Desconectar, dejar la mente en blanco y dejar que todo salga fuera. Gritar, dejar que el cuerpo se tense para después dejarse llevar por la paz más absoluta. Dejar que la parte más animal de ti salga sin miedo. Morder, lamer, saborear. No siempre he hecho el amor, he follado con muchos chicos, y también he sido muy egoísta en mi placer. Sin embargo, nunca había sido tan egoísta como ahora, cuando el placer es sólo para mí, todo para mí sola.

Me levanto muy cansada. Miro el reloj, son casi las doce de la mañana. No me puedo creer que haya dormido tanto, últimamente por más que descanso tengo mucho sueño. Es sábado, y en realidad tampoco es que tenga nada que hacer, pero me extraña que no me hayan despertado los ruidos de las chicas. Salgo al salón y me encuentro una nota de Aitana. Ha quedado para pasar el día con las compañeras del trabajo. Anoche llegó tarde, eso seguro, y una parte de mí sospecha que hoy ha preferido no vernos para no tener que contarnos muchos detalles. De Delia, sin embargo, no hay señales. Me asomo discretamente a su habitación, la cama está hecha. No volvió por aquí desde el enfado de ayer. Supongo que dormiría en casa de Ángel y que esta tarde irá desde allí a la tienda, ya que a Adriana le tocaba el turno de mañana y a ella el de tarde. Espero que no esté muy enfadada con nosotras. A decir verdad, lleva un tiempo muy rara con Aitana. En la universidad eran uña y carne y siempre tuve la sensación de estar de más. Sin embargo, noto que ahora ambas hacen por apoyarme, pero que entre ellas no termina de fluir la cosa. Sobre todo desde que Aitana se enrolló con ese tal Joel. Tampoco entiendo por qué es tan dura con ella, a mí nunca me juzgó demasiado con mis idas y venidas amorosas, aunque supongo que de Aitana esperaba algo diferente. A veces, de manera injusta, somos más críticas y más exigentes con nuestras amistades que con nuestros amantes, y eso que damos más a los segundos de nosotras mismas.

Justo a esta hora entra un sol precioso por la ventana, así que decido poner algo de música, y sacar los bártulos. Hoy tengo ganas de dibujar, pero sobre todo de hacer algo diferente, aunque realmente no sé qué. He aprendido que a la hora de dibujar hay que ser disciplinada, que la creatividad no es nada sin el orden, y por lo tanto, antes de lanzarse al lienzo principal, hay que bocetar, tener claro qué se quiere hacer, probar, corregir. Pero en ocasiones, ser tan metódica me bloquea, y hoy sólo tengo ganas de dejar hablar al lápiz, sin más. Hago varios bocetos, de nada en concreto, en busca de la inspiración, hasta que los trazos cobran forma mágicamente, como si fuera mi subconsciente el que se plasmase en el papel, sin debatir las líneas con mi razón.

Los primeros trazos nunca son los definitivos. Como en el amor, hay que aprender que primero hay que errar hasta encontrar el definitivo. La pena es que en la vida no pueda utilizarse una goma de borrar para eliminar los restos de los errores, ni delineadores de tinta para fijar para siempre los elegidos. Siempre dejo las caras para lo último. Lo hago desde pequeña, cuando para susto de mi madre, pintaba a todos mis personajes con rostros en blanco. La cara es el espejo del alma, y si quiero que el dibujo transmita algo a quien lo mire, es esencial saber reflejar emociones en los rostros de los protagonistas. Cojo mi espejito de mano, es uno de los trucos que aprendí hace ya mucho tiempo, en otra vida. Pongo la cara de la expresión que quiero plasmar en el espejo, y utilizo mi propio reflejo como modelo. La gente se cree que los artistas siempre tienen musas, pero en realidad, dibujar es un trabajo extremadamente solitario, hay que sacar provecho a todos los recursos que puede ofrecerse uno mismo. Una vez perfilado, antes de tener nada más definitivo, comienzo con las pruebas de color. Todavía no me he atrevido a dar mucho color a mis dibujos y sólo doy algunos toques, en algunos detalles, en tonos azules, rojos y amarillos. Aitana opina que es muy soso, yo creo que les aporta cierta personalidad, que de alguna forma, ésa puede ser mi firma.

Cuando me quiero dar cuenta de la hora es incluso tarde para comer. Sigo sin señales de la chicas, así que me preparo una ensalada mientras observo los dos dibujos que he conseguido dejar a medio terminar. La luz ya ha cambiado, y necesito hacer un parón. Miro el reloj y pienso que Delia ya debe estar yendo hacia la tienda, llevarle los bocetos es una excusa estupenda para ir a verla y descubrir si sigue enfadada.

Cojo el abrigo y el bolso, y antes de salir de la habitación vuelvo a mirar, como cada día, la urna de Julio. No le digo nada, sólo la acaricio, como si con ese amor me bastase por hoy.

Entro a la tienda en silencio y en cuanto abro la puerta veo que Delia está con un par de clientas. Me dirijo al mostrador callada para poder guardar los bocetos, y sin poder evitarlo, escucho parte de la conversación.

—La verdad es que estoy cansada de que piensen que todas las lesbianas necesitamos un falo, y si no es de carne y hueso, que sea un vibrador, cada vez que vamos a una tienda no sé por qué siempre nos acaban ofreciendo arneses o vibradores dobles, ¡ni que sólo pudiéramos jugar a eso! —comenta una de las clientas.

—Bueno, que tampoco quiere decir que no nos guste, pero ya sabes a lo que me refiero... —apunta su compañera.

—Sí, prejuicios... Pues no os preocupéis, estos aceites de masaje que os lleváis son estupendos. A mí me gustan mucho, son muy suaves y tienen un olor genial, ya me contaréis qué tal os va; si os gusta, aquí estamos para recomendaros alguna cosa más.

—Mmm no hay nada que me guste más que llegar a casa y darnos un buen masajito, así, sin esperar que pase nada más... —ronronea la primera mirando cómplice a su chica—. Pues muchas gracias, Delia, ha sido todo un placer, te contamos y si eso funciona volvemos por aquí, ¡hasta luego!

Las chicas se marchan cogidas de la mano y yo me quedo observándolas un momento, sumida en mis pensamientos, cuando me doy cuenta de que Delia me observa expectante.

—Es bonito —digo a modo de saludo—. Que pese a todo lo que se critique desde fuera, ellas se tengan la una a la otra y todo les importe un bledo. Eso es amor.

—Bueno, tú viviste algo parecido, ¿no? No es que Julio y tú en su momento lo tuvierais todo a favor, y seguro que estás de acuerdo en que todo es mucho más bonito cuando es fácil y no hay tantos obstáculos. Eso son cosas de las películas, la gente lo que quiere es ser feliz, no vivir dramas —contesta Delia un poco brusca, y yo me quedo pensando si sigue enfadada conmigo o si en realidad hay algo más tras sus palabras.

—Yo creo que no hay amores fáciles, cada persona tiene su propia historia. No sé, el amor de verdad es para los valientes.

—Puede ser, pero hay amores que sólo son posibles si hay alguien a tu lado que te ayude a serlo… Tú al menos tuviste esa suerte. —Delia mira cabizbaja, sus palabras ya no suenan duras, sino tristes.

—¿Sigues enfadada?

—Un poco. Sois la hostia.

—No te enfades, ya sabes cómo somos…

—Sé cómo erais, pero ya no somos unas niñas, y vosotras parece que no maduraréis nunca, que yo tenga que hacer de la mami siempre.

—Lo siento.

—Sé que lo sientes —Delia da por zanjada la conversación, pero a mí sus palabras me reconcomen un poco. Es verdad que siempre actúa como nuestra madre, que nos cuida, nos consuela, nos aconseja, mientras Aitana y yo andamos siempre a nuestras cosas, sin preocuparnos tanto por ella. Cuando estoy pensando en que quizá sería un buen momento para indagar en su relación con Ángel, que por sus palabras evidentemente no tiene que estar pasando un buen momento, me doy cuenta de que Delia está absorta mirando mis dibujos—. ¿Y esto? Esto es nuevo…

—Sí, se me han ocurrido hoy, te los traía para ver qué te parecían. ¿Te gustan?

—Mucho... pero... —Delia se me queda mirando por un momento, como si quisiera descifrar algo—. No es Julio, ¿no?

—No... No es nadie, sólo un chico. Estaba cansada de pintar sólo chicas, quería probar.

—Ajam —Delia mira los dibujos, como si obcecada por no poder leer mi mente, quisiera leerme a través de las láminas, o como si de alguna manera se leyera también a sí misma en ellas—. Lu, ¿tú crees que se puede olvidar a un amor y volverse a enamorar? ¿Qué podrías empezar de cero con alguien nuevo?

No esperaba esa pregunta, aunque entiendo que mis dibujos hayan podido dar lugar a otras interpretaciones. Si se me hace un nudo en la garganta es porque es una pregunta que ya me hice el mismo día que Julio murió y que, de alguna manera, he tenido en mi cabeza cada día desde entonces.

—Creo que sí, algún día, pero no hoy. Hoy no tengo fuerzas para volver a sentir amor por nadie. Simplemente ahora no me siento valiente...

Me pongo nerviosa, y quizá por eso empiezo a no encontrarme bien. Pongo una excusa tonta a Delia, ir a comprar unos lápices nuevos, que me deja marchar sin preguntar nada más. De pronto ya no tengo ánimo para pasarme la tarde atendiendo a parejas.

Cuando llego a casa, Aitana todavía no ha vuelto, le mando un mensaje, me extraña no saber nada de ella en todo el día, y enseguida me responde con una fotografía de ella tomando unas cañas con unas chicas que no conozco de nada. Me siento en el sofá, y hago zapping como una tonta. Pienso en tomarme algo de merendar, pero tengo el estómago revuelto. No sé por qué me he puesto tan triste. Supongo que quiero estar bien, y aún no lo estoy del todo. Casi en una especie de modo automático, acabo yendo a mi armario y abriendo una de esas cajas que me trajeron de Barcelona, que no había querido abrir hasta ahora.

Son recuerdos de cuando empecé a salir con Julio. Cosas tontas de esas que una guarda no sabe ni por qué. Las anotaciones del primer trabajo que me corrigió, una rosa seca, el *ticket* de una cena, unas entradas del teatro, fotografías de un fotomatón porque no quería llevar fotos mías en su móvil cuando lo nuestro era un secreto, y una camiseta suya. La cojo por un momento, increíblemente sigue oliendo a él. Me pregunto cómo es eso posible. Que una persona ya no esté y, sin embargo, su fragancia siga aquí. Su presencia, su ser en cada una de estas cosas. La tristeza es tan grande que ni siquiera soy capaz de llorar, ni de hablar con él, ni de hacer nada que no sea aspirar una y otra vez esa camisa. Al final la dejo de nuevo en la caja, con miedo de que si aspiro demasiado, el olor pueda desaparecer.

Pero al dejar la camiseta me doy cuenta de que en la caja también hay más cosas, y que no tienen que ver con Julio, sino con mi infancia. Entre ellas encuentro una de las cajas de música que me regaló mi madre. Primero la miro enfadada, pero al abrirla y escuchar la música, mi mente se traslada al día en que me la regaló y lo mucho que me gustó. Mi padre nos había abandonado hacía poco, y mi madre intentaba estar más pendiente de mí. Nunca hasta ahora me había planteado que cuando mi padre se fue, de alguna manera, para mi madre, fue como si se hubiera muerto, o incluso peor, porque yo tengo el consuelo de que Julio se fue amándome; ella, sin embargo, perdió a mi padre en más sentidos. En la caja también hay algunos juguetes que me compró por aquella época, y algo en mí se va ablandando. Sé que se portó mal conmigo con todo lo de Julio, pero nunca he pensado demasiado en su dolor, en que no he sido la única que he sufrido. Siempre pensé que yo perdí un padre, pero que a ella le quedaba yo, que se consoló con eso. Me quedo mirando el teléfono y, con mano temblorosa, lo descuelgo, pero no soy capaz de marcar, de llamarla. Sé que tengo que hacerlo, pero hoy no me siento valiente. Hoy no puedo con esto.

El estómago, con toda esa mezcla de sensaciones, se me termina de revolver y una arcada me sube a la garganta, por lo que salgo corriendo al baño. Empiezo a vomitar, sin saber muy bien si algo me ha podido sentar mal; hasta que caigo en que mi constante sueño y mi estómago delicado son señales de que me tiene que venir la regla. Empiezo a hacer cálculos mentales. Tuve que dejar la píldora hace tiempo porque me empezaron a dar sofocos, y la verdad es que con mis ovarios poliquísticos averiguar cuándo son mis días es algo verdaderamente difícil. El problema es que por mucho que lo intento no recuerdo cuando ha sido la última vez que tuve la regla. Con tantos problemas y con lo nerviosa e inestable que he estado, lo más seguro es que se me haya retrasado, pero es que ni siquiera recuerdo haber comprado compresas mientras he estado estos dos meses en casa.

Empiezo a sentir ansiedad, mucha ansiedad. Lo más seguro es que sean nervios, he estado otras veces meses sin menstruar, incluso por estar de exámenes en la universidad. Tiene que ser eso, tiene que serlo, pero no puedo quedarme con la duda. Salgo corriendo a una farmacia, rezando e implorando que lo que me da vueltas en la cabeza no pueda ser real.

Ni siquiera soy consciente de haber salido a la calle. Miro a mi alrededor, pero no tengo claro dónde estoy. Miro mi teléfono móvil en busca del navegador. Pienso en enviar un mensaje a las chicas, mandarles mi localización y que vengan a socorrerme; pero me harían preguntas, muchas preguntas, que ahora mismo no me siento en posición de contestar. Preguntas como, ¿cómo ha podido pasar? No lo sé... Julio y yo jugamos más de una vez al límite, es cierto, pero nunca pasaba nada. No tiene sentido. Ningún sentido. Es una broma macabra del destino.

Pero ha pasado. El test de embarazo lo ha dicho. Son dos rayitas. Y por alguna razón dos rayitas en un palo deben cambiar toda mi vida. No tiene sentido. Vuelve a faltarme el aire. Me siento cansada, muy cansada. Necesito sentarme. Observo que al otro lado de la calle hay un parque, y me siento en uno de los bancos. Respiro, sólo me centro en respirar.

Ya es algo tarde, pero aun así quedan algunos niños. Juegan ante la atenta mirada de sus madres y, al observarlas, veo que algunas no son mucho mayores que yo. Sé que a mi edad hay mujeres que ya son madres, pero yo no tenía en mente ser una de esas mujeres. Esto no puede estar pasando, simplemente no puede ser real. Yo iba a estar bien, iba a ocuparme por primera vez de mí misma, no tiene sentido, ningún sentido.

Me toco la tripa y pienso como puede ser que haya algo vivo ahí dentro, y sin darme cuenta me encuentro haciéndome preguntas estúpidas. Pensando cómo será de grande, o si se parecerá a Julio. Sé que ahora no se parece a nadie ni a nada, pero pienso en sí realmente podría ser como él. Si se movería igual al andar, si miraría con esos ojos ingenuos a la par que inteligentes, si tendría su pelo. Vuelvo a mirar a los niños del parque. También hay un padre que coge a su niña y la tira del tobogán, mientras ella ríe feliz y abstraída de toda preocupación. Yo tuve que tirarme sola del tobogán desde bien pequeña.

¿Qué vas a hacer? Ésa es la otra pregunta que las chicas me harán. ¿Qué vas a hacer Lucía? Lucía siempre ha sido una loca, una irresponsable, una mantenida… Lucía nunca se ha ocupado de nadie que no sea de ella misma. No lo sé. No puedo contárselo, no puedo contárselo a nadie hasta que no sepa qué debería de contestar.

Un hijo de Julio. Un hijo de Julio y mío. Eso podría cambiarlo todo, ¿pero me haría feliz? ¿Podría yo hacerle feliz a él? Sé que para ser una familia no siempre es necesario ser tres, pero mi madre era una mujer mucho más fuerte que yo, y pese a ello, ella no tuvo elección alguna. Yo tengo elección.

Sigo mirando al parque, como si observando a esos niños fuera a hallar una respuesta. Como si cualquiera de esos niños o sus familias supieran más que yo y pudieran decidir por mí. De pronto uno de los niños tira la pelota fuera del parque, ésta se queda en la carretera, el niño sale corriendo hacia ella y, por un instante, un coche está a punto de atropellarle. El coche se detiene de golpe, el niño empieza a llorar asustado y la madre corre a consolarlo entre gritos. Sólo ha sido un susto, pero podría haber sido algo más. Empiezo a sentir una gran presión en el pecho, y ansiedad, mucha ansiedad. No puedo soportarlo más y me lanzo a la calle a la búsqueda desesperada de un taxi que me lleve a casa.

CAMELIAS

*La camelia tiene un mensaje claro: «te
querré siempre». Sin embargo, según el
color de la misma, cambian los matices,
siendo el blanco una súplica por el
desprecio de un amor no correspondido, el
rojo una muestra de amor incondicional
y duradero, y el rosa la necesidad de
seducir a través del romanticismo.*

Delia

CUANDO ENTRO EN CASA, por un momento, viajo en el tiempo. La luz de la lámpara acentúa las paredes violetas, pero también la cara infantil de Aitana, que está hecha un ovillo en el sofá, agarrada a uno de los cojines de ganchillo que antaño nos hizo su madre. Uno de los mechones de su pelo castaño cae juguetón sobre su nariz de pulgarcita, mientras ella, abstraída, mira la televisión, que se refleja en sus ojos marrón verdoso. Lo único que perturba la paz de la escena, es ese tic nervioso de sus pies, que me es más conocido a mí que a ella misma, y que hace que las rayas de colores de sus calcetines se confundan entre sí.

Es como si fuera cualquiera de esas tardes en las que yo llegaba a casa, agotada tras algún trabajo eventual, que podía ser de azafata de un supermercado o de telefonista. Si había una lección que mis padres se esforzaron por hacerme aprender era que debía valerme por mí misma. Si bien me dejaban el piso de mis abuelos en Madrid, no hizo falta preguntar que yo debía hacerme cargo de mis gastos si estaba decidida a vivir por mi cuenta. Si para muchos estudiantes la universidad es una oportunidad para salir de sus casas, y de ver nuevos países, para mí la universidad supuso la oportunidad de tener un hogar. Toda mi infancia me la pasé de ciudad en ciudad, siguiendo el ritmo que la multinacional en la que trabajaban mis padres marcaba. Eso suponía no tener nunca una casa fija, y sobre todo, no tener a mis padres mucho tiempo conmigo. No sólo eso, también significaba no tener muchas amistades. Demasiado esfuerzo para disfrutarlas poco tiempo. Me solía pasar el día sola en casa, con alguna *nanny* que contrataban para la ocasión, pero nunca me sentía realmente en un hogar. Nuestras casas siempre solían ser frías, con muebles de alquiler porque sabíamos que luego no podríamos llevarlos con nosotros, y con pocos de esos detalles que dan realmente calor al espacio vacío que se queda entre cuatro paredes. Por eso, la sensación de entrar en nuestro piso de Madrid, donde además de muebles de mercadillo y cosas hechas a mano con cariño, siempre había alguien para recibirme, fue el mayor de los regalos.

Lo cierto es que Lucía casi siempre estaba ausente, pero Aitana, que apenas salía si no era con nosotras, siempre se quedaba esperándome en el sofá, haciendo zapping, a la expectativa de que yo eligiera alguna película para ver juntas. Generalmente nada más llegar, cansada del trabajo, solía tirarme en el sofá encima de ella y ambas nos echábamos a reír y nos contábamos qué tal había ido el día, algún que otro chisme de clase, o nos poníamos a intercambiar apuntes. Antes en esta casa se escuchaban muchas risas, y me doy cuenta de que no es así ahora, de que con la edad nos hemos vuelto mucho más serias.

Por eso, mientras estoy quieta en la puerta, observando a Aitana en calma, de una forma tonta e impulsiva, me tiro sobre ella, esperando escuchar el tintineo de su risa.

—¡Ay! ¿Qué haces, bruta? ¡Me has hecho daño! —parece que su risa se ha convertido más bien en un berrido.

—¡Qué borde eres! Antes te hacía gracia...

—Ya, pero es que antes yo estaba más mullidita y no me hacías daño.

Me quedo mirándola, la verdad es que Aitana ha perdido algunos kilos desde la universidad, nada alarmante, lo justo para estar aún más guapa que entonces. Quizá por eso ahora llame más la atención de los chicos. Por aquel entonces Aitana solía andar enamoriscada de algún chico guapo de clase, que siempre acababa por ser gay o tener novia, o simplemente, por creer que Aitana era invisible. Yo solía seguirle el rollo, porque me gustaba verla emocionada haciendo castillos de arena en su cabeza, aunque luego era yo quien tenía que calmar sus lágrimas, cuando las olas de la realidad lo destrozaban todo. A veces, incluso me inventaba que a mí también me gustaba algún chico, sólo para poder seguir esas conversaciones, aunque en realidad, la única que andaba de acá para allá con chicos de carne y hueso era Lucía.

—¿Y Lu? —pregunto mientras me siento en el sofá y le robo un poco de manta. Aitana, inconscientemente, se acomoda junto a mí, de tal forma que me llega el aroma de su champú de vainilla.

—Está en su habitación, dormida. Cuando he llegado me la he encontrado metida en la cama, dice que no se encuentra bien, creo que le duele el estómago.

—Ya... —pienso en la conversación en la tienda y en cómo se ha ido corriendo de allí. Al final le cuento a Aitana lo de las láminas de los chicos y nuestra breve conversación—. No tenía que haberle sacado ese tema, pero al ver las láminas me preocupé y pensé...

—A veces piensas demasiado, Delia.

Me sorprende el tono seco de su voz.

—Y eso, ¿a qué viene?

—Porque sí. No sé, está genial que la hayas ayudado con lo de dibujar y la tienda, y seguro que te lo agradece mil, yo también lo hago, pero también tienes que dejarle su espacio, no hace falta que estés tan encima. Ya somos mayorcitas.

—¿Somos?

—Sí, tienes que dejar de tratarnos como niñas. Si Lucía quiere pensar en otros hombres o no, o si yo quiero tener la relación que quiera tener con Joel, me convenga o no, es nuestro problema.

—¡Acabásemos! ¿Estás así de chocante porque no me gusta el tema de Joel?

—No estoy chocante, sólo te estoy diciendo que las cosas cambian y que ya no hace falta que actúes como si fueras nuestra madre.

—¡Encima! —me revienta que Aitana hable de madurez cuando sigue siendo una niña egoísta—. Lo mismo es que vosotras actuáis como niñas. ¿Qué fue lo de ayer pegadas a la pared de mi cuarto como crías?

—¡Por favor! ¿Sigues enfadada por eso? Anda, si fue una tontería.

—No estoy enfadada, pero son ese tipo de cosas lo que me hace trataros así. Además, en el caso de Lucía es diferente. No está bien, apenas han pasado dos meses, sólo nos tiene a nosotras... ¿Si no estamos nosotras pendientes de ella, quién lo va a estar?

Aitana se queda pensativa y vuelve a hacerse un ovillo en su cojín. No sé por qué está tan a la defensiva conmigo, está claro que desde que empezó esa historia con el jeta ése está rara, como cambiada. Como distante.

—No sé, últimamente nos vemos poco, no hacemos nada juntas las tres. Quizá podríamos sacar a Lu por ahí, organizar una escapada, como antes...

—«Como antes» —Aitana hace el gesto de las comillas—. ¿Ves?

—¿Y ahora qué? —espeto ya exasperada.

—Pues que a veces, no sé, creo que sigues esperando que todo sea como en la universidad, pero ya no puede ser igual. Claro que podemos hacer cosas juntas, pero antes, por ejemplo, no todas trabajábamos, y ahora pues es más difícil encontrar tiempo y esas cosas, y tampoco pasa nada.

—Pues tú bien que te has pasado todo el día con las del trabajo y no ha sido tan difícil verlas, ¿no?

—Síííí, si no te estoy diciendo que no quedemos. Podemos hacer una tarde de latineo las tres, sólo te digo que cuadrar fechas ahora es más difícil que antes. Por ejemplo, hoy no hubiéramos podido quedar porque tú abres la tienda, Luci quería dibujar...

—Bueno, y ¿qué tal ha ido hoy? ¿Estaba Joel?

—No —Aitana vuelve a poner mala cara—. He estado sólo con unas compañeras y con Daniel. Por cierto, una de ellas me ha comentado que su compañera de piso se casará en unos meses y dejará una habitación libre.

—¿Y? —eso último ya sí que me pilla totalmente desprevenida.

—Pues que le he dicho que me avise. Al fin y al cabo lo de quedarnos aquí es temporal, ¿no?

—Sí, claro, hasta que mis padres vuelvan de Londres. Siempre me han dicho que cuando se jubilen su idea es establecerse aquí en Madrid, pero vamos, que para eso aún falta, no hace falta que te pongas a buscar piso, mujer.

—Pues un poco sí. No soy tonta, luego tú te irás con Ángel, Lucía tendrá dinero para vivir sola, ¿y yo qué? Prefiero tener un plan en mente para saber que no me quedaré descolgada.

—Ajá.

—Bueno, no te preocupes, ya lo iremos hablando, era sólo un comentario. Estoy cansada de todo el día. Si te parece mañana podemos hacer algo juntas por la tarde, es domingo, nos damos una vuelta por ahí y así distraemos a Luci, ¿vale? Buenas noches.

Aitana se levanta, y no me da un beso de buenas noches, y yo me quedo agarrada al cojín de su madre, aguantándome las ganas de llorar. Al final me tomo una tila en mi taza azul, mi taza de siempre, y me voy a la cama a intentar dormir.

❧

Es un nuevo día, una nueva oportunidad. Me gusta caminar bajo el sol de Madrid, sobre todo por la mañana, cuando el calor aun no es asfixiante, cuando la ciudad aun agradece que la recorras.

El verano en Madrid puede ser realmente asfixiante. Si hay alguna pega que le pondría a esta ciudad es que es un lugar de extremos. Pasamos de un frío terrible en invierno, a un calor sofocante en verano, y cada año, parece que tanto la primavera como el otoño se hacen más difusos. No hay margen para acostumbrarse al cambio, éste llega sin más, sin avisar. Por eso, cuando llega el calor, me maldigo a mí misma por tener el pelo demasiado corto como para poder recogérmelo, y a sabiendas de que no puede crecerme en tan poco tiempo, opto por la solución más práctica, cortarlo aún más.

La tienda va bien, pero tampoco como para permitirse muchos lujos, así que Adriana me ha convencido de que vaya a casa de su amiga Alicia a cortarme el pelo. Con esto de la crisis, no es la única que a falta de un empleo y de dinero como para montar un negocio propio, hace de peluquera en casa, o incluso va a veces a casa de la gente. Pero sabía que si venía a nuestra casa al final las chicas me quitarían el puesto y Alicia se dedicaría a arreglarles a ellas el pelo. Por otra parte, agradezco poder hacerlo de esta manera, me da muchísima pereza ir a la peluquería. Generalmente, pese a tener hora, tienes que esperar un montón hasta que te atienden, mientras escuchas los chismes de las otras mujeres. A veces me planteo cómo es posible que en la peluquería siempre parezca que haya un mismo tipo de mujer, adicta a los chismes del vecindario, y si es que mis clientas, que no parecen encajar en ese prototipo de mujer, no van a la peluquería. O quizás es que cuando nos ponen papel aluminio en la cabeza y una revista del corazón en la mano, al final, todas somos iguales.

Miro el reloj, son casi las doce, y Alicia me avisó que llegase puntual. En realidad no me gusta nada llegar tarde, así que aprieto el paso todo lo que puedo. He pensado que hoy podría teñirme, darme un toque especial. Esta noche me apetece estar guapa. Las chicas han accedido a que vayamos juntas a cenar. Mi idea era más bien pasar el día juntas, pero al final Lucía prefería esperar a que se le pasase el dolor de estómago y Aitana iba a comer con unos familiares de su pueblo que estaban de visita en Madrid. No desespero, el caso es que haremos algo juntas, fuera del piso, y estoy segura de que nos vendrá bien a todas. Les he dicho que yo me encargo de todo, he reservado en un sitio genial por Chueca, muy rollo *vintage*, que seguro que les encanta. Si de Madrid odio los cambios de tiempo, adoro la cantidad de planes que pueden hacerse en una ciudad como ésta.

Puede que por eso decidiera quedarme aquí aun cuando se fueron las chicas. Tras acabar la carrera, y darme cuenta de que nuestros planes de montar una agencia de viajes juntas no iban a hacerse nunca realidad, pensé en irme con mis padres de nuevo. Por aquél entonces estaban en Estados Unidos, y pese a que gracias a mi vida de trotamundos, no era especialmente necesario irme allí a aprender inglés, siempre era una experiencia más por vivir. Al final, me fui con ellos una temporada, pero la convivencia, una vez que me había acostumbrado a ser independiente, fue insostenible. Suele pasar, recuerdo alguna compañera que se fue de Erasmus y al regresar y tener que instalarse de nuevo en casa de sus padres, caía en una depresión profunda. No es que te lleves mal, o quizá también, es simplemente que te acostumbras a no dar explicaciones, a no responder preguntas que ya no tienen sentido, a tener tu propia intimidad. Me di cuenta de que vivir con ellos no era una opción, que encontrar un trabajo que me permitiera vivir sola tampoco, y al final volví a mi piso, volví a mi ciudad, y el destino puso a Ángel en mi vida. No es que fuera un amor a primera vista, ni una pasión alocada, fue una de esas relaciones que crecen despacio, que pasan de la amistad al cariño, y en las que el sexo acaba apareciendo casi como por casualidad. Empezamos a pasar cada vez más tiempo juntos, a crear rutinas sin pensarlo, a hacernos un hueco en nuestras vidas, y simplemente, los meses y los años pasaron sin que tuviéramos que plantearnos mucho más. Pensé que era algo así como un ángel que venía a rescatarme y que con él podría formar de nuevo una vida, que sería el clavo al que agarrarme.

Alicia vive en el centro y tiene uno de esos pisos con cierto encanto decadente. Es una de esas casas que tiene vida propia, puesto que emite sus propios sonidos. Todo cruje, rechina y se queja, como si fuera una persona de avanzada edad.

—Pensaba que al final no venías, a las doce, te dije a las doce.

—¡Por Dios, Alicia! Son diez minutos, tampoco exageres...

—Adriana y tú sois tal para cual, está claro, las dos tenéis el don de la impuntualidad. Anda pasa, pasa...

Me lleva por un pasillo estrecho y un poco descascarillado a causa de manchas acumuladas de humedad, hasta el cuarto de baño, donde tiene preparada toda la sesión de peluquería.

—¿Y dónde aprendiste a peinar?

—¿Es qué ahora te vas a echar atrás? —me observa inquisitiva, tijeras en mano.

—No, Adriana me ha insistido en que venga, y me fío de su criterio, soy toda tuya.

—Ya —Alicia me señala la banqueta y, mientras me siento, prepara uno de esos delantales impermeables para cortar el pelo—. Adriana nos habla mucho de ti, ¿sabes?

—Sí, pasamos todo el día juntas, la verdad es que sin ella la tienda no sería lo mismo.

—Nunca lo he tenido claro, ¿de quién fue la idea de la tienda erótica?

—De ella... —me quedo pensativa, Adriana siempre es la que lleva la iniciativa, la que se arriesga, la que apuesta por lo que realmente quiere asumiendo que en el camino habrá derrotas. Montar la tienda no fue nada fácil, y en realidad, si no fuera porque estaba bastante desesperada por un trabajo, y porque mis padres me habían dejado un fondo de inversiones que no sabía en qué invertir, creo que por mí misma nunca me hubiera lanzado—. La verdad es que ella es la más alocada de las dos.

—No te creas. Adriana antes estaba mucho más loca, era más impulsiva, pero desde hace un tiempo, de hecho desde que empezasteis con la tienda, la veo como más estable, más serena. Será la edad... Todos nos volvemos más serios con la edad. Es una pena.

Mi peluquera particular deja esas palabras en el aire, a las que realmente no sé qué contestar, y abre el grifo de agua caliente. Sus dedos parecen mágicos y consiguen que el lavado de cabeza, en vez de ser una experiencia desagradable, como es casi habitual, se convierta en algo totalmente relajante. Me río para mí misma al recordar que Adriana ha comentado alguna vez que «los dedos de Alicia saben hacer verdadera magia», pese a que ella no se refería exactamente a sus habilidades como peluquera.

Estoy lista en menos tiempo del que pensaba. Al final, Alicia me ha teñido de un moreno azulado, que he de confesar que me favorece pese a mis quejas iniciales, y me ha hecho un corte aún más marcado, pasando la maquinilla por detrás. Salgo contenta de su casa y feliz de haber hecho caso a Adriana en sus consejos una vez más. Ojalá lo hiciera más a menudo.

Salgo a la calle con energía. Qué cosa más tonta que con un peinado nuevo una pueda sentirse así de renovada. De la nada, comienza a sonar una musiquilla y reconozco la canción de Nina Simone *Feeling good*. Por un momento creo que estoy en alguna película, de esas que te ponen la banda sonora según el estado de ánimo de la protagonista, hasta que me doy cuenta de que es la sintonía de mi móvil, y de que la puse porque intentaba levantarme el ánimo a mí misma. Lo busco nerviosa, seguro que son las chicas, o quizá sea Ángel. Aún no le he dicho que esta noche tampoco iré a cenar a su casa, que me quedaré con ellas. Cuando pienso que voy a tener una nueva pelea, el número de identificación de llamada me anuncia que voy a tener que pasar por una conversación aún más incómoda que ésa.

—¿Papá?

—Hola, hija, no hay manera de localizarte. ¿Cómo va todo?

—Bien, bien, me pillas a mitad de la calle...

—Ya, bueno, pero no me cuelgues. Que siempre estamos como el perro y el gato, y en un rato me tengo que meter en una reunión y no podremos hablar de nuevo.

—Pero ¿pasa algo?

—No, no, pero quería comentarte una cosa. Es posible que vayamos a Madrid, aún no es seguro, pero hay un tema de la empresa que hay que resolver allí, sería en un par de meses...

—Ah, pues eso es genial —lo que me faltaba...

—Pues sí, ya que nunca encuentras el momento de venir a vernos, mira por donde vamos a poder ir nosotros. Y de paso conocemos al famoso Ángel, que parece que lo tienes escondido.

—No es eso, papá, sólo que es difícil encontrar fechas para cuadrarnos lo dos, ya sabes...

—No entiendo cómo te tienen tan ajetreada en la recepción del hotel —siempre que menta mi supuesto trabajo en el hotel, siento un nudo en el estómago. Odio mentir, pero a veces, en la vida, mentir es imprescindible para sobrevivir, o al menos para que te dejen vivir.

—Bueno, esto es Madrid, siempre es temporada alta, ya sabes. ¿Entonces cuándo lo sabéis seguro? Podría organizarme para pasar tiempo juntos.

—Nos lo confirman en un par de semanas. Hay otro tema que te quería preguntar, ¿siguen tus amigas en casa?

—Sí, papá, ya te dije que se habían mudado.

—Me quedaría más tranquilo si vivieras con Ángel, no sé por qué te empeñas en seguir compartiendo piso con otras chicas, ya no tienes necesidad. ¿Entonces tendremos que ir a un hotel?

—Podría quedarme en casa de Ángel, y vosotros quedaros en mi habitación, pero supongo que sería menos complicado si mirásemos un hotel.

—Sabes que no nos importa, es sólo que lo sigo viendo un poco absurdo. Pero bueno, supongo que para la próxima vez que vayamos Ángel y tú ya os habréis casado y tendréis vuestra propia casa. ¿Cómo van los preparativos de la boda?

—Van... —otro nudo en el estómago.

—Tu madre insiste en que puede cogerse unos días e ir a Madrid a ayudarte, preparar una boda es muy estresante. Además, tenemos mucha gente a la cual invitar, son muchas cosas por hacer...

—Ya me ayuda Ángel, papá, de verdad, no os preocupéis por eso.

—¿Sabes que una boda no es sólo una boda, verdad? Es un evento social, hay cosas que hay que tener en cuenta, y sé que esas cosas nunca te han gustado demasiado. Tu madre estaría encantada de involucrarse, está muy feliz desde que nos contaste que Ángel te había propuesto matrimonio, no te puedes imaginar cuánto.

—Lo sé, papá, créeme que lo sé —la ansiedad apenas me deja respirar. La boda, la maldita boda—. Bueno, cuando vengáis podemos hablarlo, ¿te parece bien?

—Me parece estupendo, hija, vamos hablando entonces.

Cuelgo el teléfono y me quedo mirándolo por un momento.

—Yo también te quiero, papá.

De pronto toda la felicidad que sentía por mi nuevo *look* se desvanece. Cuando crees que un día puede estar lleno de nuevas oportunidades, te olvidas de que en ocasiones puede que te traiga viejos dilemas. Todo el mundo se queda con las apariencias, pero la culpa no siempre es de ellos, a veces el problema está en ti misma, en todo eso que no te ves capaz de mostrar a los demás. Me siento como si fuera la protagonista del video musical de P!nk en *Nobody knows*. Es increíble cómo puedes pasar de la efusividad a la depresión en un mismo momento del día.

La boda. Esa cosa en la que no quiero pensar, de la que no quiero hablar. Como si al no nombrarla consiguiera olvidar que existe, que es algo real y no sólo una extraña pesadilla que no tiene nada que ver conmigo. Ángel no me presiona al respecto, sabe que no soy especialmente tradicional, que de hecho ni siquiera de niña pensaba en casarme. Nunca soñé con trajes blancos de princesa y mucho menos con ser el centro de atención. Sé que al final es sólo una fiesta, un trámite, y que el hecho de que no sea una novia feliz e ilusionada, no implica que le quiera menos. En el fondo creo que Ángel lo necesita más que yo, él es más clásico y más romántico para estas cosas, aunque intente disimularlo. Pero ambos sabemos que la decisión no surgió tanto de nuestras ganas, sino de la presión externa; para mis padres, que yo me case, no es opcional. Por eso, por mucho que evite hablar de ello, por mucho que Ángel no se enfade porque aún no se lo haya contado a nadie, ni siquiera a las chicas, es una realidad que más pronto que tarde tendré que afrontar.

Echo a andar, pero esta vez, mis pasos van sin prisa, porque ahora no tienen ganas de llegar a su destino. Entonces, de la nada, aparece uno de esos quioscos de flores que tanto me gustan, y lo considero una señal. Puede que pronto llegue el día en el que tenga que aceptar mi verdad, pero hoy no va a ser ese día. Hoy prefiero seguir pensando que quizá todo puede cambiar.

GENISTAS

Se dice que el amor es único, pero hay
quien puede amar a dos a la vez, y
por ello quien regala genistas reclama
una preferencia, una elección.

Aitana

Su boca en mi cuello, el calor de su aliento. Una mano en mi cintura y la otra en mi pecho. Su cara de éxtasis, de súplica, de placer. Sus ojos azules clavados en los míos. Su cuerpo fuerte, escultural, con sus músculos tensados por el esfuerzo, por la excitación. El sonido de su respiración acelerada, los cristales empañados. El calor de su cuerpo junto al mío en ese momento de descanso, de paz. Sus besos, lo increíbles que son sus besos. Húmedos, muy húmedos.

Miro mi mesa sobresaltada. La única humedad que hay es la del vaso de agua que he derramado sobre mi cuaderno. ¡Cómo puedo ser tan torpe! Evalúo daños. Si mi cuaderno fuera un coche, le asignarían la etiqueta de siniestro total. Por suerte, estaba doblado por la mitad y al menos las primeras hojas han podido salvarse sin daños aparentes. Ahora que las miro, las hojas mojadas ya estaban hechas un desastre. Con tanto lío he perdido un poco mi organización de colores y, al final, se ha convertido en un gurruño de apuntes que a veces ni siquiera tenía sentido para mí. Suspiro. Tengo que centrarme. Quito las hojas mojadas y confío en poder trabajar sin esa guía. Ya llevo un tiempo en la empresa y quizá por fin pueda echar a andar sin ruedines.

Miro el reloj, es justo la hora en que los jefazos salen a comer, así que aprovecho para llamar a mi madre por teléfono. Cuando llegué a Madrid me sentía culpable e intentaba llamarla siempre que podía, pero reconozco que ahora se me pasan días sin haber marcado ese número de teléfono.

—¿Mamá?

—¡Hola, hija! ¿Cómo vas? ¿Qué tal todo?

—Bien, bien, como siempre. Han salido los jefes a comer y he pensado en aprovechar para charlar un rato. ¿Qué tal va todo por la casa? ¿Te la sigues arreglando bien?

—Que sí, hija, que sí, que me arreglo bien solita, ya tenías que haberte hecho a la idea. Aquí en el pueblo, pues ya sabes, las cosas como siempre, con poca novedad.

—Bah, no me lo creo, cuando estaba yo, siempre había algún chisme, está claro que al irme, la cosa se ha hecho más aburrida.

—Lo cierto es que sí hay alguno. Pero no sabía si comentártelo o no.

—Uis, qué misterio, ¿qué pasa?

—Es Javier, se ha echado una novia nueva, y parece que la cosa va muy en serio, incluso se escuchan rumores de boda.

—Vaya... —me quedo un poco parada. No es que me sienta celosa ni nada por el estilo, incluso me avergüenza reconocer que apenas había vuelto a pensar en Javier desde que volví a Madrid, pero siempre duele saber que tu ex se ha echado pareja antes que tú—. Bueno, supongo que es una buena noticia, ¿no?

—No te preocupes, ya verás cómo más pronto que tarde tú también encuentras a alguien que te encaje mucho más.

—Sí, puede que sí...

—¿O acaso ya lo hay? —con ese sexto sentido que tienen las madres, incluso a través de la línea telefónica, la mía ha sabido leerme la mente tan sólo por mis silencios—. ¡Ay, hija, sería tan buena noticia! Si encuentras por fin a un hombre que de verdad te guste, que de verdad merezca la pena, agárralo fuerte, Aitana, el amor si se cuida bien te puede durar toda la vida, y a ti ya es hora de que te dure alguno.

—Sí, mamá, sí, te prometo que si encuentro al hombre de mi vida, te mantendré al corriente y lo agarraré muy muy fuerte —veo que hay movimiento en la oficina, y antes de que me regañen por usar el teléfono del trabajo para hacer llamadas personales, cuelgo enseguida—. Mamá, ya vienen los jefes, tengo que dejarte, ya hablamos más tranquilas, un beso, te quiero.

Cuando cuelgo el teléfono me doy cuenta de que era una falsa alarma, y de que los pasos que sonaban sólo eran los de Celia volviendo a su mesa. Aunque respiro aliviada, no quería tener de nuevo la misma conversación con mi madre. Si apenas puedo contarles detalles a las chicas sobre mi no relación con Joel, ¿cómo iba a explicárselo a mi madre?

Vuelvo a mirar el estropicio de mi mesa. No puedo engañarme. No se trata de una cuestión de desorganización, sino de falta de atención. Trabajar en el mismo lugar que la persona que más deseas en el mundo no resulta un factor beneficioso para la productividad. Porque a cada momento hay una excusa, un motivo para mirar al otro lado y no a la pantalla de mi ordenador. Sé que no puedo tenerle entre estas cuatro paredes, que de hecho sé que tampoco lo tengo fuera de ellas, pero alimento mi esperanza de cada mirada, de cada gesto inocente, de cada roce premeditado. A veces creo haberme convertido en la bailarina de una caja de música, que necesita de cualquier gesto de Joel, como si fuera la cuerda que me permite empezar a bailar.

—¿Hay alguien ahí? —Celia está en mi mesa y me mira con cara divertida, tiene pinta de llevar un rato esperando a que reaccione.

—Ais, perdona, ¿querías algo?

—Sí, te estaba diciendo que te traía los nuevos planes y ofertas de la temporada para que te los empolles, pero no te veo con pinta de centrarte en memorizar nada, ¿va todo bien, amor? Llevas unas semanas como algo distraída, como más allá que acá.

—Sí, sí. Es sólo que antes hablé con mi madre y ya sabes, me quedo preocupada cada vez que hablamos, sabes que está sola en el pueblo y eso.

—Si tú lo dices... pero yo creo que *se te nota en la mirada, que vives enamorada* —Celia empieza a canturrear por lo bajo, meneando ligeramente sus caderas, con gesto burlón.

—¿Qué dices? ¡Anda! No tengo yo tiempo ahora para tíos.

—Pues por ahí dicen que Joel te ligó en vuestro viaje al norte.

—¿Y me ves a mí con un tío de ésos? Paso de chulitos.

—Pues haces bien, son de ese tipo de tíos que es todo cáscara, y luego no hay fruto del que comer.

—Supongo... —le cojo a Celia los folios de la mano y hago que los ojeo para tener un momento de silencio. Sé que Joel de primeras parece ser lo que ves, pero ella no le conoce como yo. No sabe que tras esa fachada hay mucho más, que sólo es un escudo que cada vez estoy más segura que merece la pena traspasar.

—Mira, hablando del rey de Roma, por ahí viene, y parece que de pasárselo bien.

Levanto la vista y siento como si algún tipo de ácido corrosivo se instalase en mi garganta. Viene acompañado de Janet, seguramente de tomar un café juntos, y es evidente que hay más que compañerismo entre ellos. Sus risas, la forma que tiene ella de tocarle el brazo que parece casual pero que es sobradamente intencionada. Quiero morir. ¿Qué se supone que está haciendo? La realidad es traicionera cuando te golpea, cuando tu mente te recuerda que no sois nada, que él mismo te lo dijo, que tú lo aceptaste. Lo malo de este tipo de pactos es que una nunca cae en leerse la letra pequeña, no piensa nunca que ésta incluyese la cláusula «verse con otros». Nunca pensé que después de abrazarme y pedirme que me quedase con él hace sólo dos días, hoy tendría que compartir su sonrisa.

Intento evadirme, centrarme en las ofertas, pero no puedo dejar de mirar de reojo. Me arde el estómago. Es una sensación desagradable que soy incapaz de controlar. Todo mi cuerpo se tensa, no siento tristeza sino ira, pura y auténtica ira. Sólo entonces me doy cuenta de que estoy celosa y de que en realidad no lo había estado nunca, porque nunca antes nadie me había importado tanto como Joel. Nunca había deseado que nadie fuera mío, como lo deseo a él.

Mi cabeza empieza a dar vueltas, pensando, imaginando si sus manos habrán tocado a otras, y si lo habrán hecho como me tocan a mí. Si esos labios han rozado a otros después de besar los míos. Si gime de placer al estar dentro de otra mujer como lo hace conmigo. Si habrá dicho que es especial a cualquier otra como me lo ha dicho a mí. Si realmente lo sentía, si en el fondo sólo soy una más de la lista. Si Joel siente lo que yo siento por él, o si soy la única que sueña con él de noche y de día. Me siento pequeña, muy pequeña. Como si pensase que en el fondo no soy suficiente para él; que si necesita a otras, es porque no encuentra todo lo que necesita en mí. Después me siento enfurecida, por saber que yo le estoy dando todo lo que nunca había dado y que él quizá sólo esté jugando.

Entonces mi mente empieza a desvariar. Pensando que quizá sí, que quizás él también sienta, pero sólo necesite descubrirlo. Que quizá yo pueda hacer que esa bestia despierte y que dos pueden jugar a este juego. Como si no fuera yo misma, me levanto de mi mesa y con una excusa tonta, acudo a la mesa de Daniel.

—Hola, Dani, ¿cómo llevas hoy el día? —me acerco más de lo habitual a su mesa, inclinándome un poco sobre él, de manera espero que sugerente.

—A ver, Aitana, ¿qué lío tienes hoy?

—No, ¡ninguno! Jolín, cómo eres... Sólo venía a saludarte —Daniel deja de mirar la pantalla del ordenador y por fin me observa escéptico. Aunque me siento un poco estúpida comienzo a jugar con mi pelo, como si me estuviera insinuando. Miro de reojo, y sonrío para mis adentros cuando veo que Joel está mirando—. Verás, es que había pensado que para compensar toda la lata que te doy, hoy te invito a comer.

—¡Anda, no seas tonta! Sabes que yo lo hago encantado, además, hoy me he traído el *tupper* —me acerco más a la mesa de Daniel y me siento encima de ella, justo al lado de su teclado.

—¡Venga, por fa! No me hagas ese feo, me hacía ilusión comer juntos...

Yo no hago estas cosas, nunca hago estas cosas, pero veo que Joel está tan atento a nosotros que no puedo evitar dejar que la bestia de los celos me controle. Acabo cogiendo a Daniel del hombro y poniéndole mi cara de perrito suplicante.

—Bueno, vale, pero si yo invito el postre, ¿te parece?

—¡Genial! —de perdidos al río, me dejo llevar y le doy un abrazo, dejando tan atónito al pobre Daniel como al capullo de Joel.

Vuelvo a mi mesa satisfecha, sabiendo que unos ojos azules me siguen de cerca. En cuanto me pongo a trabajar, no pasan ni cinco minutos hasta que tengo a Joel en mi mesa. Qué simples son los hombres.

—Hola, castaña —esa sonrisa, esa maldita sonrisa que hace que se me acelere el pulso. Por suerte, esto no es *Crepúsculo*, y Joel no es ni un vampiro ni un hombre lobo que pueda leerme el pensamiento o sentir el ritmo de mi corazón, sé que puedo disimular.

—Hola, ¿querías algo? Tengo mucho lío hoy.

—Ya, ya he visto lo liada que estás —Joel mira un momento hacia la mesa de Daniel—. Pero si tienes un descanso he pensado que podríamos comer juntos, ¿te apetece?

—Ais, pues hoy no puedo, he quedado para comer con Dani, ¿otro día? —¡cuán delicioso es el sabor de la venganza!—. Hablamos luego, ¿vale? Tengo que ir a fotocopiar unas cosas —me levanto y, como si nada, salgo de mi mesa, meneando el culo hasta la fotocopiadora, dejando a Joel con cara de idiota. Que saboree el rechazo, para variar.

El tiempo hasta la hora de comer se me hace eterno. Me pongo como una loca a contestar correos electrónicos de reservas, pero por mucho que intente concentrarme, mi mente no deja de dar vueltas. ¿Habré hecho bien? Lo mismo Joel se toma demasiado en serio lo de Daniel. Ni siquiera hemos puesto fecha concreta a una próxima cita, todo ha quedado en el aire, y quizás he jugado muy fuerte. Pero él ha sido un cretino al ponerse a tontear con Janet justo enfrente de mí, y el caso es que he conseguido llamar su atención. ¿Por qué todo tiene que ser tan complicado? Yo no estoy hecha para estos juegos, yo soy más de «a chica le gusta chico, al chico la chica, se quieren, se casan y son felices para siempre». ¿Es que acaso ningún hombre ha visto *Pretty woman*?

Al final salgo a comer con Daniel. Nos sentamos en uno de los restaurantes que pilla cerca de la oficina, mientras él me cuenta, animado, su fin de semana. Me quedo observándole mientras habla. La verdad es que Daniel es un buen partido. No es especialmente guapo, pero tampoco desagradable a la vista. Es de esas personas que acabas viendo guapas con el tiempo, como si a base de conocerle, su personalidad fuera haciendo más atractivo su físico. Es un chico con el que se puede hablar de todo, comprensivo, divertido, detallista. En realidad, si lo pienso, Daniel sería mucho mejor novio que Joel. Sería atento, cuidaría de mí y no se andaría con jueguitos raros. Puede que no me hiciera temblar de arriba abajo, pero a la larga me haría más feliz. Aunque eso mismo fue lo que me empujó a salir con Javier, y en fin. ¿Es posible que exista alguien con quien tener las dos cosas a la vez?

—¿Aitana? ¿Estás ahí? —Daniel me ofrece el menú—. Te decía que yo voy a pedir pasta, ¿y tú?

—¡Ais, aún no lo he mirado!

Me pongo a observar el menú, y sin darme cuenta pienso en una idea estúpida. Pienso que quizá Daniel pudiera ser mi admirador secreto. Podría ser algún tipo de loco y al enterarse de que entraba una chica nueva en la empresa, como él tiene acceso a los datos, miró la dirección y desde entonces me deja esas flores. Si lo pienso, desde el primer momento Daniel ha sido muy atento conmigo. Pero no, Daniel es una persona bastante discreta, no tiene pinta de ir acosando mujeres en sus ratos libres.

Creo que empiezo a perder la cabeza. Aunque si Daniel fuera mi admirador secreto, puede que hasta me gustase la idea.

—Ensalada, pediré ensalada césar.

—Las chicas hacéis el tonto con las ensaladas. ¿Sabes que una ensalada césar engorda más que una hamburguesa con queso?

—No, no lo sabía...

—Si lo piensas la carne es a la brasa, y la ensalada lleva pollo frito y salsas, es todo puro *marketing* —Daniel sigue hablándome sobre la oscura industria de la alimentación, hasta que soy incapaz de seguirle el hilo de la conversación y cambio radicalmente de tema.

—Oye, Dani, ¿te he contado que tengo un admirador secreto? —mierda, ¿lo he dicho?

—¿Ah, sí? Eso suena divertido, pero seguro que una chica tan guapa y tan simpática como tú, tiene más de un admirador, y ni siquiera se da cuenta.

¿Eso ha ido con segundas? ¡Madre mía, madre mía!

—¿Crees que soy guapa?

—¡Claro que sí! Eres una chica muy atractiva. Ya te digo que no has pasado inadvertida en la oficina.

—¿Y tú crees que quizás ese admirador secreto que tengo, pudiera ser de la oficina? Me deja flores en mi puerta, sin remitente, sólo con mi nombre. De vez en cuando, no en ningún día fijo, y las flores también son distintas. Como si quisiera decirme algo con ellas que yo no consigo adivinar.

—Podría ser. Pero claro, tendría que saber tu dirección, y eso ya es más complicado. Aunque se me ocurre alguien que desde luego creo que está muy interesado en ti.

Se hace un silencio incómodo y me pongo colorada sin quererlo. ¿Se está refiriendo a él? Empiezo a sentirme muy culpable, no tenía que haber tonteado con Dani para poner celoso a Joel, quizá le haya dado falsas esperanzas. Esto ha sido una tontería, Daniel es uno de los mejores amigos que he hecho en la oficina y no quiero fastidiarlo.

—Oye, Dani, yo... Quizá me hayas malinterpretado antes, con lo del abrazo y eso. Es que soy muy efusiva, y a veces puede dar la impresión equivocada, pero en realidad me gusta otra persona y no quiero que haya malentendidos entre tú y yo...

—¡No! ¡No hablaba de mí, Aitana! Claro que me ha sorprendido tu efusividad de antes, pero puedes estar tranquila, no me siento nada atraído por ti, te considero solamente una amiga. Siento si has pensado...

Asiento y me pongo a mirar de nuevo la carta, escondiendo mi cara de vergüenza tras ella. Me siento la persona más estúpida del mundo. No sé qué decir ni qué hacer, y por absurdo que parezca, me siento hasta un poco ofendida por su tajante rechazo. Soy idiota, todo este asunto de Joel me está haciendo perder el norte, ¿quién me he creído, la Angelina Jolie de la oficina? Al final salgo de mi escondite, doblo la carta y suspiro agobiada.

—Lo siento, Dani, últimamente estoy un poco que no soy yo, siento haberte parecido tan subidita, de verdad, quisiera que me tragase la tierra ahora mismo. Es sólo que eres tan majo conmigo, y me has dicho que te parecía atractiva y... de verdad, que soy idiota.

—No es eso, Aitana, perdona, he sido un poco brusco yo también. Te considero una mujer muy atractiva, lo he dicho en serio. Divertida, encantadora, con unos ojos preciosos, pero ya sabes, yo no...

—Sí, sí, soy la típica chica encantadora, pero no soy la chica explosiva, no soy Janet, por ejemplo.

—¡No! ¡Eres mil veces mejor que esa tía! Mira que me lo pones difícil. Que no me gustas pero porque no me gusta ninguna mujer... —me quedo mirándole desorientada—. Que soy gay, Aitana, joder, que soy gay.

Abro los ojos como platos. ¡Claro! De pronto, analizo su ropa, su forma de vestir, recuerdo que siempre está con nosotras, los chismes que nos cuenta, su manera de andar. ¿Cómo no me he dado cuenta? Nunca he sido nada perceptiva para esas cosas.

—¡Perdona! No sé, no me había dado cuenta. Y el lío que te estaba montando, ¡qué ridícula soy, por favor!

—Bueno, tampoco es que vaya contando a todo el mundo con quién me acuesto y con quién me dejo de acostar, pero contigo tengo confianza, y dado que se nos estaba complicando el asunto, prefería aclarártelo.

—También podías ser hetero y no sentirte atraído por mí, jolín.

—Créeme, si fuera hetero, te ligaría sin pensarlo.

Nos quedamos mirando y la tensión acumulada de toda la conversación desaparece en cuanto los dos nos echamos a reír. Me siento aliviada al tener en Daniel no a un admirador, pero sí un amigo.

—Oye, y entonces... ¿a quién te referías cuando decías que había alguien en la oficina que estaba muy interesado en mí?

—¿Es que no te has dado cuenta? Joel no te quita el ojo de encima desde hace semanas.

—¿Sí? —las nubes grises de disipan, y al salir el sol, las mariposas vuelven a sentirse libres para revolotear por mi estómago.

—¿No te has fijado? En cuanto te ha visto hablando conmigo esta mañana ha ido corriendo a llamar tu atención. Creo que no está acostumbrado a chicas como tú, y se ha fijado en ti.

Justo cuando sonrío como una tonta, vuelven a sonar relámpagos. Joel entra en el restaurante y viene acompañado de Janet. Mi cara es un auténtico poema.

—Vaya, parece que a ti también te gusta él, ¿verdad? —mi amigo, que no es tonto, sabe leer mi mirada. Asiento con cara de perrito triste.

—Ya que tú has sido sincero conmigo, lo seré yo también —intentando no mirar hacia la mesa en la que están sentados Joel y la rubia platino, le hago un breve resumen a Dani de lo que ha pasado estas últimas semanas. La verdad es que es refrescante poder contárselo a alguien más que a las chicas—. ¿Qué opinas?

—Pues no lo sé. Creo que le gustas, de verdad, pero que Joel es Joel, y que cambie es difícil. Eres tú la que tiene que decidir si te merece la pena lo bueno que te da, con lo malo que también conlleva.

Me quedo mirando a la mesa de Joel, con un nudo en el estómago. Intento comer algo, mientras Dani, que es un cielo, intenta distraerme todo el rato con rumores y chismes de la oficina, regañándome cada vez que miro hacia otro lado. Tal y como había prometido, pago yo la cuenta, aunque él insiste en que entonces otro día me invita a comer. Acepto encantada, la verdad es que en Daniel he descubierto a un amigo y no sólo a un compañero de trabajo. Me gusta contar con alguien del sexo opuesto que me dé otra perspectiva de las cosas, y está claro que entre nosotros no va a volver a haber malentendidos. Antes de volver al trabajo, necesito ir un momento al baño, pero me agobio cuando el camarero me comunica dónde está el aseo. Tengo que pasar al lado de su mesa. Me armo de valor y paso por su lado como si nada, pero al hacerlo, no puedo evitar fijarme en que Janet tiene la mano puesta sobre la mano de Joel.

Según entro en el baño, cierro la puerta tras de mí. Echo el cerrojo, apoyo la espalda y sin poder evitarlo me echo a llorar. Es demasiado para mí. No quiero sentirme así. Sé que cuando estoy con él todo parece ser fantástico, ¿pero merece la pena el precio? ¿Por qué tiene que jugar conmigo? Sabe que me tiene, o al menos, debería saberlo, ¿no puede estar conmigo sin más? Tengo que tomar una decisión, tengo que dejar claras las cosas y dejarme de juegos.

Me miro en el espejo. Odio verme así, y más por culpa de otra persona. Me limpio con un pañuelo el rímel corrido y busco en mi bolso el lápiz de ojos para retocarme un poco. Ya está, no pasa nada. Cojo aire y abro la puerta, pero toda mi dignidad se cae al suelo en cuanto veo que Joel está al otro lado, esperándome. De un empujón vuelve a meterme para dentro, cierra la puerta tras de sí y antes de que diga nada, antes de que pueda hacer nada, se lanza sobre mí, coge mi cuello con una mano para acercarme a su cara, y me besa con necesidad, con hambre, e incluso, con un poco de enfado. Cuando me suelta, me siento tan desorientada, que ni siquiera sé qué decir.

—Me estás volviendo loco, castaña, no juegues así conmigo.

—¿Yo? —esto es lo último—. Eres tú quien ha venido a comer con Janet.

—Sólo porque tú no quisiste venir conmigo —Joel vuelve a acercarse y quisiera empujarle, gritarle que es un capullo de mierda, que si quiere algo que me lo diga y que si no se deje de historias, pero cuando aspiro el olor de su perfume y me quedo mirando sus ojos, las palabras simplemente se quedan atascadas en mi boca.

—No me mires así, Aitana, Dios, no sé qué estás haciendo conmigo. Sabes que prefería estar aquí comiendo contigo. De hecho... —Joel mira un momento hacia la puerta, como comprobando algo—. De hecho lo que realmente quería, era comerte a ti.

Antes de que pueda detenerle, Joel está mordisqueando mi cuello, y es entonces cuando recuerdo lo mucho que me gusta eso. Cierro los ojos mientras sus labios besan la parte más sensible de mí, y de manera inconsciente me agarro al lavabo, como buscando algo de compostura. Pero todo se vuelve borroso cuando las ávidas manos de mi asaltante se pierden debajo de mi falda y encuentran lo que buscan con simplemente apartar un poco mis bragas.

—Joel, no...

En un sólo movimiento, su boca abandona mi cuello, sólo para demostrarme que hay una parte de mí que sabe agradecer aún más la humedad de su lengua. Pego un respingo al sentir los suaves pero indulgentes lametones entre mis labios menores. No me da tiempo a acostumbrarme, la lengua de Joel juega, sabiéndose en terreno conocido, en modo experto. Como si fuera mi amante de toda la vida, busca insaciable cada uno de los puntos débiles, cada uno de los movimientos que ya sabe que me erizan la piel. Me agarro con más fuerza al lavabo, con miedo a caerme allí mismo. Joel introduce ahora su lengua dentro de mí y tengo que morderme los labios para no gritar, con tanta fuerza que incluso creo distinguir un leve sabor a sangre en mi boca. Muero, voy a morir. Su lengua se mueve incansable, mientras el calor y el temblor aumentan. El orgasmo llega, echo la cabeza hacia atrás y no puedo reprimir un grito ahogado que me delata sin remedio.

Me quedo allí, temblando, totalmente fuera de mí, cuando abro los ojos y me encuentro con esa mirada azul.

—Me encantas, Aitana, no sabes cómo me encantas —Joel me da un beso tierno en la frente, que termina de dejarme noqueada, y sale silencioso del lavabo, dejándome el cuerpo satisfecho, pero el corazón lleno de dudas.

Salgo del baño un poco torpe, como si no me respondieran del todo las piernas, y cuando llego de nuevo a la mesa, Daniel me mira con preocupación.

—Has tardado mucho, ¿todo bien?

—No lo sé, de verdad que no lo sé...

Cuando volvemos al trabajo, veo cómo Joel entra directamente en el despacho del jefe a una reunión junto con otros compañeros. Suspiro aliviada, ahora mismo necesito no tenerle delante. Nunca me he sentido tan confusa. He sido una persona que siempre ha tenido las cosas muy claras, que siempre ha sabido lo que quería y, sin embargo, ahora no tengo ni idea de qué hacer con esta situación. Está claro que entre Joel y yo hay una química especial, ¿pero es sólo eso o hay algo más? Parece que le gusto, ¿pero le gusto sólo si hay sexo de por medio? ¡Dios! Al final, exasperada de mí misma, doy gracias a la Señora Exprimidor por ponerme a atender llamadas. Eso no me deja tiempo para pensar.

La tarde pasa lenta, estoy deseando llegar a casa y darme una ducha larga para ponerme la pijama. Cuando cuelgo una de las últimas llamadas del día, de una mujer que me pregunta por la marca del café que le servirán en su bufet libre, observo cómo Joel sale de la sala de juntas y me mira travieso por un momento. No lo voy a pensar más, no hoy, hoy no puedo debatirme más conmigo misma. Dedico mi última media hora a revisar los últimos correos y justo cuando creo que he terminado por hoy entra un correo nuevo. Resoplo, pero cuando lo abro vuelvo a quedarme sorprendida. Es de mi jefa, me pregunta si estoy disponible para un viaje el fin de semana que viene, a Lisboa. El viaje, en realidad, se le ha asignado a Joel, pero dado que hicimos un buen equipo en San Sebastián, ha recomendado que sea yo quien le acompañe. Qué cabrón, por eso me sonreía así tras salir de la reunión. La Señora Exprimidor indica que debo darle una respuesta mañana a primera hora. Creo que esta noche no voy a poder dormir.

Llego a casa exhausta física y psíquicamente. Llamo en voz alta pero nadie contesta. Delia llegará en breve de la tienda y Lucía, que está un poco ausente, ha dejado una nota diciendo que ha salido a comprar unas cosas. Me tiro en el sofá y me agarro al cojín de mi madre. Pienso en llamarla y pedirle uno de sus consejos, pero sé que mi madre y su idea del amor puro y romántico no podría asumir mi relación adictiva. Que ninguna madre desea a su hija sexo desenfrenado con un hombre negado al compromiso, pero yo no soy mi madre ni mis amigas y lo que estoy viviendo con Joel es lo más auténtico que he hecho nunca. Cierro los ojos por un momento, en un intento por detener el mundo, sólo por un momento, ya que parece ir demasiado deprisa para mí. Mi cabeza recurre por alguna razón a una de esas canciones noventeras de Roxette, y mientras tarareo para mis adentros aquello de *I dreamed I could fly out in the blue, over this town, following you over the trees, subways and cars, I'd try to find out who you really are...* el mundo real comienza a desvanecerse.

Me sobresalta el ruido de las llaves en la puerta. Abro los ojos desorientada, y entonces me deslumbra la luz en la cara.

—¿Aitana? Vaya, ¡te has quedado frita!

—¿Qué hora es? —me estiro en el sofá y me restriego los ojos.

—La de la cena, menos mal que soy una mujer previsora y he traído algo del chino, porque por lo que veo Lucía no ha vuelto y está claro que tú no has preparado nada.

—Perdona, hoy he tenido un día agotador, me quedé aquí un poquito y estaba tan a gusto... Sólo quería cerrar los ojos un momento.

Delia se pone a trastear en la cocina y deja la comida en el frigorífico.

—Voy a mandar un mensaje a Lu para ver si viene o no a cenar, ¿me cambio, y me cuentas por qué ha sido tan ajetreado este día?

Delia me guiña el ojo y va a su habitación. La verdad es que me encantaría desahogarme y contarle todo lo de Joel, pero seguro que se pondría a criticarme por ser una pusilánime y por dejarle hacer conmigo lo que le da la gana. Y eso no es así del todo, porque en el fondo, yo me moría de ganas de que lo hiciera. De hecho, nunca nadie me había abordado así, y desde luego, no puedo decir que no me haya gustado la experiencia, todo lo contrario. Es sólo que me siento desconcertada, perdida en medio de lo desconocido.

Voy yo también a mi habitación para ponerme la pijama y veo que las últimas flores que «mi admirador secreto» dejó en el rellano de la puerta, que dejé olvidadas en el salón, están ahora en mi escritorio.

—Delia, ¿has puesto tú las flores en mi habitación?

—Sí, ¿por?

Me quedo mirando las flores, la verdad es que son muy bonitas, es una pena que no pueda salir una historia igual de bonita de las mismas. Salgo de la habitación ya con mi pijama de *cupcakes*.

—Hoy he hecho una tontería, me he pensado que Dani, mi compañero, podría ser mi admirador, y el pobre me ha tenido que acabar confesando que era gay. Ha sido muy embarazoso.

Delia sale riéndose de su habitación y se sienta conmigo en el sofá.

—Eres un caso, ¿y no te habías dado cuenta de que era gay?

—¡No! Ya sabes que no soy nada intuitiva para esas cosas.

—Ya, recuerdo una vez que te gustaban dos chicos de la facultad que luego resultaron ser pareja.

—¿Ves? Soy un desastre... Creo que debería dejar de pensar en el asunto éste del admirador secreto. Por más vueltas que le doy no caigo en quién puede ser. Además, han pasado meses, alguien que tiene que ocultarse por tanto tiempo no es de fiar.

—Que te ame en secreto, no quiere decir que te ame menos. Sólo que teme decírtelo.

—¡Pero es que ni siquiera deja ninguna pista! Sólo mi nombre, ¿qué me quiere decir con eso?

—A lo mejor la pista son las flores en sí. No sé si te lo dije, pero antes de montar la tienda erótica con Adriana, pensé en montar algo yo sola con el dinero de mis padres, y me planteé la idea de poner una floristería. Me parecía bonito pasarte el día entre flores.

—¿Ah, sí? Nunca nos lo habías dicho.

—Ya, no sé, cosas que pasan por mi cabeza, nada más. El caso es que me documenté un poco, y el mundo de las flores es más complejo de lo que parece. Cada una tiene su propio significado, y quien las regala, según la flor que elija, da un mensaje concreto a su amada o amado.

—Pues yo no sé nada del lenguaje de las flores, y la verdad no tengo ganas de hacer el esfuerzo de aprenderlo. Yo quiero algo fácil, Delia, un amor de verdad, de carne y hueso. No quiero seguir siendo la Aitana de siempre soñando con tíos que luego ni existen. Quiero alguien que se atreva a decirme lo que siente, que me haga sentir, que me haga vibrar.

—Ya, quieres a Joel. ¿Es eso? Sé que el sexo puede ser genial, Aitana, y si es eso lo que quieres, vale, pero ¿es lo único que quieres tener con Joel?

—¡No lo sé! A lo mejor sí. Mira con Javier, era un novio encantador, pero no había nada. Quizá quiera probar qué puede haber o no con Joel, ¿por qué no?

—Porque te vas a equivocar y lo sabes. Él no va a cambiar y tú no eres así.

—Pues a lo mejor por una vez quiero serlo, a lo mejor la que necesita cambiar soy yo. Quiero tener el derecho a equivocarme, a experimentar, y ¡joder!, quiero tener el derecho a pasármela bien. ¿Es que no me merezco eso?

Delia me mira de una manera extraña, que no sé muy bien descifrar, para acabar añadiendo su frase final.

—Tú te lo mereces todo, Aitana, eso ya lo sabes —se levanta, me da un beso en la mejilla y mira su móvil—. Lucía dice que no vendrá a cenar, voy calentando entonces la comida china para nosotras, ¿vale?

Me quedo mirando cómo Delia vuelve a meterse tras el frigorífico. Voy un momento a mi habitación, abro el portátil y meto mi contraseña para conectarme al servidor de correo electrónico del trabajo. No me hace falta esperar hasta mañana, ya tengo mi respuesta. Iré con Joel a Lisboa.

AZAHAR

La flor de azahar, pese a su exotismo,
es en realidad una muestra de
castidad. De hecho, como ícono de
pureza, era costumbre que la novia
llevase una pulsera de flor de azahar
como símbolo de su virginidad.

Delia

ME ENCANTA MI TRABAJO. Sé que soy una afortunada y me doy cuenta de ello cada vez que reviso las redes sociales los lunes, cuando todo el mundo parece querer suicidarse, o los viernes, cuando todo el mundo salta de alegría porque llega el fin de semana y podrá huir al menos dos días de su horrible vida en la oficina. Cuando hice las primeras prácticas tras la universidad, me deprimí mucho. El mundo del turismo no era lo que yo pensaba. Empecé a estudiar porque pensé que mi vida de trotamundos tendría por fin una utilidad práctica en mis planes a futuro, pero los trabajos en las agencias o en las recepciones de hotel me parecieron demasiado rutinarios, y, a menudo, demasiado esclavistas. En la tienda, al final, también paso horas en el mismo sitio, pero aparte de hacerlo para mí en vez de para un jefe, siento que aporto algo a la gente. No sólo vendo un producto, o al menos eso intento pensar, y es que cuando veo que un cliente vuelve, y además lo hace con una sonrisa, sé que se ha llevado algo más a casa. La oportunidad de innovar, de probar un cachito de felicidad. Cuando me entretengo con algunos clientes explicando algunas cuestiones relacionadas con la sexualidad, o debatiendo algunos tabúes, y observo cómo comienzan a cuestionarse ellos mismos cosas, cómo sus gestos cambian mientras les hablo, sé que estoy dejando mi granito de arena, que lo que hago sirve de algo. Eso me hace más feliz que nada. Soy parte de esa generación perdida que iba a encontrarse de frente con la crisis hiciera lo que hiciera, así que ya puestos, al menos puedo hacer algo que me haga feliz.

No todo el mundo puede decidir a qué dedicarse en su vida. Unos por imposición, otros por puro desconocimiento. No siempre se tiene claro cuál es el camino a elegir, o a veces, se encuentra y lo que da miedo es recorrerlo.

No puedo evitar pensar en eso mientras paseo con prisa por un camino que, en realidad, ni siquiera sé si he escogido yo. Llego a mi destino y miro ese umbral, que creía que yo nunca tendría que traspasar.

Al pasar siento una sensación de angustia. No me gusta nada el mundo de la moda, pero menos aún éste. Puede que sea una sensación mía, pero me siento como Julia Roberts de compras en *Pretty woman*, cuando las dependientas le hacen sentir que ése no es su lugar. O puede que simplemente sea yo la que tenga claro que no es mi sitio. Cuando estoy a punto de salir por la puerta, me encuentro con Ángel, que acaba de llegar, y sé que ya no tengo escapatoria posible.

—Venía detrás de ti, pero no me has visto —mi novio me da un sutil beso en los labios—. ¿Estás segura de que quieres hacer esto conmigo?

—Mi madre ha dicho que el vestido de novia es lo primero que hay que elegir, porque luego hay que hacer arreglos y no habrá tiempo. Si no compro uno pronto, sé que ella misma querrá venir a elegirlo conmigo, y eso sí que no quiero hacerlo.

—Pero es un poco raro, ¿por qué no se lo dices a las chicas?

—No quiero hablar de la boda delante de Lucía, ya te lo he dicho mil veces. Parece que está mejor, pero es todo muy reciente, de hecho está otra vez algo ausente y alicaída, no creo que sea buena idea llevarla a ver vestidos de novia.

—¿Y con Aitana? Seguro que ella te guarda el secreto, además es muy de estas cosas, seguro que le haría ilusión elegir tu vestido de novia.

—Si hubiera sido hace unos años, puede ser, pero ahora... —miro cabizbaja hacia los vestidos del escaparte, y Ángel me abraza con ternura.

—No te preocupes cariño, sólo es una racha, volveréis a estar bien. Sé lo importante que es para ti tu amistad con Aitana.

Me choco con sus vulnerables ojos oscuros, y vuelvo a sentirme terriblemente culpable. Es tan bueno conmigo, tan comprensivo, tan atento. Sé que es la persona con la que quisiera compartir algo tan importante como elegir el vestido de novia, el problema es que no sé si es la persona que quiero para compartir mi boda.

—¿Puedo atenderles en algo?

La dependienta interrumpe nuestro momento y comienza el desfile de modelos.

⚜

—No te preocupes, nadie encuentra su vestido el primer día, lleva su tiempo, supongo.

—Ya, pero es que no creo que encuentre nada en ninguna tienda parecida. Me siento ridícula con todos esos tules y repollos. Yo quiero algo sencillo, algo que sea más yo.

Ángel come sus *ravioli* pensativo. Para que se me pase el agobio me ha traído a mi italiano favorito. Sabe que yo los disgustos los digiero mejor carbohidratos mediante. No sé si es por el tiempo que llevamos juntos, pero a veces creo que sabe cosas de mí de las que ni siquiera yo soy consciente, y lo increíble de todo eso es que me acepta tal cual soy. Me doy cuenta de que se pone nervioso al sentirse observado, y antes de que desvíe la mirada, sonrío al ver que uno de los ravioli se le cae encima y le mancha su camisa de cuadros de franela.

—Bueno, como tú dices, aún hay tiempo. Queda cerca de un año para la boda —insisto mientras él se limpia disimuladamente y saca sus gafas de vista cansada. Pasarse el día pegado al ordenador en su trabajo de la biblioteca le ha pasado factura, y aunque las evita porque le da un aspecto más frágil, al final del día necesita una ayuda extra para su mirada perdida.

—Yo, pese a lo que diga tu madre, creo que lo primero que hay que hacer es ver la lista de invitados.

—Eso va a ser fácil, quiero una boda pequeña. Sé que para eso tendré que pelearme con mis padres, que esperan el gran evento del año, pero me parece absurdo que en mi boda no conozca a la mitad de mis invitados.

—En mi caso sabes que no habrá problema, no tengo mucha gente a la que invitar... Sabes que tú eres mi familia.

Siento un nudo en el corazón cada vez que sale ese tema, aunque sea sin querer. Los padres de Ángel murieron cuando él era pequeño, y lo crio una tía suya, que murió un año antes de conocerme a mí. Sé que cuando me dice que soy su familia, lo dice en serio. Le acaricio de forma maternal e intento desviar de nuevo la conversación.

—No te preocupes. Nuestra boda puede ser una boda de amigos. La familia viene de serie, pero los amigos son las personas que nosotros elegimos para que nos acompañen en nuestra vida, yo creo que deben ser las personas que realmente deberían acompañarnos en un día así, ¿no te parece?

—Sabes que a mí sí, hago esto por ti y por tus padres, por mí con que nos mudásemos juntos sería más que suficiente.

—Ya sabes lo tradicionales que son mis padres, sin boda de por medio no verían bien que me mudase contigo —vuelvo a mentirle, pero le he contado esa historia tantas veces, que en ocasiones hasta yo misma me creo que ése es el motivo por el que no vivimos juntos todavía.

Intento desviar el tema de la boda, y le pregunto por su trabajo. En realidad, su trabajo como bibliotecario no es que sea apasionante, pero siempre tiene alguna anécdota que contar, y por supuesto, siempre encuentra un libro del que hablarme. La verdad es que Ángel es un hombre complejo en sus pensamientos, pero luego vive la vida de forma sencilla. Le basta con pasar sus ratos leyendo, vernos un rato, y poder salir de cuando en cuando a comer algo rico. Desde que se ha dejado esa especie de barba, y ahora que le miro con esas gafas de pasta y su habitual camisa de cuadros, podría decirse que parece todo un hípster, sobre todo mientras le escucho relatar sus últimas reflexiones acerca de sus lecturas de Milan Kundera, pero lo cierto es que Ángel es de todo menos una pose. Él es simplemente así y es lo que más admiro de él, que realmente le importa poco lo que los demás opinen. Me quedo pensativa por un momento, intentado imaginar cómo podría ser pasar la vida con él, siempre con él.

—¿Te acuerdas del día en qué nos conocimos?

—¿Melancólica?

—Pensativa...

—Sí, claro que sí, me pareciste la chica más guapa que había entrado nunca en la biblioteca. Quise impresionarte recomendándote un libro, pero cuando fui a buscarlo, se me cayó una estantería entera encima y quise morirme.

—Me conquistaste cuando te vi recogiendo esos libros como si nada, que con tus recomendaciones de chico culto y moderno.

—¿En serio? Eso nunca me lo habías dicho —vuelvo a comer de mi lasaña antes de volver a hablar, dándome cuenta de que ni siquiera yo había pensado nunca en eso—. No sé, me pareciste del tipo de persona que enfrenta bien las dificultades. Me gustó. Estaba cansada de la gente que huye ante los problemas. ¿Y tú? ¿Por qué te fijaste en mí, a ver?

—¿Estás de broma? ¡Mírate y mírame! Está claro que las chicas como tú no solían hacer caso de los chicos como yo. Cuando me dijiste de tomar un café creí que me estabas tomando el pelo, pero claro, tuve que asumir el riesgo.

—Muy bonito, ¿así que sólo te llamó la atención mi físico?

—Al principio sí, sería absurdo decir que no, pero después, me pareciste la chica más humilde, buena e inteligente que había conocido nunca, y decidí que quería estar contigo siempre...

Me quedo mirándole y simplemente sonrío. Si yo viera el mundo tan fácil como lo ve él puede que también pudiera hacer esa afirmación sin pensarlo siquiera, porque sé que Ángel es la persona que me conviene. Pero en el mundo real, lo que queremos no siempre coincide con lo que necesitamos.

Ángel me da la mano al salir del restaurante. Siempre busca mi mano cuando andamos juntos y es un gesto que con el tiempo he empezado a aceptar. Entramos en su coche y me froto los brazos, la noche es fresca.

—¿Quieres que vayamos a mi casa? —pone su mano en mi pierna, otro de esos gestos suyos, que he aprendido a identificar.

—Bueno, podemos ver una película, si quieres —según digo eso, su cara cambia, y vuelve a guardar su mano.

—Siempre te quedas dormida viendo una película, sobre todo últimamente.

—Es que estoy muy cansada, ya sabes.

—Sí, ya lo sé —se queda callado, como meditando sus próximas palabras—. No sé, Delia, sé que nunca hemos sido una pareja especialmente pasional y eso, tampoco te he pedido nunca mucho, pero desde que las chicas están aquí, no recuerdo la última vez que tú y yo...

—Anda, no digas tonterías, sólo son rachas. He estado muy preocupada por Lucía, un poco depre por el distanciamiento con Aitana, el estrés de la boda. Sólo es que no estoy muy sexual— mentiras, más mentiras.

—Ya, si ya lo sé. Es sólo que estamos planeando pasar nuestra vida juntos y, no sé, es un poco raro que ni siquiera seas capaz de pasar una noche conmigo...

Los nervios se apoderan de mí, pero al final, sé lo que tengo que hacer. Pongo yo mi mano sobre su muslo, me acerco y le beso, introduciendo mi lengua poco a poco en su boca, hasta acariciar la suya.

—Venga, vamos a tu casa, anda.

Ángel me desnuda torpemente, como siempre. Nunca ha sido un amante ágil, ni siquiera delicado, y siempre he sospechado que no había llegado hasta el final con ninguna chica antes de estar conmigo. Aunque en realidad nunca hemos hablado de eso, no hablamos demasiado de nuestras experiencias pasadas, porque creo que ambos preferimos no hacerlo.

Se atasca, como es costumbre, en mi sujetador, y acabo por desabrocharlo por mí misma. Le desvisto yo a él, más que con pasión, como si le quitase la ropa a un niño asustado que necesita refugiarse en mi cuerpo. Nos tumbamos en la cama y comienza ese extraño y establecido ritual, en el que él me da besos descoordinados, mientras pierde su mano en mi entrepierna, y yo básicamente me dejo hacer. Él se excita con sólo sentirme y cuando nota que está listo, se pone sobre mí, e intenta entrar. Pero la que no está lista soy yo, estoy totalmente seca, y Ángel se pone nervioso al darse cuenta de que no hay manera, hasta que al final termina por perder él su propia excitación. Empiezo a sentir la angustia, intento respirar, no pasa nada, todo está bien.

Intento tocarme para estimularme, cuando tengo una idea. Me levanto y cojo de mi bolso uno de los nuevos vibradores que ha llegado a la tienda y del que he cogido una muestra para probarlo por mí misma. Me vuelvo a subir a la cama juguetona, y me pongo a susurrar en el oído de mi prometido.

—¿Qué te parece si miras como juego, y juegas tú contigo? Lo mismo nos ayuda a relajarnos un poco...

Ángel, seducido por la novedad, se queda observando cómo juego con mi vibrador, aunque se sorprende al ver que no necesito introducirme nada. Se trata de una especie de vibrador redondo, suave y mullido, que consigue llevar mi clítoris al infinito. Me observa curioso, nunca antes he dejado que vea cómo me masturbo, y es evidente que esta visión le excita mucho. Tanto, que se anima demasiado, y hace un gesto intentando que me meta su pene en mi boca. Me hago la tonta y comienzo a estimularle con la mano libre, sabe que nunca he hecho eso y que nunca lo haré. El problema es que estimulando a Ángel a la vez que me masturbo yo, no consigo concentrarme, pese a que todo mi sexo vibra de placer. Al final, decido ser un poco egoísta. Cojo la almohada, pongo el vibrador con ella entre mis piernas, cierro los ojos y empiezo a gozar con el roce. La sensación comienza a llegar poco a poco, como si mi vagina fuera preparándose para la explosión. Abro un momento los ojos y veo que mi prometido también se está masturbando, así que vuelvo a cerrarlos, desconecto y comienzo a imaginar que no estoy en esta habitación, que no es Ángel quien me acompaña. Recurro a la imagen que uso siempre que busco el placer a solas. Su piel suave, su boca abierta en un suspiro. Comienzo a imaginar que en vez de mi almohada es su cuerpo el que se roza contra el mío. Que es su piel la que me acaricia, que mis gemidos son sus gemidos, que esa sensación cálida que me produce el vibrador, en realidad, sale de su sexo. El orgasmo llega intenso, pero placentero.

Abro los ojos. Vuelvo a estar en la habitación de Ángel. Él descansa a mi lado, mucho más desahogado, y parece estar a punto de quedarse dormido en ese momento de paz post-orgásmica. Antes de que nada cambie, me acurruco sobre él, nos echo la manta por encima y pronto ambos nos sumimos en nuestros propios sueños.

PETUNIAS

Las petunias, con ese toque casi
infantil, indican que los obstáculos
hay que superarlos con picardías,
quizá con alguna travesura.

Aitana

TODO EL MUNDO cuando piensa en escapar, se imagina en alguna playa del Caribe. De hecho, gran parte de las reservas que hago son a destinos como Riviera Maya o Punta Cana. No voy a mentir, me cambiaría por ellos sin pensarlo, pero a veces pienso por qué la gente prefiere gastarse el dinero desconectando de todo, en vez de visitando alguna ciudad, descubriendo mundo. Descubrir otras culturas: China, Camboya o Tailandia me parecen destinos de ensueño, aunque desde luego no despreciaría nunca un tour por Italia o por las Islas Griegas. Abro el cajón de mi mesa y sin que nadie me mire, observo la guía de Lisboa. No es un mal comienzo.

Es difícil definir cómo me encuentro. Cuando fui a Bilbao, no tenía expectativas de nada, pero después de lo que ha pasado con Joel, este viaje lo miro de forma muy diferente. Emoción, nervios, pero también dudas. Apenas hemos hablado estos días. Entiendo que en el trabajo hay que mantener las distancias, pero me muero por besarle cada vez que lo veo. No es que todo sea frío, se cruzan las miradas, hay roces tontos en el ascensor, pero nada con lo que pueda saber en qué terreno me estoy moviendo ahora mismo, algo que me indique que no piso arenas movedizas, aunque de ser así, ya estaría metida hasta el cuello.

Ya estamos a miércoles. Se supone que nos vamos de viaje el sábado, aunque no directamente a Lisboa, sino a Sintra. Han abierto un hotel nuevo en la zona y quieren que lo conozcamos, Joel se encargará de la parte comercial, y yo, de la más turística. Sé que le tendré para mí parte del día y seguramente toda la noche. Pese a eso, necesito algo más, algún tipo de adelanto, algún tipo de señal.

Como si el señor Marín pudiera leer mi mente una vez más, sus ojos azules se clavan en los míos y acude a mi mesa con un montón de papeleo.

—Hola, Aitana, te traigo unos informes sobre el hotel que tienes que ojear antes de ir para allá, para conocer un poco mejor las instalaciones y demás, ¿vale? —me quedo muy seria, y cojo los documentos, observándolos mientras me corroe la angustia por dentro. Le miro de reojo y veo que está comprobando que nadie nos observa—. Escucha, al final no saldremos el sábado, saldremos el viernes.

—¿Y eso? —cuando todo parecía perdido, vuelvo a ver reflejada en su cara su sonrisa, esa sonrisa.

—Como trabajaremos el sábado he conseguido que nos den el viernes libre —vuelve a mirar disimuladamente—. He cogido un hotel en Lisboa para esa noche, para que podamos aprovechar más el viaje, pero no se lo digas a nadie.

—¿Sin preguntarme? ¿Y si quería aprovechar el día libre para otra cosa? —Joel alza la ceja en señal de réplica.

—No seas mala, anda. Te pasaré a buscar el viernes a primera hora a tu casa para coger el tren, he conseguido cambiar los billetes sin llamar la atención —Joel me guiña un ojo disimuladamente y entonces alza la voz—. Cuando leas los documentos los dejas en mi mesa, por favor.

Mariposas, de nuevo muchas mariposas, y expectación, mucha expectación.

Todas las calles llevan el mismo empedrado impecable y con formas perfectamente definidas. Las fachadas, en cambio, pierden toda esa geometría, y su aspecto decadente, con colores descascarillados y azulejos que cuentan historias de otro tiempo, dan un aspecto melancólico a la ciudad. Sin embargo, Lisboa no respira tristeza, todo lo contrario, es una felicidad serena la que se siente sentada en la madera del tranvía 28, mientras el frescor del Tajo te despeja la mirada. Me encuentro embelesada, entre el ambiente de la ciudad y el calor del cuerpo de Joel, que pasea a mi lado, rodeándome con su brazo, mientras buscamos el número exacto de nuestro hotel.

Todo parece demasiado perfecto para ser real. Es como si estuviera en algún tipo de sueño o enajenación. Lejos de los problemas, de las preocupaciones, en este momento lo único que me importa es exactamente lo que tengo delante. Joel y las calles de Lisboa. He desconectado el teléfono móvil, y aunque sé que en cuanto llegue al hotel tendré la tentación de conectarme al wifi y checar que el mundo no ha cambiado, ahora mismo quiero olvidar que todo lo que está fuera de este lugar existe. Mi madre, el trabajo, las chicas. Todo. No es que no me gusten esos aspectos de mi vida, es sólo que ahora mismo no quiero recordar que el mundo sigue girando, como si pudiera engañarme a mí misma por un rato, pensando que el tiempo se ha detenido sólo para nosotros.

Joel parece distinto. Mucho más relajado, y mucho más cariñoso también. Sus miradas ya no son sólo pícaras y ardientes, sino que me mira como si de verdad fuera algo especial para él. Aunque puede ser que sólo sea imaginación mía. Durante el viaje me ha estado preguntando muchas cosas sobre mí, sobre mi infancia, sobre mi madre. Nadie que quiere sólo sexo contigo pregunta eso. O no. No lo sé. He decidido que no quiero pasarme este viaje haciéndome preguntas que sé que ya me haré a la vuelta. Estos días sólo quiero pasear, reír, comer cosas ricas y dejar que Joel me enloquezca dentro y fuera de la cama.

Subimos por la calle principal, la avenida Liberdade, que Joel compara con el Paseo de la Castellana, hasta encontrar un pequeño caserón de ambiente colonial. Mañana iremos al hotel de Sintra, pero éste es nuestro pequeño secreto, nuestra pequeña travesura. Sólo de pensarlo se me escapa una sonrisa que Joel descubre enseguida y tapa con un beso rápido e indiscreto.

Al pararnos en la recepción, me sorprendo a mí misma pensado que la chica que nos atiende podría haber sido yo hace apenas unos meses, y que ahora, yo soy una de esas parejas empalagosas. Paradojas que tiene la vida. Nos dan la llave de la habitación y Joel me pide que suba mientras él rellena la petición del desayuno.

Subo las escaleras de caracol y entro con cuidado en la habitación. Hay una enorme cama matrimonial. Sé a qué he venido en este viaje, pero lo cierto es que todas las otras veces el sexo llegó de forma casi inesperada, y ahora, saber que cuando suba Joel estaremos los dos solos en este cuarto, enfrente de esta cama, me pone muy nerviosa. Paso al baño a refrescarme un poco cuando oigo cómo la puerta se abre y se cierra. Cuando salgo del baño me encuentro frente a frente con esa intensa y penetrante mirada azul.

—Por fin solos... —Joel se acerca y cierro los ojos esperando encontrarme con la suavidad de sus labios gruesos, pero el beso no llega. Los abro y me encuentro con que ha tendido una cinta de seda negra, frente a mí—. Quiero que te la pongas en los ojos.

Me quedo observándole, con cara de susto. ¿Más juegos?

—¿Es qué tienes miedo de mí? —Joel me rodea y comienza a dejarme sin escapatoria.

—Un poco...

—Haces bien —sin dejarme dudar por más tiempo, Joel coloca la cinta sobre mis ojos y me quedo privada del sentido de la vista—. Ahora vas a hacer lo que yo te diga, ¿de acuerdo? Túmbate en la cama, así, despacio, muy bien.

Comienza a sonar una música, algo como *Addicted to love* que, supongo, proviene de su móvil. Puedo escuchar sus pasos rodeando enigmáticamente la cama, y luego algo más. Parece que abre una puerta y desenrosca algo. El sonido del hielo y de la bebida cayendo delata que ha abierto el mueble-bar y que se está sirviendo una copa. ¿Piensa dejarme simplemente así?

—¿Impaciente? —como si pudiera realmente leerme el pensamiento, se adelanta a cada uno de mis movimientos—. Tranquila, tenemos tiempo.

Escucho cómo deja la copa sobre la mesita de noche y entonces siento su aliento en mi cuello. No llega a tocarme, y eso me excita aún más todavía. Comienza a desabrochar los botones de mi camisa y yo me remuevo expectante.

—Shh, estate quieta castaña, no te pongas nerviosa... todavía.

El aliento de Joel ahora recorre mi escote, poco a poco, hasta acabar en mi vientre. Entonces noto cómo desabrocha los botones de mi vaquero y baja lentamente la cremallera. Pero se detiene ahí, dejándome con las ganas. Vuelvo a escuchar el sonido de su vaso, y entonces aparece esa sensación fría y húmeda, la de uno de sus hielos realizando exactamente el mismo camino, mi cuello, mi escote y mi vientre, dejando que una gota se cuele lentamente en el interior de mi ombligo. Se me acelera la respiración.

—Desnúdate.

Sin saber por qué, y sin ni siquiera planteármelo, sigo sus órdenes. Termino de quitarme la camisa, el sujetador y los pantalones; cuando me paro dudosa antes de deshacerme del resto de mi ropa interior, Joel me detiene.

—Déjatelas puestas, yo te las quitaré cuando sea necesario.

Sus pasos vuelven a alejarse, y descubro el sonido de una cremallera que se abre, deduzco que es la de su maleta. Busca algo, diría que incluso él parece algo nervioso, hasta que por fin parece que lo encuentra.

—¿Lista?

Nunca me había sentido tan vulnerable, tan expuesta a otra persona, pero por alguna razón, sé que con Joel puedo sentirme segura. Asiento con la cabeza.

Joel pone algo sobre mi sexo, y entonces, ese algo, empieza a vibrar. Pese a tener una amiga con una tienda erótica, nunca he tenido un vibrador. Me masturbo, claro, pero restregándome con la almohada por la noche, poniendo el modo vibrador de la ducha, y esas cosas. La sensación de tener algo vibrando entre mi clítoris y la entrada de mi vagina es totalmente nueva. Joel da a un botón y las vibraciones cambian, asemejándose ahora a olas que van aumentando y disminuyendo el placer. Sin poder evitarlo, echo mis brazos hacia atrás, como si de esa forma disfrutase más del momento, y comienzo simplemente a mover mi cadera, para que la fricción con la tela de mis bragas sea aún mayor.

—No sabes cómo me gusta mirarte Aitana, cómo me gusta ver el placer en tu cara. Dame más...

Joel se tumba sobre la cama y comienza a besarme, y yo recibo su boca con un hambre animal, de tal manera, que sin poder contenerme más, le abrazo, le acerco a mi cuerpo dejando que el vibrador caiga de su mano y comienzo a acercar mi cadera contra la suya. Como si fuera una adolescente hormonada, comienzo a restregar mi sexo con el suyo, que rápidamente siento duro y dispuesto. Esta vez puedo sentir el calor de todo su cuerpo, puedo gemir a mi antojo, y puedo acariciarlo sin pensar que alguien de la oficina nos mira. Joel deja su papel dominante y se entrega a las reglas que yo acabo de marcar en este juego. Me agarra de las caderas de forma que puedo sentirle aún más cerca y que podemos coordinar el ritmo. El calor, los jadeos, las ganas. Todo confluye de una forma tan perfecta que simplemente el saber que su sexo está ahí, tan cerca del mío, tan duro, rozando con mi clítoris, me lleva a un delicioso clímax. Cuando acabo, me quito la venda, y me quedo mirando cómo Joel se levanta y se deshace de su ropa. Sé lo que quiere hacerme, pero él no sabe todavía lo que yo le quiero hacer a él.

Antes de que vuelva a la cama, me siento sobre el borde, le acerco hacia mí y, sin que él mismo pueda esperárselo, meto todo su pene en mi boca. No porque él lo desee, sino porque quiero saber que ahora la que manda, la que decide cómo llega el placer, soy yo. Pese al viaje, su sexo aún sabe a jabón y agradecida de ese hecho, lo relamo como si fuera una niña encantada con su caramelo. La cara de Joel pasa del asombro al puro goce. Echa la cabeza hacia atrás y observo cómo le tiemblan las piernas. Me excito sólo de mirarle. Agarro sus glúteos para conseguir que penetre mi boca hasta el fondo. Juego con su glande en el interior de mi boca con mis carrillos, con mi lengua, y por una vez me atrevo a hacer eso que nunca he llegado a probar. Comienzo a lamer sus testículos, que ante la estimulación se contraen bajo la caricia de mis labios. Agarro con mi mano la base de su pene y comienzo a moverlo con fuerza. Arriesgando aún más, tiro de Joel un poco hacia abajo, y sitúo su erección entre mis tetas, dejando que se frote contra ellas, y deleitándome yo con la visión de mis pechos haciendo algo que nunca creyeron que podrían hacer.

—Dios, Aitana, no puedo más, déjame acabar dentro de ti...

Muero de ganas por sentirle dentro, así que saco un condón del bolso, se lo coloco y Joel rápidamente me quita las bragas y se tiende sobre mí. No hay tiempo para piruetas ni para sorpresas. Joel entra en mí con necesidad, con ansias, y yo le recibo subiendo mis piernas a su espalda. De esa forma los dos nos quedamos muy cerca el uno del otro, lo suficiente para poder besarnos, pero sobre todo, para poder mirarnos fijamente. Y así, entre embestida y embestida, me doy cuenta de que ya no tengo que acallar mis gemidos, y que sin embargo aún me obligo a morderme los labios para no gritar, porque siento miedo de que en el camino al éxtasis que me marcan esos ojos azules se me escape un «te quiero». Joel llega al orgasmo de forma violenta y el ímpetu de sus últimas metidas me llevan a mí también al cielo.

Ambos caemos sudorosos y exhaustos en la cama, intentando recuperar el ritmo de nuestra respiración. Joel se gira para mirarme, aparta un mechón de mi pelo y me rodea con su brazo, de manera que yo me quedo apoyada en su pecho, descubriendo que no soy a la única a la que se le acelera el corazón.

—Castaña, eres una caja de sorpresas —Joel me acaricia la espalda y se me queda mirando pensativo—. Hay algo que me había reservado para darte luego, pero creo que ya te lo has ganado.

—¿Un regalo? —lo observo extrañada y casi un poco ofendida. No quiero que me den un regalo después de tener sexo, lo hace todo un poco confuso. Pero cuando Joel se levanta y saca algo de su maleta, vuelvo a quedarme aún más confundida. Es una especie de *dossier* enorme—. ¿Qué es?

—El manuscrito de mi libro. En San Sebastián me dijiste que te gustaría leerlo, y había pensado que quizá...

No puedo evitarlo, debe ser por la oxitocina, la serotonina o algo de eso, pero me lanzo a darle un abrazo.

—¡Sí! ¡Claro que sí! Me hace muchísima ilusión.

—No seas muy dura, todavía no se lo he dado a leer a nadie. Es algo personal, tampoco es que haya pensado en publicarlo ni nada, pero como querías leerlo —Joel se hace el disimulado mientras se pone de nuevo sus pantalones y yo me quedo muy sorprendida por su confesión. ¿De verdad soy la primera persona a la que deja leer su libro?

—¿Y puedo leerlo ahora? —Joel se empieza a reír, me quita el libro de las manos y lo deja en la mesita de noche.

—Ahora vamos a darnos una ducha y a disfrutar de Lisboa, para eso ya habrá tiempo.

Joel se va con una sonrisa al cuarto de baño y yo sonrío divertida. Mi mente, activada por ese *addicted to love*, hace que me levante de un brinco. Corro tras él, no se habrá pensado que iba a ducharse solo...

❦

Aunque hemos perdido algo de tiempo en la habitación, al haber madrugado tanto tenemos margen para dar un paseo antes de comer. Bajamos toda la avenida hasta llegar a la Plaza del Rossio, y lo primero que me llama la atención es la fachada de la estación de tren, con ese aire manuelino tan único de Portugal. Joel me avisa que mañana cogeremos el tren desde aquí para ir hasta Sintra, y después me anima para sentarme en una de las míticas fuentes de la plaza y sacarme una fotografía. El gesto no es gratuito, y es que al final me lía para que vayamos a un pequeño local dónde probamos un chupito de ginja, un licor muy típico de la zona, aunque a mí me sabe demasiado fuerte como para ser capaz de acabármelo entero, y Joel comienza a burlarse de mí. En momentos así recuerdo lo idiota que puede llegar a ser, pero al seguir caminando, vuelve a cogerme de la mano, y mi enfado se disipa rápido.

Nos perdemos entre las tiendas antiguas de la Baixa y me deslumbra la belleza de la Torre de Santa Justa. No hace falta que nadie te diga que su arquitecto es el mismo que el de la Torre Eiffel, su estructura habla por sí sola. Me empeño en subir a ver la panorámica, y Joel accede como un padre que consiente a su hija más querida. La cola es enorme, y por primera vez descubro que ir acompañada de un hombre hace más entretenidos los tiempos muertos. Mil y un besos más tarde, subimos en el agobiante ascensor, pero cuando me quedo absorta observando las vistas sé que ha merecido la pena ser caprichosa. Desde arriba se distinguen perfectamente las siete colinas, el castillo de San Jorge, la catedral de Sé y como culmen final, el azul oscuro del Tajo. Joel me abraza por detrás y me da un beso suave en la frente. No quiero despertar, no quiero despertar nunca.

Me empeño en ver el Tajo más de cerca, así que bajamos hasta la Plaza del Comercio. Si bien es cierto que el terremoto de 1755 arrasó con gran parte de la arquitectura de la ciudad, el ambiente colonial y comercial aún se respira en esta plaza. Llama la atención que este lugar es el punto de encuentro y desencuentro de los míticos tranvías amarillos, que ya se confunden con transportes mucho más modernos, que en vez de vivir en el encanto de la madera, lo hacen bajo el amparo de grandes marcas comerciales. Voy corriendo hasta el final de la plaza, me quito los zapatos, sumerjo los pies en el agua fría y bajo un par de escalones de los que se sumergen en la infinidad del río. Desde aquí puedo ver el Puente del 25 de Abril, con un parecido asombroso al de San Francisco, y la silueta lejana del Cristo Rei, con igual semejanza al de Brasil. Cuando me giro veo que Joel no está observando el precioso horizonte, sino que por alguna razón, me está observando a mí. Mariposas por doquier.

Aunque yo ya me encuentro desfallecida, Joel se empeña en ir a comer al barrio de Chiado, dónde él vuelve a tomar las riendas y me pide que pruebe bacalao dorado. Yo ya sabía que en Portugal son famosos por preparar el bacalao de múltiples formas, pero no soy muy fan del pescado en general, ni de ése en particular. Pero cuando Joel me da a probar de su propio tenedor, he de reconocer que me sorprende. La mezcla de cebolla, huevo y patata hacen difícil distinguir el sabor salado del pescado, sino que de manera contraria, toda esa mezcla desmigada consigue un sabor exquisitamente perfecto. Joel paga la cuenta, pero yo insisto en pagar el café, aunque por supuesto él elije el sitio.

A Brasileira es uno de los cafés más antiguos de Lisboa. Precedido por la estatua del poeta Fernando Pessoa, que parece tomarse allí su café por los siglos de los siglos con todos los viandantes que se fotografían con él, la entrada al local contrasta en color con su interior. Lleno de historia en cada una de sus mesas, si se está muy callado, aún pueden escucharse los relatos que en sus mesas compartieron artistas, escritores e intelectuales de otra época.

El café consigue espabilarme un poco del cansancio del viaje, así que Joel insiste en hacer otra parada en el barrio de Alfama.

—Me encanta esa música.

—Es un fado, de Carminho, si no me equivoco.

—¿Ahora también eres experto en folclore portugués?

—Soy una caja de sorpresas, castaña.

—Ni que lo digas...

Me quedo parada en el pavimento de piedra, dejando que mi corazón aprenda a sonar al ritmo de un fado. Alfama es uno de esos barrios en los que merece perderse. No se trata de viajar en busca de la típica foto turística, sino de disfrutar simplemente del viaje en el tiempo por el que te llevan sus calles y sentir ese sentimiento, que puedo adivinar, es mucho más grande paseando de la mano de alguien especial. No son sólo las casas blancas descascarilladas, ni los murales de cenefa azulada, son sobre todo sus miradores.

El telépata de mi compañero vuelve a hacer de las suyas leyéndome la mente, y pronto deduce que el mirador de San Pedro de Alcántara se ha convertido ya en mi lugar favorito de esta ciudad. Subimos en el elevador de la Gloria, que nos deja justo a la entrada del parque. El ambiente es tranquilo y acogedor, acompañado de un hombre que toca la guitarra y de los rayos de sol que anuncian el inminente atardecer. Joel y yo vamos hasta la barandilla y observamos la ciudad ante nosotros. Veo en Lisboa un lugar que quedó en ruinas y que ha sabido rehacerse entre ellas, con ese aire cansado y melancólico, pero a la vez divertido y romántico. Me recuerda al propio Joel. Lisboa puede tener una fachada confusa, hay que sumergirse en ella para realmente apreciar su valor. Joel me mira y me sonríe, pero lo hace de forma distinta, no como si me estuviera seduciendo, sino simplemente como si fuera un niño contento, feliz por un momento, y yo como una tonta, aprieto su mano con fuerza. Pienso entonces en todas esas veces que mi madre me ha dicho que el día en que llegase el hombre de mi vida tendría que agarrarlo con todas mis fuerzas, y eso hago ahora, agarrarlo todo lo fuerte que puedo pensando que no quiero dejarle marchar nunca.

Casi a rastras, accedo a tomarme una copa de vino verde antes de cenar. El señor Marín no para de hablar, de todo y de nada, y yo no puedo sino sonreír como una tonta mientras asiento con la mente perdida. Hoy no es ni el hombre resuelto, ni el bromista, hoy parece simplemente él. Relajado, tranquilo, sereno. Me cuenta cosas sobre su infancia en la ciudad, muy diferente a la mía en el pueblo, su adolescencia en un ambiente chic, muy distinta a la mía, escondiéndome en el río para leer tranquila sin la voz omnipresente de mi madre. Está claro que venimos de mundos muy diferentes, que somos diferentes, pero que entre nosotros algo encaja. Que entre nosotros todo podría encajar. Recuerdo las palabras de Daniel avisándome de que la gente no cambia, pero yo he cambiado gracias a Joel, y sé que Joel podría cambiar gracias a mí. Vuelvo a beber de mi copa de vino. Lo que al menos sí sé es que esta noche él es enteramente mío. La boca se me hace agua.

El Palacio da Pena, residencia de verano de la familia real portuguesa en el siglo XIX, es una de las cosas más bonitas y más únicas que he visto nunca. Si ayer Lisboa me cautivó, Sintra simplemente ha terminado por tener toda mi adoración. Aunque reconozco que lo que ha conseguido captar todo mi cansancio es subir hasta la cumbre donde está el palacio, que me ha dejado totalmente extenuada. Respiro a duras penas tras el largo recorrido. Joel, que cómo no, es un fanático del gimnasio, parece al menos conservar la compostura, pero yo necesito sentarme un momento antes de seguir ascendiendo. Desde abajo puedo observar ya cómo el palacio se compone de bloques que parecen totalmente inconexos entre sí, y que sin embargo crean una armonía fabulosa. Con colores tan llamativos como el amarillo, el rojo o el azul, las torres componen el castillo del cuento más surrealista que he visto nunca. Parece haberlo pintado realmente una niña en sus delirios de ser algún día una princesa, y río para mí misma, pensado que pude haberlo dibujado yo.

—¿Seguimos? —Joel me tiende la mano, y por un momento, sumida en mi fantasía, me imagino que es ese príncipe azul que viene a rescatarme a la torre más alta, para prometerme mis merecidas perdices.

Aún enajenada, una vez arriba, ya no estoy sólo sorprendida por el palacio, sino también por las vistas que observo desde lo alto de la montaña. Los castillos colindantes, la naturaleza y, sobre todo, un infinito que parece no acabar nunca. Observo a Joel, que me espera en la terraza fotografiando la puerta principal y una de sus más que inquietantes esculturas. Hoy se ha vestido menos informal, hemos quedado dentro de un rato con los responsables del hotel aquí arriba, para que nos hagan un tour, aunque hemos querido adelantarnos para poder trastear un rato por nuestra cuenta. Observo cómo le queda su cazadora de cuero y me relamo inconsciente, pensando en la pasada noche. Todas las otras veces que hemos hecho el amor ha sido de forma pasional e improvisada. Anoche, sin embargo, todo fue lento, pausado y, me atrevería a decir, emocional. Sé que anoche, por fin, no me echó un polvo, sé que me hizo el amor. Ojalá este viaje no terminase nunca, ojalá pudiéramos quedarnos siempre aquí. Pero no puedo evitar mirar el reloj y darme cuenta de que quedan apenas diez minutos para que lleguen los representantes del hotel.

Lo que no esperaba, es que no llegasen solos. Resulta que aprovechando la visita han organizado también un pase de prensa, con varios periodistas españoles, para promover tanto el hotel como la zona, y haremos la visita todos juntos. Al principio me alegro, pensando que quizás al haber más gente Joel y yo podremos estar más a nuestras anchas, pero pronto me doy cuenta de que el señor Marín ha activado el modo trabajo, y que presta más atención a sus habilidades sociales que a mi persona.

Hacemos la ruta de todos los castillos y Joel apenas me presta atención. Va hablando con los representantes y sobre todo, con los periodistas, especialmente con dos chicas. No quiero volver a ponerme paranoica con el tema celos, pero el saber que Joel y yo no tenemos una relación exclusiva hace que esté en alerta constante. No lo puedo evitar. Está claro que las dos mujeres se sienten atraídas por él, leer el lenguaje corporal de una mujer es muy fácil. Cómo se toca el pelo, su sonrisa, su mirada, si se acerca para hablar o se aparta, y sobre todo esa risa tonta y nerviosa. Joel es un hombre atractivo, seductor por naturaleza, eso le hace un vendedor nato. Sé que usa esos encantos en el trabajo, es sólo que a veces me cuesta distinguir si realmente está vendiendo un producto o se está vendiendo a sí mismo.

Paso la mañana bastante callada. Hago un esfuerzo por conversar un poco con los representantes, intentando obligarme a mí misma a recordar que éste es un viaje de trabajo, pero no puedo evitar sentirme desconcertada con que Joel no me haga caso. Al menos sé que sólo será durante la mañana, que la tarde la tendremos libre. Ha prometido llevarme a Estoril, para que vea la playa, y después invitarme a cenar en el Casino. Aunque sólo sea por eso, aguanto con resignación sus coqueteos, sabiendo que esta tarde volverá a ser mío. Joel es como uno de esos gatos callejeros que al final siempre vuelven a tu puerta por más comida y refugio.

Llegamos al hotel a la hora de comer. Nos da tiempo para subir a nuestras habitaciones el equipaje que habíamos dejado en recepción. Sólo entonces recuerdo que tenemos reservadas habitaciones separadas, y aunque sé que seguramente acabaremos durmiendo juntos, entro cabizbaja a mi cuarto. En realidad es un sitio precioso, decorado en la línea de ese ambiente de otra época que tiene Sintra, pero con el glamur de la vida palaciega. Me paro a pensar que es increíble que gracias al trabajo pueda conocer sitios como éste, que es obvio que por mí misma nunca podría pagarme.

Cuando bajo, el grupo ya está en el comedor del hotel, y para mi disgusto ya están todos sentados. Una de las representantes del hotel me ha guardado un sitio a su lado, pero Joel está sentado en la otra punta, justo entre las dos periodistas. Respiro hondo. Sé que hoy estamos trabajando, pero no entiendo cómo es tan bipolar, cómo ayer parecíamos una pareja tierna de enamorados y hoy sólo un par de conocidos del trabajo. Intento distraerme hablando con la representante del hotel, ella en realidad vivía en Oporto, otro de esos sitios que me gustaría conocer, pero lo cierto es que al principio pensé que era española, porque habla castellano estupendamente. Me cuenta que su abuela vivía en la frontera de Cáceres, en un pueblo llamado Marvão, que también tiene un castillo, y que se casó con un español, por lo que su familia es mitad española. Me entretengo hablando con ella, preguntándole cosas sobre Portugal, su cultura, su economía, hasta tal punto que ella ríe bromeando con que parezco una más del grupo de periodistas. Ya que Joel no me hace caso, estoy decidida a aprovechar la experiencia en todos los sentidos que pueda.

Por suerte los cafés llegan pronto y el grupo de periodistas se despide. Nosotros debemos hacer un par de gestiones más, después tendremos la tarde para nosotros. Miro a Joel y él me devuelve la sonrisa. Soy una tonta, seguro que él también esté deseando terminar con todo esto. Vamos al despacho de los representantes a que nos den un poco la charla sobre su proyecto y conversamos sobre algunos packs de ofertas que podrían ser interesantes. Justo en ese momento el teléfono de Joel suena y él se ausenta, parece una llamada importante.

Al volver a la sala su rostro es serio, y durante el resto de la reunión prácticamente no vuelve a abrir la boca. Nos despedimos de nuestros anfitriones, que nos dejan en el ascensor para que podamos ir a descansar a nuestras habitaciones.

—¿Cómo quedamos? ¿Te espero en la puerta? —miro a Joel expectante, tengo muchas ganas de ir a pasear a la playa con él, al fin y al cabo, en una playa empezó todo.

—¿El qué?

—Estoril... —Joel me mira como desorientado—. Me dijiste que íbamos a pasar la tarde a la playa y que después cenaríamos en el Casino.

—¡Joder! ¡Es verdad! Lo siento, castaña, no va a poder ser. Era una llamada de mi tío, me ha encargado unos asuntos que me tendrán liado toda la tarde... Puedes quedarte descansando un rato aquí, si quieres, o puedes ir tú sola.

Mi cara es un poema. ¿Me va a dejar tirada toda la tarde? Me enfadaría, pero evidentemente estamos aquí por trabajo, y si tiene cosas que hacer, sólo queda asumirlo. Pero aunque mi parte racional lo entienda, mi yo irracional ahora mismo está pataleando como una niña de cinco años. Pese a que asiento con la cabeza y me quedo callada, Joel lee mis pensamientos.

—Intentaré no tardar mucho, puede que aún nos dé tiempo a llegar al atardecer, o al menos a la cena, ¿paso por ti luego?

El ascensor se abre y entramos los dos a la vez. En cuanto se cierran las puertas, no puedo contenerme y me lanzo a besarle como gesto de afirmación. Enseguida siento calor, mucho calor, y a juzgar por el bulto de su pantalón, Joel también. Cuando llegamos a mi planta, me suelto a desgana de su cuello.

—No tarde, señor Marín.

Como si realmente fuera una *femme fatale*, salgo contoneando caderas, con la esperanza de que ese beso le haya dejado con las suficientes ganas de venir a buscarme pronto. Sin embargo, en cuanto llego de nuevo a mi habitación individual, vacía y solitaria, vuelvo a sentir una punzada de algo que no sé definir si como desilusión o tristeza. Me tumbo alicaída sobre la cama y me golpeo con algo la cabeza. Es el manuscrito del libro de Joel. Sonrío. Ya tengo planes para esta tarde.

El atardecer se escapa por la ventana de la habitación. Miro el reloj, no hay rastro de Joel, y si es cierto que está en alguna reunión, es mejor no molestarle. Se habrá retrasado, no podrá avisar, o le habrá atropellado un camión de camino al hotel y por eso ni llega ni llama. Sí, alguna de esas opciones debe ser. Vuelvo a sumergirme en su manuscrito. Leer algo que ha escrito alguien que conoces es muy íntimo. En parte me siento como si leyera su diario, como si a través de los pensamientos de sus personajes pudiera descifrarlo a él mismo. De hecho, si algo me ha quedado claro del personaje principal, es que es una persona que nunca termina de encontrar su sitio, que es cambiante, que siempre necesita estímulos nuevos, y es obvio que ése podría ser el perfil de mi enigmático señor Marín. Porque al final todo lo que sé de él son suposiciones que saco de sus miradas, de sus gestos, de una novela, pero casi nada por lo que realmente me haya dicho él. Sin saber muy bien por qué, me viene a la cabeza *All you never say*, pensado que si a Birdy nunca le dijeron si realmente la querían, está claro que a mí tampoco. Continúo leyendo mientras miro de reojo el reloj y el teléfono, pero las horas pasan y Joel sigue sin dar señales de vida.

Me despiertan unos golpes en la puerta, que insisten una y otra vez. Miro el reloj, son más de las once de la noche, he debido de quedarme dormida. Me froto la cara y voy a abrir la puerta, es él.

—Buenas noches, castaña —no hace falta que me diga nada más, su aliento le delata, va bebido.

—Creo que llegas un poco tarde para nuestro paseo por la playa —Joel entra en mi habitación y se sienta en la cama, sin que nadie le haya invitado.

—Lo sé, lo sé. Lo siento, pero aún podemos disfrutar de la noche ¿no? —tira de mí hacia la cama, pero caigo mal y me hago daño. Vuelvo a ponerme de pie de la manera más digna que puedo.

—No vayas tan rápido. ¿Dónde has estado?

—Arreglando unos asuntos, ya te lo dije. Anda, no seas mala...

—¿Hasta tan tarde? ¿Y bebiendo? ¿Y no has podido llamar?

—No seas así, Aitana. Sí, hasta tarde, muchos negocios se cierran de copas y estaba liado, supuse que lo entenderías.

—¿Entonces tú ya has cenado?

—¿Tú no?

—Pues no, te estaba esperando... —Joel pasa de mirarme perplejo a mirarme con lástima, y no sé cuál de las dos me molesta más.

—Llamaré al servicio de habitaciones para que te traigan algo, no te preocupes.

Me quedo callada, observando cómo pide la comida por mí, con la cabeza a mil por hora, intentando colocar todos los pensamientos que me vienen a la cabeza. Intentando entender por qué esta noche me parece todo tan diferente a la noche anterior.

—¿Y tú dónde has cenado?

—Con gente de otras agencias, no seas pesada, Aitana, pareces mi madre.

—¿Y no había nadie más? —las palabras salen de mi boca antes de que pueda analizarlas realmente en mi cabeza—. ¿Las periodistas de esta mañana, a lo mejor?

—¿Las periodistas? —Joel se quita la corbata y la tira sobre la cama—. ¿Pero qué estás diciendo?

—Nada, tonterías mías... —miro hacia abajo, avergonzada—. Es sólo que como esta mañana parecías tan a gusto con ellas pensé que quizá...

—¿Ahora vas a montarme una escena de celos? ¿En serio? Se suponía que veníamos aquí a pasarlo bien.

—Pues yo no lo he pasado nada bien esta tarde...

—Por si no te acuerdas, también veníamos aquí a trabajar — Joel se mueve nervioso por la habitación, buscando algo, hasta que por fin lo encuentra. El mueble-bar.

—¿Entonces no has cenado con ellas?

—¡No, Aitana, no! Pero sí así fuera, ¿qué? Ya hemos hablado antes de ese tema...

Vuelvo a sentarme sobre la cama, no soporto esta angustia, los nervios, la impotencia. Hago grandes esfuerzos para no echarme a llorar. No quiero mostrarle mis sentimientos, no quiero que sepa que sí que me molesta que se vea con otras, que lo quiero sólo para mí, que lo que quiero es saber si él me quiere de verdad o tan sólo soy un pasatiempo.

—Joel, ¿tú sientes algo por mí?

Joel se sienta a mi lado en la cama con un vaso de algo que parece whisky. Ahora me mira con una especie de resignación.

—Sí, algo así.

—¿Algo así? Pero ¿el qué?

—¡No lo sé, Aitana! ¡Por Dios! No soy tu cuaderno de notas del trabajo, ¿vale? No sé catalogar mis sentimientos, o lo que haya entre tú y yo en un Post-it de colores. Seamos realistas. Lo pasamos bien, es cierto, pero no es que vayamos a acabar casándonos, simplemente estamos aquí, disfrutando, o estábamos claro —Joel vuelve a beber de su whisky, y yo tardo un rato en asimilar sus palabras.

—¿Y por qué crees que si tú y yo disfrutamos tanto no podríamos acabar juntos?

—Porque no, Aitana, porque tú necesitas alguien mucho más estable y seguro que yo, está claro, y yo... supongo que en mi caso, lo que necesite o no lo acabarán decidiendo mis padres.

—¿Entonces es eso? —veo un atisbo de luz en la tormenta—. ¿Es por la presión de tu familia otra vez? He estado leyendo tu libro, Joel, es bueno y creo que deberías intentarlo. Que deberías intentar hacer lo que realmente quieres, o estar con quien quieras, que no tienes que pasar por el aro.

—Lo ves todo muy fácil, castaña.

—Es que a veces lo es. Lo he aprendido de ti, a veces nos ponemos barreras que son sólo imaginarias, que sólo están hechas de miedo y que no sirven para nada.

—Aitana, tú no eres más que una niña, con sueños de princesa, que a la hora de la verdad, no se atreve a hacer realmente nada, guárdate los consejos para ti misma. ¿Has arriesgado alguna vez algo de verdad? ¿Has luchado por ser lo que quieres ser o al final sólo eres una sumisa que se deja llevar como todas las demás?

—Yo no soy como las demás, no soy una más...

Joel vuelve a beber de su whisky y antes de que pueda terminar el trago, yo ya he salido por la puerta dando un portazo. Salgo por el pasillo corriendo, agradeciendo llevar puestos unos tenis, y para no quedarme atascada en el ascensor, bajo por las escaleras. No miro atrás, no sé si Joel me sigue, porque la verdad, ahora mismo prefiero que no lo haga. Prefiero no verle, no escucharle más. Salgo por la puerta principal sin tener muy claro a dónde ir. Veo que no muy lejos hay una terraza, al lado de un parque, donde la gente aún está tomando algunas copas con sus chaquetas, me siento en uno de los bancos del parque y, por fin, sabiéndome sola, me echo a llorar con todas mis ganas. Lloro por todo lo que sé que podría ser y no será, lloro por ser lo que soy y por no ser nada más, lloro por todo lo que pensé que era y resultó no ser. Justo en ese momento aparece una mujer en la terraza y comienza a dedicar unos fados a los allí presentes. La melancolía me invade, pero por alguna razón, mis lágrimas se secan y me quedo mirando a esa mujer sin más, totalmente ausente de mí misma, incapaz de dar más vueltas a mi vida, con ganas de pensar más en la de los demás. Como en la de esa desconocida, que vive de lo que le den esta noche y que seguramente no sabrá dónde estará mañana, a quién conocerá, o incluso a quién amará. Ojalá yo pudiera ser así.

La figura de mi fallido príncipe azul no tarda en aparecer. Se acerca al banco y se sienta a mi lado en silencio, escuchando el fado. Nos quedamos así por un tiempo impreciso que se asemeja a una incómoda eternidad.

—Lo siento, no quise decir eso, lo siento de veras, Aitana.

Sigo mirando a esa mujer, hasta que la situación me obliga a cruzarme con los ojos de Joel.

—Tienes razón, me cuesta arriesgar... Pero eso va a cambiar —me abrazo a su cuello y con más ganas de sentir que de pensar, le doy un beso, que él me devuelve esta vez con algo que se parece a la ternura.

No nos decimos nada más. Por fin he aprendido a quedarme callada, a entender que hay momentos en los que la mejor forma de entenderse es evitar las palabras. Joel me abraza para que se me pase el frío, y nos quedamos allí, esperando que las preguntas se las lleve la noche, pensando que mañana será siempre un día nuevo. De alguna manera, esos fados se convierten en la esencia de lo único que nos importa ahora: nuestro presente.

Rosa azul

El color de una rosa indica un mensaje diferente en cada una de ellas, y la rosa azul, poseyendo el color del cielo, transmite sentimientos de libertad y franqueza. Asimismo puede reflejar misterio o la obtención de un imposible.

Delia

Ruido, mucho ruido. Me molesta el calor, el sudor pegajoso y el peso de mi abrigo colgado de mi bolso, que creo que finalmente acabará por dislocarme el hombro. Resoplo por enésima vez. La música está demasiado alta para mi gusto. Hace mucho que no salía de fiesta, creo que la última vez fue para una despedida de soltera, y está claro que estoy un poco desfasada. Me he acostumbrado a las cenas tranquilas con Ángel, a las cañas tras el trabajo y a las tardes de compras de chicas, y está claro que mi faceta noctámbula ha quedado fuera de forma.

He tardado más de una hora en encontrar algo que ponerme, y es que me he dado cuenta de que si antes compraba ropa para salir, ahora me compro ropa para ir a trabajar, y encontrar algo para lucirse en la noche madrileña ha sido todo un reto. Aunque está claro que no he conseguido acertar, porque me duelen los pies casi desde que salí de casa. Nunca fui una amante de los tacones, pero pensé que por una noche los aguantaría. Está claro que también tengo problemas de memoria. Miro a mi alrededor. Las chicas bailan animadas, mientras canturrean el nuevo tema de moda, que yo no he oído en mi vida. Empiezo a pensar que en vez de estar cerca de los treinta, he debido de cumplir ya los cuarenta y ni siquiera me he dado cuenta.

—¿Te lo estás pasando bien? —Adriana me trae una copa a la que le pego un trago enseguida. Puede que haya olvidado cómo bailar, pero no cómo beber—. Vaya, qué ansias, chica... No sé si eso significa que sí, o que no...

—Es sólo que me siento un poco fuera...

—¿Por las chicas? ¡Qué tontería! Son todas encantadoras, lo que pasa es que tú eres muy chocante y no hablas nada.

Miro a las amigas de Adriana. Componen un grupo algo peculiar. Da la sensación de que cada una insistiese en marcar su personalidad, pero a la vez se pareciesen mucho entre sí. Aunque he salido muy pocas veces con ellas, Adriana me habla tanto de sus amigas que es como si ya las conociera. Me han hecho siempre mucha gracia las historias de su grupo, sobre todo en las que algunas acaban liadas con las otras. Adriana, por ejemplo, estuvo un tiempo saliendo con Alicia, hasta que un día se la encontró en la cama con la que fuera su ex, Cristina. Ahora Alicia y Cristina salen juntas, y ambas siguen siendo amigas de Adriana. Al final es algo así como una mezcla entre *Friends* y *Sex and the City*. Puede que a veces todo sea algo endogámico, pero tal y como Adriana dice, aunque Madrid sea una ciudad grande, el mundo es un pañuelo. Eso, y que el círculo social lésbico es más cerrado que el de los gays. De hecho, caminando por Chueca, en busca de un local, nos hemos cruzado con muchas parejas de chicos, pero la presencia femenina es mucho más discreta. En uno de esos mítines que Adriana suele echarme en la tienda, insiste en que el mundo homosexual sigue siendo un mundo tan machista como el hetero, y en noches como éstas no puedo sino darle la razón.

Mi compañera en lo laboral y en lo personal, me conoce lo suficiente como para ser consciente de mi ensimismamiento. Deja mi copa, que me he bebido de un sólo trago, en uno de los posavasos del perchero, y me da la mano para que comience a bailar con ella. Sólo entonces, cuando la veo bajo los focos de colores, soy consciente de que se ha cambiado el pelo y de que lleva un tono rojizo mucho más llamativo que antes.

—¡Anda, no me había dado cuenta! ¡Te has cambiado el pelo! Te queda muy bien —grito en su oído.

—Ya, pensé que no te darías cuenta, como nunca te das cuenta de nada... —Adriana suelta su pulla, pero se hace la disimulada, como hace siempre. Yo respondo de la misma manera, haciendo como que no sé de lo que me habla.

La noche avanza y las copas comienzan a hacer efecto. Empiezo a pensar en que puede que estuviera equivocada, y que también haya olvidado cómo beber, o puede que simplemente mi cuerpo ya no tolere el alcohol como antes. Pienso en que cuando salíamos, yo era la que más aguantaba, y que Lucía y Aitana tuvieron más de una mala noche intentando seguirme el ritmo. Sin embargo, miro a Adriana y parece estar tan fresca. No para de bailar, de reírse, de disfrutar. Hoy parece especialmente feliz. Aunque en realidad ella siempre es así de risueña, de optimista, de positiva. Supongo que uno de los motivos por los que Adriana me cautivó enseguida es por esa luz que desprende, me da la seguridad en mí misma que a veces me falta.

Adriana se da cuenta de que la estoy mirando, y vuelve a ir en mi busca. Se pone delante de mí y comienza a contonearse de forma sensual. Bailamos como lo harían dos amigas, entre risas, sabiendo que es totalmente inocente. Aunque yo sé que en nuestro caso no lo es. Porque mi cuerpo responde ante las caricias casuales de Adriana, ante la visión de sus labios gruesos, de su escote generoso, de su melena de leona. Me gusta sentir sus brazos enredados en mi cuerpo. Y puede que sea el alcohol, o el no estar en la tienda donde todo siempre acaba por ser tenso y embarazoso, pero me desinhibo mucho más de lo habitual. Bajo los silbidos de sus amigas, Adriana y yo bailamos en medio de todas, enlazando nuestras piernas y rozando, casi de manera inconsciente, el sexo de la una en la pierna de la otra. Me dejo llevar por ese momento de desconexión, y Adriana se da cuenta. Me aparta un poco del grupo y antes de que pueda decir nada, sus labios están acariciando los míos.

No me besa de la forma improvisada en la que suele hacerlo Ángel, sino que me seduce con delicadeza, dejando que paladee el sabor a caramelo de su brillo de labios. Empiezo a temblar. No besaba a una chica desde el instituto, en lo que mi madre llamó «esa etapa tonta y confusa». Me siento torpe al responder, pero puedo sentir la sonrisa satisfecha de Adriana, que se relame saboreando aquello que le ha sido negado durante tanto tiempo. Cierro los ojos, y dejo que su boca investigue la mía, mientras el deseo comienza a despertar entre nosotras. Entonces mi mente, como casi siempre que tengo cualquier encuentro sexual últimamente, empieza a volar, e imagino que sus labios son realmente sus labios, que las mejillas suaves que rozo, son las de ella. Mi vagina responde enseguida al estímulo, lubricando de forma inmediata. Pero cuando abro los ojos y me encuentro la melena alocada de Adriana envolviendo mi cuello, me bloqueo. Sigue sin ser ella. Me separo de inmediato.

—Adriana, lo siento, me he dejado llevar, esto no tenía que pasar.

—No lo hagas, Delia, por favor —Adriana me acaricia la cara y me mira no sólo con deseo, sino con algo más que eso—. Sabes que no es cierto, que lo deseas tanto como yo. Tienes que dejar de engañarte.

—Crees que lo sabes todo de mí, pero no lo sabes todo. No es tan sencillo.

—No eres tan complicada, la diferencia es que no todo el mundo se molesta en descubrir todo lo que escondes, y si deberías estar conmigo es precisamente porque yo sí lo hago, porque me importas lo suficiente como para hacerlo. No como otras...

—¿Otras? —la observo inquisitiva, como si pudiera leer en su mirada qué es lo que sabe.

—¿Te crees que soy tonta? Desde que ella ha vuelto estás distinta, inestable, insegura, celosa. Te empeñas en algo que no puede ser, en ser infeliz, cuando quizá la clave de tu felicidad esté más a tu alcance de lo que imaginas.

Me quedo mirándola, deseando poder replicarle, poder discutir con ella, pero me doy cuenta de que Adriana realmente me conoce, que puede que sea la única persona que sepa la verdad sobre mí, y eso me aterroriza tanto, que no puedo hacer otra cosa que apartarla y salir huyendo de allí. Cojo mi chaqueta y salgo del local. Sé que Adriana no va a seguirme, es demasiado orgullosa como para eso.

Pido un cigarro a una pareja que ha salido a fumar y me apoyo en la pared, intentando relajarme, aclararme, aunque lo único que consigo es embotar más mi ya dolorida cabeza. En la universidad todo parecía sencillo, nunca aspiré a nada, ni me planteé nada, pero cuando Aitana tuvo que volver al pueblo a cuidar de su madre, me sentí vacía como nunca en la vida. Pensé que echaba de menos la familia que había adoptado, e intenté volver a formar otra con Ángel. La ficción parecía tener sentido hasta que ella volvió, hasta que me di cuenta de mi propia realidad, y toda mi vida se desmoronó. Siempre he sabido lo que tenía que hacer, siempre he sido una guía para todos los demás, pero ahora mismo estoy en un punto totalmente sin retorno, sin tener ni idea de qué paso dar para poder salir adelante. No sé si tengo ganas de llorar o de gritar, incluso de vomitar. Sigo fumando como si de esa manera tuviera una pausa en la que nadie fuera a pedirme explicaciones.

En medio de ese momento de absoluto caos mental, una chica se me acerca preguntando si tengo fuego y le acerco mi cigarrillo para que con su lumbre pueda encender el suyo. La observo por un momento y me quedo atónita. Los ojos marrón verdosos, el pelo castaño ondulado, la nariz redondeada. Puede que la locura o el alcohol cieguen mis sentidos, pero mi maltrecha visión me dice que el parecido es más que evidente.

❦

Las sábanas blancas del hotel se enredan entre nuestros cuerpos desnudos, pero puedo distinguir perfectamente el tacto suave de su piel. Sin embargo, su tez pálida sí que se confunde en el remolino de caricias bajo las mantas. Es como acariciar una escultura de mármol, una obra de arte, y es que muchas de las diosas griegas que he visto en los museos de casi todo el mundo no pueden presumir de tener su misma belleza. Casi con vergüenza, y con miedo a ser torpe o descuidada, paso las yemas de mis dedos por sus senos grandes y redondeados. Me sorprende su tacto suave y blando, como cálido. Dibujo la línea del alba en su vientre plano.

Pienso en si sabré hacerlo bien, en si seré capaz de corresponder al placer que ella me está regalando, y finalmente me aventuro y dejo que mis manos bailen al ritmo de sus caderas en forma de corazón. Es imposible no naufragar navegando en el horizonte de un cuerpo como éste. Me siento cada vez más excitada, pero también curiosa. No puedo dejar de mirar sus pechos y pensar en que si me ha gustado su tacto, cómo debe de ser su sabor. Como Adán mordió el fruto prohibido, yo muerdo sus pezones, de un color asalmonado. Su areola es perfecta y sus pezones se erizan formando una forma bella al calor de mi aliento. Sabe a vida. Mi invitada gime agradecida y continúa, a su vez, su sesión de caricias por absolutamente toda mi anatomía.

No tenemos prisa, aún queda tiempo hasta que se haga de día, y si algo tengo claro es que quiero disfrutar de este momento. Es la primera vez en mucho tiempo que me dejo llevar, que dejo de pensar en la boda, en las chicas, en mis padres, en mi prometido, y me concentro en eso que he estado acallando durante tantos largos años: mi deseo. Quiero pasar toda la noche saboreando el cuerpo de esta extraña conocida, dejando que me enseñe los secretos del mío, que de hecho, parece conocer mejor que yo. Dibuja con su lengua algunas palabras prohibidas en el interior de mi muslo, pero en vez de subir hacia mi sexo, deja que el hambre haga aún más presa de mí, y se dirige hacia los dedos de mis pies. Nunca he dejado que me hagan algo así, pero hoy estoy totalmente a su merced. Siento un hormigueo al notar cómo mete el dedo gordo de mi pie en su boca, pero después las cosquillas se convierten en un cosquilleo extraño, que hace que se me ponga la piel de gallina.

Me observa fijamente con sus ojos marrón verdoso, y con esa cara de niña traviesa, se lanza de nuevo sobre mi cuerpo para besar ella mis pechos, mientras yo acaricio su pelo castaño enmarañado. Si existe algún tipo de paraíso, debe ser algo parecido a esto. Nos ponemos ambas de rodillas sobre la cama y, en un extraño y delicado abrazo, volvemos a besarnos. Nuestros pechos se rozan en el intento de acercarnos. Me vuelvo juguetona y esquivo su beso sólo para ver reflejada en su rostro una sonrisa. Ella responde con un lametón, que más que prohibir invita, y finalmente, dejamos que no sean nuestros labios, sino nuestras lenguas, las que jueguen a lamerse fuera de nuestras bocas. Cuando nuestro beso se hace cada vez más ansioso, siento cómo sus manos se cuelan por entre mis piernas y me acarician de una manera en la que nunca unas manos me habían acariciado antes. Primero presionan mi monte de Venus, para después envolver mi clítoris en un delicioso masaje, que hace con tan sólo dos de sus dedos. Cuando creo que estoy a punto de derretirme de placer, mi desconocida me sorprende y me penetra con intensidad, consiguiendo que pierda el equilibrio por un momento, y que alcance el orgasmo con una facilidad pasmosa.

En cuanto recupero las fuerzas, busco la forma de corresponderle. De un suave empujón, consigo que se siente sobre la cama y antes de que pueda hacer nada, ella me tienta abriéndose ligeramente de piernas. Me quedo pensativa. Nunca he hecho esto a una mujer, y aunque me lo han hecho a mí, no sé si sabré hacerlo a la inversa. Pero algo en mí se muere por deleitarse en el sabor de mi amante. Le separo un poco más las piernas, sonrío, cojo aire, y me sumerjo en lo más tentador de sus profundidades. Lleva el pubis totalmente depilado, lo que hace mucho más fácil dejar que mi lengua disfrute entre sus pliegues, para descubrir el sabor ácido y salado de sus fluidos llenándome la boca. Comienzo a lamer su vulva y succiono su clítoris, que pronto distingo erecto entre sus tejidos. Quiero más, quiero saciarme de ella, y como si tuviera vida propia, mi lengua se introduce en su parte más oscura, dando vueltas hasta que consigo que su cuerpo se tense y que de su boca salga el más satisfactorio de los sonidos.

Nos quedamos mirando por un momento y sonreímos. Además de increíblemente erótico, reconozco que está siendo divertido, y desde luego mucho más motivador que el sexo por obligación. Dejo que su cuerpo se relaje lo suficiente antes de atacarla de nuevo. Lo bueno de hacer el amor con una mujer es que el placer no termina tras su eyaculación, sino que siempre se puede repetir.

Me atrevo. Hay algo que siempre he querido probar, una imagen con la que he fantaseado en multitud de momentos de soledad. Quiero dejar que su sexo se una con el mío y sólo conozco una manera de hacerlo. Nos quedamos sentadas una frente a la otra, enredo mis piernas abiertas con las suyas, acercándonos de tal manera que nuestros sexos comienzan a rozarse entre sí, ante el movimiento de nuestras caderas. La tijera es mucho más fácil hacerla que imaginarla. Después de haber llegado ambas al orgasmo, nuestras vulvas están especialmente húmedas, y la fricción entre ellas es mucho más placentera. Puedo ver cómo su cuerpo se mueve al ritmo que marca el mío, cómo sus pechos rebotan, cómo su boca se queda medio abierta en un incesante suspiro y cómo sus ojos, esos ojos que me llevan persiguiendo toda una vida, ahora parecen perdidos. Vuelvo a sentir el calor, esa sensación en la que parece que toda mi energía parece acudir a mi vagina. Es como si mi cuerpo, a la vez de tensarse, flotase. Como si todo se concentrase en ese único punto de placer, que crece de forma constante. Todo se vuelve borroso, salvo su melena castaña, su nariz redondeada, sus ojos pardos.

—Aitana, Aitana...

Y en un suspiro, llego al orgasmo que siempre quise haber alcanzado.

❦

No me he dado cuenta, pero me he quedado dormida. Estaba tan colmada y tan extenuada, que simplemente he caído en el sueño feliz de la mente en blanco. Miro a mi lado, y veo que mi desconocida también descansa en un sueño tranquilo, pero algo se me remueve al darme cuenta de que dormida, ya no se parece tanto a ella. Que ella en realidad está muy lejos, seguramente también compartiendo su cama. Veo que mi acompañante se ha dejado en la mesa de noche su paquete de tabaco, y enciendo un cigarrillo con las cerillas del hotel. Me tumbo de nuevo sobre la cama y simplemente saboreo ese instante.

El tabaco, o quizá la mezcla de alcohol y sexo desenfrenado, terminan por dejarme la boca totalmente seca. Suspiro, busco mi ropa, me visto y cojo la tarjeta del hotel y mi bolso para salir un momento a buscar unas botellas de agua. Cierro la puerta con delicadeza, para no despertar a la bella durmiente, y observo que a lo lejos, en el pasillo, hay una máquina de refrescos. Salvada. Cuando estoy echando las monedas, oigo unas voces y una puerta que se abre. Cojo la botella y, por instinto, me escondo tras la máquina y miro de reojo curioseando quién puede ser la pareja de amantes. El corazón se me queda en un puño cuando observo que son Gabriela y Jorge, una pareja amigos de Ángel, que parecen estar celebrando algo. Vuelvo a esconderme tras la máquina de refrescos, presa de una taquicardia. Si me ven aquí no voy a saber qué explicarles, qué contarles. Llevo tanto tiempo viviendo una mentira, que hasta me he olvidado de cómo mentir.

Por suerte, los tortolitos cogen algo de hielo y vuelven a su habitación. Respiro, intento respirar, pero lo único que me sale es una especie de llanto nervioso y compulsivo. No puedo más, simplemente no puedo más. Antes de que la pareja vuelva a salir de su habitación, voy en dirección contraria, en busca de unas escaleras de emergencia. Al pasar de nuevo por mi habitación, la observo por un momento. Mi mente, por alguna razón, reproduce una y otra vez esos versos de My kind of love: But don't ever question if my heart beats only for you, it beats only for you. Meto la tarjeta llave por la rendija de la puerta, y echo a correr hacia la salida sin mirar atrás.

CRISANTEMO

*Si bien los crisantemos rojos pueden
ser señal de deseo y admiración,
un crisantemo blanco desentraña
otros mensajes, como el orgullo
por un amor desdeñado.*

Aitana

ME QUEDO PEGADA al escaparate. Es la cosa más bonita que he visto nunca. Sé que es caro, que no puedo permitírmelo, pero daría lo que fuera por entrar, sacar la tarjeta de crédito y llevármelo sin pensar. La razón manda y paso de largo, pensando si en esta vida se puede tener o no todo lo que se quiere. Si pensamos mucho en lo que debemos hacer y poco en lo que realmente deseamos. Cuando llego al piso, Delia y Lucía están en casa; Lucía dibujando y Delia leyendo en el sofá. Es extraño que pese a llegar a una casa con gente, se escuche un silencio tan sepulcral.

Saludo, pero a modo de respuesta sólo recibo una señal con la mano de cada una. Dejo la cena en la nevera. Antes cocinábamos más, porque solíamos cenar juntas, pero últimamente cuando estamos las tres en casa acabamos tirando del chino de abajo, y al final nos va a pasar factura. Pero hoy quería hacer una cena especial, necesito consejo de las chicas, y aunque me veo venir la retahíla de Delia, y el ímpetu hacia la locura sexual de Lucía, necesito hablar de esto con alguien o acabaré por volverme loca. Como no sé cómo sacar el tema, decido romper el hielo con mi enamoramiento en el escaparate.

—Chicas, he visto algo en la tienda de abajo que me ha hecho enamorarme de por vida.

—¿Un vestido nuevo? —Delia habla sin despegar la vista de su libro.

—No, un perrito —silencio—. He pensado, ¿sería una locura que cogiéramos un cachorro para la casa?

—¿Vas a cuidarlo tú o vamos a tener que cuidártelo las demás? —Delia por fin me mira, y levanta esa ceja suya tan escéptica.

—Pensé que podía ser bonito que lo criásemos juntas.

—No —Lucía, que estaba callada, me mira muy seria—. Luego nos encariñaremos con él, habrá que irse del piso, y lo pasaremos mal. Yo no quiero un perro si luego no sé si vamos a tenerlo siempre.

Dicho lo cual se levanta y se va al baño sin más. Me quedo un poco parada, no esperaba una reacción tan cortante por parte de las chicas. Sabía que lo del perrito no iba a ser muy bien recibido al principio, pero tampoco entiendo un «no» tan tajante. Me siento en la mesa del comedor y comienzo a observar los últimos bocetos de Lucía. Ahora en vez de hombres, pinta escenas infantiles. Aunque realmente no hay ninguna terminada. Es como si fueran muchos intentos fallidos. Supongo que habrá pensado en ampliar el nicho de mercado, y se le está haciendo más complicado, o me pregunto si tendrá que ver con algo más. Estas últimas semanas ha estado especialmente rara. Observo a Delia, ella también está distante conmigo, sobre todo desde que volví de Lisboa. No sé qué es lo que pasa, pero me da miedo preguntar abiertamente y tener que enfrentarme a más conflictos de los que ya tengo. Problema por problema, no puedo abordar todos los frentes a la vez. Lucía sale del baño, se sienta a mi lado, y recoge rápidamente todos sus dibujos.

—¿Os parece si pongo la cena? —intento no darle más vueltas, aunque concluyo que hoy no es el mejor día para hacer consejo de sabias.

—Yo no tengo hambre, creo que voy a irme pronto a la cama.

—Yo voy a cenar unos cereales o algo así —me quedo totalmente chafada, consolándome con el pensamiento de que tendré el arroz tres delicias para mí sola. A lo mejor hoy no es el mejor momento para agobiarlas con mis dudas sobre mi relación con Joel, aunque sí que hay otra cosa que necesito preguntarles.

—Oye, y ¿tenéis planes este viernes? —ambas vuelven a mirarme como inertes—. Es que había pensado en invitaros a cenar y salir las tres. Me apetece mucho.

—¿Y eso? —Delia cierra por fin su libro y me presta atención.

—Bueno, por mi cumpleaños...

—¡Mierda! —Delia se levanta de golpe—. ¡Claro que sí, tu cumpleaños! ¿Cómo se me puede haber pasado? —Suspiro un poco más aliviada—. Claro, claro, podemos salir. ¿Qué dices Lu?

Lucía nos mira con cierto hastío, pero le pongo mi carita de perrito bueno y, al final, creo vislumbrar una tímida sonrisa.

—Me apunto a lo de la cena, pero lo de salir ya veremos...

Sonrío satisfecha y me pongo a cenar toda mi comida china con la misma ansia que si llevase toda la semana sin comer.

Caminamos las tres juntas por las calles madrileñas, en una especie de *déjà vú*. Como si no hiciera ya muchos años desde que dejamos la carrera, y fuéramos otra vez unas chicas sin más preocupación que el examen de mañana o qué ponernos este fin de semana. Como si todos los males de amores pudieran arreglarse con un helado de chocolate y una charla nocturna. Como si el futuro y el hacerse mayor fuera algo lejano, muy lejano. He reservado mesa en un restaurante del centro, y aunque sé que me gastaré más de la cuenta, creo que la ocasión lo merece.

—Veintinueve años, ¿os lo podéis creer? El año que viene cumpliremos treinta. ¿Qué he estado haciendo todo este tiempo?

Delia, a modo de consolación, me echa un poco de vino. Últimamente todo el mundo intenta confundirme dándome vino.

—Yo empecé a darme cuenta de que éramos mayores cuando mi Facebook pasó de estar lleno de fotos de viajes a fotos de bodas y de bebés. ¿Vino, Lu?

Lucía se queda mirando el vino como pensativa, y finalmente niega con la cabeza, a lo que Delia y yo nos miramos extrañadas, sobre todo cuando se sirve un vaso de agua. Ésa no es nuestra Lucía, debe ser que a ella la edad la ha convertido en una chica más sana.

—Pues no entiendo por qué si te casas dejas de hacer cosas. ¿Es que hay que elegir entre vivir la vida y tener pareja? Lucía hacía muchas cosas con Julio, y estaban casados. ¿A que sí, Luci?

—Pero no tenían hijos, no es lo mismo —Delia contesta por Lucía, que sigue como perdida.

—Ya, pero ahora las cosas han cambiado. Antes con treinta años eras una persona adulta, pero ahora los treinta son los nuevos veinte. Al final, ¿en qué ha cambiado realmente nuestra vida desde que íbamos a la universidad? Seguimos en el mismo piso, inestables económicamente...

—Han pasado muchas cosas desde entonces, Aitana —Lucía por fin abre la boca, y me quedo pensativa. Sé que la vida de

Lucía sí que ha cambiado mucho, y puede que también la de Delia, que ahora mismo es la única que tiene una casa y una relación estable. Me doy cuenta de que la que sigue viviendo la vida de una casi adolescente soy sólo yo. Sin saber por qué, vuelvo a echarme más vino.

—Es sólo que, por ejemplo, cuando veía *Friends*, me parecían todos muy mayores, y ahora yo estoy ahí. Voy encaminada sin remedio a la treintena y no tengo casa, ni novio, ni trabajo estable, ni nada. ¿He hecho algo mal?

—Ver muchas películas, cariño —Delia me mira con ternura antes de comenzar con su plato.

—No sé, vosotras habéis vivido más cosas que yo.

—Bueno, si te vale, yo ahora mismo también estoy sin pareja y sin trabajo —Lucía prueba por fin su risotto de setas—. Lo que te quiero decir es que todas habíamos planificado cosas, y al final no todo sale como piensas. Consiste en reinventarse, supongo.

—Eso y que las cosas ahora son distintas. Antes tenías más prisa por hacerte mayor, y ahora lo que queremos es alargar el ser jóvenes, y no sé, a mí me parece más inteligente. La vida es muy larga, hay mucho tiempo para ser mayores. No te preocupes, Aitana, todo llega. Ya sabes, no por mucho madrugar amanece más temprano.

—Sí, pero supongo que hay un momento en el que quieres tener esas cosas, ¿no? Que algo hace clic o algo así y empiezas a necesitar todo eso, a querer buscar un sentido, un algo más.

—¿Se te ha activado el reloj biológico? —Delia me sonríe divertida.

—No, ése puede que no, pero... No sé, es una edad extraña. Como que por una parte tienes ganas de vivir cosas, de seguir arriesgando, porque sabes que en poco tiempo deberás establecerte y ya no podrás hacer todo eso. Pero por otro lo que quieres es un hogar, alguien en quien confiar y confiarte. Y a veces una cosa choca con la otra, ¿no se pueden tener las dos a la vez?

—Yo las tenía —Lucía mira absorta su vaso de agua—. Y no creo que tú tengas que conformarte con menos, Aitana. Sé que siempre te digo que tienes que vivir la vida, porque hay que vivirla, pero tienes que saber que eso es para divertirte, y que cuando decidas de verdad entregarte a alguien, tiene que ser a alguien que te aporte algo más, porque eso sí que hay que vivirlo, al menos, una vez en la vida.

—Pero yo no soy tú, Luci.

—Tú eres tú, Aitana, y eso ya es ser mucho —Lucía me sonríe—. Y vamos a dejar de hablar de rayadas existenciales. Este año todas cumpliremos veintinueve, pero bueno, aquí estamos, las tres juntas celebrándolo, y eso es lo importante, ¿o no?

Aunque decidimos cambiar de tema, en el fondo, cumplir años a partir de los veinticinco se convierte en algo melancólico, y si antes te pasabas la tarde hablando de todo lo que pensabas hacer cuando fueras mayor, ahora el miedo al futuro y la incertidumbre te hacen variar de rumbo, y acabas hablando de todo aquello que ya has hecho. De las anécdotas de cuando íbamos juntas a la universidad, de los rollos pasajeros a los que hay que dar las gracias por desaparecer de nuestras vidas, de las amistades que tuvimos y no retuvimos, y de todas esas cosas que en vez de ansiedad, te producen ya una extraña sonrisa. O incluso una carcajada.

—¡Os lo juro! ¡Se corrió encima de mis medias! Ni siquiera me dio tiempo a quitármelas, y sinceramente, casi lo agradecí, porque viendo el panorama, hubiera sido peor el remedio que la enfermedad.

Lucía está partiéndose de la risa, sin darse cuenta de que la gente de la mesa de al lado la mira con un gesto bastante contrariado. Antes me daba mucho apuro hablar de estas cosas, pero una de las ventajas de hacerse mayor es que además de la flexibilidad, se pierde la vergüenza.

—¿Y eso es lo peor que te ha pasado con un tío en la cama? Yo esto no os lo he contado, pero con Javier, bueno...

—¡Eso! ¡Nunca nos has contado qué tal con Javier en la cama!

—Pues es que no sé. Era muy besucón, pero el problema era, que, bueno, cómo decirlo, que a veces el tamaño sí importa.

Delia y Aitana se echan a reír y yo ya no sé si estoy colorada por el vino o por otra cosa.

—O sea, que la tenía pequeña, ¿no? —Delia me mira inquisitiva.

—Mmm, no exactamente...

—¿Entonces?

—Pues que era larga, pero fina.

—¡Argg... no digas nada más! —Lucía parece estar en su salsa—. Las largas y finas son las peores. En serio, los tíos están obsesionados con los centímetros, y se olvidan del grosor, ¡el grosor! Prefiero mil veces una chiquitita y regordeta que una larga y fina, es como que te molesta al llegar al fondo pero no te estimula nada, ¡horrible!

—Y qué me vas a decir, ¿qué el tamaño no importa? —Delia la mira divertida.

—No, a ver, importar, importa. Ni muy pequeñas ni muy grandes, todo dentro de unos límites está bien, sólo digo que se preocupan mucho del largo cuando nosotras apreciamos mucho más el ancho, también dentro de unos límites, claro.

—Qué experta, es que no he catado tanto —las chicas vuelven a reírse de mí, y ahora sí parece que tuviéramos diecinueve otra vez.

—Pues ya sabes lo que se dice, nunca es tarde si la picha es buena.

Todas nos echamos a reír de nuevo, pese a las toses molestas de la pareja de al lado. Pero nos da lo mismo. Puede que esta noche tampoco les cuente lo de Joel y que ellas tampoco me digan por qué últimamente están tan raras, pero es refrescante poder hablar de nuevo así, de todo y de nada, como si realmente fuera algo.

Al final consigo convencer a las chicas de que salgamos a bailar un rato. Siempre podemos coger un taxi que nos deje en casa. Lo bueno de hacerse mayor es que si bien no cuentas con todo el dinero que quisieras, al menos sí puedes permitirte un taxi en vez de esperar a la hora de apertura del metro. Lo de elegir el local, sin embargo, es algo que no cambia. Delia prefiere ir a escuchar música rock, Lucía algo más rollo ochentero y yo algo de pachangueo. Pero es mi cumple, así que como casi siempre, me salgo con la mía. Por eso, y porque en Huertas tampoco hay tanta variedad como parece. Antes había muchos más sitios por los que salir, eso sí que lo recuerdo. Bebíamos kalimotxo barato en Tribunal, para irnos luego a bailar a Alonso Martínez. Si eras de la Complutense, seguro que alguna noche quedabas con tus compañeros en Moncloa y acababas probando la leche de pantera, y si querías hacerte la pija guay, tenías que lucir palmito algún sábado por Torre Europa.

Las doce de la noche se cumplen mientras hacemos cola para pagar la entrada de uno de esos garitos en los que ser chica ya no significa entrar gratis. Mi móvil empieza a vibrar como loco mientras llegan esos primeros mensajes y felicitaciones que tanta ilusión hacen. Miro una y otra vez, en busca de un mensaje que sé que no va a llegar. No le he dicho que iba a ser mi cumpleaños. Todo es un poco confuso y pensé que quizás avisarle que era mi cumpleaños podría ponerle en un compromiso. Reconozco que en mi mente absurda, al ver que Celia y Daniel me han escrito, pienso que quizás él haya podido enterarse, que podría incluso aparecer misteriosamente, sorprenderme, ser el perfecto regalo de cumpleaños. Porque realmente, Joel es lo que más deseo.

La música empieza a sonar a todo meter según entramos, pero yo me siento bien, muy bien. Puede que esta noche no tenga todo lo que quisiera, pero tener a las chicas conmigo también es un gran regalo. Bailamos unas con las otras, reímos, cantamos, bebemos, gritamos. Todavía no soy mayor, todavía no quiero ser mayor, y a veces, creo que realmente no lo seré nunca.

Llevamos como una hora en el local, cuando nos entra el primer grupo de chicos. He de confesar que, aunque siempre resulta algo molesto, si ningún chico te mira durante toda la noche, te sientes un poco de menos. No es que busques cazar, pero viendo el ambiente, es difícil olvidar que éste no es sólo un lugar para divertirse, sino que también es un mercado de la carne, y aunque no desees ser comprada, tampoco está mal saber que eres una pieza valorada. Por muy machista que parezca, una a veces necesita sentirse deseada. Está claro que ninguna de nosotras vamos a hacer nada esta noche, cada una por sus motivos, pero todas ojeamos un poco el percal y charlamos lo justo para parecer agradables, pero no interesadas. Sin embargo, uno de los chicos llama mi atención. Es moreno, con unos ojos oscuros penetrantes, y aunque no tiene un cuerpo de diez, tiene algo en su mirada que consigue captar mi curiosidad lo suficiente para que le conceda un baile. La verdad es que tampoco tengo nada que perder.

Mientras las chicas me miran, ríen y cuchichean, yo dejo que mi desconocido se me arrime, aunque lo justo y necesario, sólo para jugar un poco. Al final, intenta lanzarse y tengo que acabar por darle la vuelta y pedir a Delia que me saque de allí con la excusa de ir a buscar una copa. Lucía dice que no quiere beber y se queda cuidando del sitio y de nuestros abrigos.

—Qué raro que Luci no quiera tomar nada, ¿no?

—No lo sé, lleva unos días rara con el estómago, la he escuchado vomitar varias veces. Yo creo que son todo nervios, la herencia, montar el negocio sola, enfrentarse a su madre... Se ha visto superada. Necesita más tiempo, tampoco hay que agobiarla.

—¿Así que vas a hacerme caso? ¿Tú a mí? ¡Qué novedad!

Delia se me queda mirando de forma extraña, como si quisiera decirme algo. No puedo más con esa constante intriga.

—Tú también llevas unos días un poco rara, sobre todo conmigo, ¿pasa algo que no sepa?

—Puede... —Delia me mira, y por primera vez, no veo a la súper mujer segura de sí misma, sino que entreveo en ella una niña asustada, algo que nunca antes había visto.

—Jolín, Delia, no me asustes. Sé que hemos estado un poco raras últimamente, pero sabes que soy tu amiga, que podemos hablar de todo, ¿verdad?

—¿De verdad? No lo sé, últimamente tengo la sensación de que todo ha cambiado. Tú lo dijiste, pienso demasiado en el antes...

—Sí, bueno, han cambiado muchas cosas, pero lo esencial sigue siendo lo mismo: sigues siendo mi mejor amiga y creo que sabes que puedes confiar en mí, para lo que sea. Yo te apoyaría en lo que fuera Delia, de verdad.

Delia sonríe y mueve la cabeza con ironía.

—Ojalá eso fuera verdad, Aitana. Ojalá pudiéramos ser sinceras, contárnoslo todo.

Su cabellera negra se mueve, y sé que con ese gesto intenta desviar mi atención de su mirada, que por alguna razón parece haberse empañado. Empiezo a asustarme. Delia ahora mismo es uno de los pocos pilares de mi vida que permanece, y sentir que algo va mal, que algo ocurre entre ella y yo, me pone nerviosa, así que la cojo por los hombros y la obligo a mirarme.

—Lo que sea, Delia, de verdad, podemos hablarlo, pero por favor, si hay algo que necesites decirme, algo que haya que hablar, hablémoslo. Sé que he estado más arisca últimamente, lo siento, pero para mí entre nosotras las cosas no han cambiado. Es sólo que, últimamente, no sé, estoy que no estoy y... siento si lo he pagado contigo.

—No te voy a decir que no he estado algo molesta, pero no es eso... Es más complicado.

—¿Entonces? ¿Es algo de Luci? ¿De Ángel? ¿Del piso? ¿Qué?

—En realidad...

Pero justo cuando Delia parece que va a arrancarse a hablar, veo algo en la barra que distrae toda mi atención. Debo estar alucinando, debo de haber bebido demasiado, pero al otro lado de la barra hay unos ojos azules que reconocería en cualquier parte del mundo.

—¡Es Joel! ¿Está aquí? ¿Por qué está aquí? ¿Le habéis avisado vosotras? ¿Es una sorpresa?

—¿Qué? —Delia me mira totalmente desconcertada.

—Sí, allí, al otro lado de la barra, el chico alto, castaño, de ojos azules, ¡es él!

Justo en ese momento, al lado de Joel, aparece una chica más joven que yo, pelirroja, a la que él le tiende una copa, con una de esas miradas que yo ya he aprendido a interpretar. No me da tiempo a ver más, ambos desparecen entre la multitud mientras yo desearía desaparecer también. Delia se me queda mirando y me siento aún peor al saber que ahora ella va a juzgarme, que no sólo yo voy a saber que soy idiota, sino que mis amigas también. Sin saber muy bien qué hacer, me tomo la copa de un trago para darme un poco de tiempo.

—¿Podemos cambiarnos de local, por favor?

Vamos a buscar a Lucía, que con gesto extraño recoge nuestras cosas. Yo hago la avanzadilla, mientras deduzco que Delia la pone al corriente, aunque ninguna de las dos me dice nada. Tampoco sabría qué contestarles. No les he dicho que sé que Joel puede verse con otras chicas, que entre nosotros sólo estamos viviendo el presente, pero que no hay ningún tipo de compromiso, que lo pasamos bien, aunque él piensa que no tenemos futuro y que todo eso estaría bien si yo también lo pensara, si yo no le quisiera.

Sigo andando por la calle y antes de que las chicas puedan pararme y preguntarme si estoy bien, entro en el primer local que encuentro, donde la música suena lo suficientemente alta para que no podamos tener una conversación en serio. Parecen entender mi silencio y actúan como yo, como si no hubiera pasado nada, como si no hubiera tenido que ver al hombre del que estoy locamente enamorada con otra tía el día de mi cumpleaños. ¿Y quién era ella? Janet es rubia, yo castaña, ¿es qué también le van las pelirrojas? Pienso que quizá no sea nada, que ya me volví paranoica con las periodistas en Sintra y no pasaba nada. O creo que no pasaba. Tampoco tengo cómo saberlo. Ni lo de hoy, ni lo de Sintra, ni si ha estado o no con Janet, o con cualquiera otra. Porque sigo sin saber nada de Joel, de su vida, de si realmente tiene algo que ver con la mía. Necesito otra copa.

Todo comienza a volverse nubloso. Bailo sin sentido, bajo la mirada preocupada de las chicas, y bebiendo de más. Porque no quiero pensar en sus manos rodeando a esa mujer por la cadera, susurrando en su oído. No quiero pensar en si ahora estará con ella, en si ya la habrá besado, en si a ella sí la llevará a su casa, en si le hará el amor como me lo hizo a mí hace apenas unos días. Yo sólo bailo, porque si dejo de bailar, creo que el mundo entero puede desmoronarse.

Entonces lo veo. Es el chico de antes, el bailarín lanzado. Seguramente ellos también han cambiado de local, puede que hasta nos hayan seguido. Actúo sin pensar. Me acerco hacia donde está y comienzo a basarlo como si fuera una quinceañera súper hormonada. Sin tacto, sin ganas, sólo de forma automática, desesperada. Porque si Joel puede, yo también.

Pierdo a las chicas de vista. Estoy en una esquina del local, pegándome cabezazos con el extintor, buscando desesperadamente la entrepierna de mi desconocido, dejando que muerda mi cuello, que aplaste mis pechos, como si de alguna manera sus manos pudieran borrar el rastro de pasadas caricias. Tengo ganas de llorar, tengo ganas de gritar, pero bailo al son de mi desconocido, porque lo único que sé es que no puedo dejar de bailar. Él me dijo que yo no me atrevía a nada, y hoy voy a atreverme a todo. Sin saber muy bien cómo, cojo de la mano al bailarín y lo arrastro hasta el lavabo de caballeros, mucho menos concurrido que el de señoras, aunque ya no me importa si nos miran, si me escuchan, si me juzgan. Le meto directamente en uno de los retretes y vuelvo a lanzarme sobre su boca. El chico parece encantado, pero desde luego, algo descoordinado. Está claro que no soy la única que va bebida.

Busco su bragueta y me atasco con los botones, lo mismo que él con el cierre de mi sujetador. Todo resulta torpe, frío, poco agradable, pero ahora mismo me da igual. Saco la polla de mi desconocido y empiezo a masturbarle, pero por mucho que me empeño, y por mucho que él se esmera, parece que no consigo el resultado esperado. Encima yo tampoco estoy húmeda, porque lo que estoy es cabreada, no excitada. La mirada oscura del bailarín intenta decirme algo que no adivino, hasta que pone su mano sobre mi cabeza, para intentar que se la chupe, con la esperanza de poder buscar esa chispa que le falta. Es sólo entonces, cuando me veo de rodillas en un baño sucio, con el sujetador a medio desabrochar, y a punto de meterme el pene flácido de un desconocido en la boca, cuando me doy cuenta de que esto no es arriesgarse, esto es hacer una gilipollez que ni necesito ni me apetece. Porque yo lo que quiero es que Joel no esté con otras, no estar yo con nadie más. Una bocanada de asco me viene a la boca y de un empujón aparto al bailarín, y aprovecho que estoy de rodillas para ponerme a vomitar en el wáter.

Como puedo salgo del baño, ante la mirada atónita del chico, y me encuentro con Delia y Lucía. Me echo a llorar sobre ellas, pero antes de que pueda decir nada, otra náusea me recorre y paso rápidamente al lavabo de señoras.

DEDALERA

*Si la dedalera púrpura está relacionada
con el mundo de la magia y lo místico,
la dedalera roja en cambio oculta
un mensaje de pasión desesperado,
que revela la imposibilidad de
esconder un amor por más tiempo.*

Delia

Sujeto a Aitana por la frente mientras la veo vomitar. No es la primera vez que me toca hacer esto, aunque por alguna razón, es distinto. Lucía se queda fuera esperando, preguntando nerviosa si todo va bien.

—Sólo es una borrachera, Lu, nada que a ti no te haya pasado antes.

En esta ocasión lo que Aitana vomita no es sólo alcohol. Llora como una niña mientras nos pide perdón por el numerito y yo no sé qué decir esta vez. Estoy cabreada con ella, por dejarse tratar así y por tratarnos a nosotras de la misma manera. He estado a punto de sincerarme con ella, pero ha sido aparecer ese tal Joel y ver cómo toda la noche de chicas, que iba genial, ha pasado a convertirse en un auténtico desastre. La culpa de todo la tiene ese tío, ese chulo de tres al cuarto que ha jugado con ella como ha querido. Y por eso, mientras la veo ahí, tirada, hecha una piltrafa, con el maquillaje corrido por el llanto, con el estómago escapándosele por la boca, no siento la misma pena y ternura que otras veces que he tenido que cuidar de ella. Siento rabia. Rabia porque pensaba que Aitana era más lista, que era algo más de lo que ahora veo. Porque no sabe valorar el cariño diario que le brindamos las personas que hemos estado ahí siempre, sin embargo parece darlo todo por un hombre que apenas lleva unos meses en su vida. Me siento herida, traicionada, y una parte de mí piensa que se lo merece, que necesita escarmentar. Que el daño que ella siente ante la indiferencia de la persona que ama, lo he sentido yo muchas veces.

Aitana deja de vomitar, y va al lavabo a echarse un poco de agua, mientras Lucía le acerca un poco de papel.

—¿Estás mejor? ¿Quieres hablarlo? —Aitana mira a Lucía como si realmente no supiera qué decir.

—Bueno, lo importante es que de ésta habrás escarmentado de una vez por todas con ese tío, ¿no? —me acerco y le doy su bolso.

—Es culpa mía. No lo he hablado bien con vosotras, pero nunca dijimos que tuviéramos una relación exclusiva, yo lo acepté así, es sólo que hoy es mi cumpleaños, y bueno, ha sido un mal momento, eso es todo.

—¿Estás de broma? —me le quedo mirando con cara de estupefacción.

—Es cosa mía, Delia, de verdad, cuando esté más tranquila lo hablaré bien con él.

—¡No! ¿Me has oído? No vas a verte más con ese tío, ¿quieres mirarte? ¿Ves lo que te está haciendo?

—Delia, es su vida, podemos aconsejarla pero no... —Lucía intenta mediar, como siempre, pero esta vez no voy a ceder, no más.

—No voy a dejar que venga un chulo del tres al cuarto a joderlo todo —no puedo pensar, no puedo creer que sea tan infantil, tan estúpida.

—¿Pero a joder el qué? —Aitana me mira entre confusa y asustada.

—¡Todo! Desde que él apareció tú estás distinta, nosotras estamos distintas.

—Puede que la que esté distinta conmigo desde que él apareció seas tú —Aitana parece haberse repuesto, y saca a relucir ese mal carácter del que sólo hace gala en contadas ocasiones—. No has parado de criticarme, de intentar malmeter con él constantemente, de meterme pajaritos con lo de mi admirador secreto, de juzgarme. Joder, Delia, me estoy tirando a un tío, tampoco estoy haciendo nada malo; que a lo mejor no me conviene, vale. ¿Pero a ti qué más te da? ¿Por qué parece que te va la vida en ello? —Aitana se queda en silencio, estoy a punto de contestar a esa pregunta, pero sé que no puedo, que no debo—. ¡Necesito que me dejes respirar! ¿Lo entiendes? Nunca me has dejado equivocarme, nunca me dejas arriesgarme, y te juro que a veces creo que me he perdido muchas cosas en esta vida por hacerte caso, por no querer decepcionarte, pero estoy cansada. Cansada de tener que hacerlo todo bien, de tener que planificar todo, sólo quiero pensar en mí por una vez.

—¿Pensar en ti por una vez? ¿Lo dices en serio? —esto ya es el colmo—. Aitana, ¡pero sí tú nunca has pensando en nadie que no fuera en ti!

—Eso no es cierto...

—Sí que lo es, y lo sabes, nunca te preocupas realmente por los demás. A ver, ¿qué sabes realmente de mi vida? ¿De Ángel? ¿Te has molestado en conocerme realmente alguna vez? ¿En saber qué siento yo? ¿Qué necesito yo? ¿Te has parado alguna vez a pensar por qué me importas tanto?

Lucía me coge de la mano, como si supiera, como si intuyera lo que está por venir y quisiera pararlo. Pero no puedo más, sencillamente ya no puedo más.

—¿Sabes quién te deja esas flores en la puerta, Aitana? ¡Soy yo, joder, soy yo! ¿Y sabes por qué es?

—No... —Aitana me mira como si fueran a salírsele los ojos de las órbitas.

—Sí que lo sabes, claro que lo sabes. ¡Porque te quiero, joder! Porque llevo enamorada de ti media vida, porque por más que lo he intentado, por más que he hecho por resignarme siempre eres tú, Aitana. Porque llevas siendo tú toda la vida.

Me echo a llorar. Porque ya nada importa, ya todo está perdido.

—¿Pero qué dices? ¿Qué estás diciendo? —Aitana se aparta un par de pasos de mí, y busca la mirada de Lucía como si ella fuera aclararle algo, como si fuera a decirle que no es cierto—. Pero eso no tiene sentido, Delia, tú eres mi amiga, sales con Ángel desde hace tres años, y sabes que yo no soy...

—¡Es todo mentira! Una gran mentira. Yo sólo te quiero a ti, yo sólo... —sin saber muy bien qué estoy haciendo, me acerco a ella, que me mira paralizada, y la beso en la boca. Pero Aitana no responde, sólo se queda como inerte, mirándome como si fuera alguien totalmente distinta para ella, como si no me conociera en absoluto. Porque lo cierto es que nunca ha terminado de hacerlo. Entonces, como si de pronto algo hubiera hecho clic en su cabeza, me aparta de un manotazo.

—¿Era por eso? ¿Por eso siempre has querido mantenerme apartada de todos, para tenerme para ti? —su mirada cada vez me duele más—. ¿Y qué pensabas? ¿Qué iba a volverme como tú y que seríamos felices para siempre? ¿Que apartando a todos los Joel que se cruzasen en tu camino con florecitas en la puerta ibas a conseguir que yo cambiase quien soy?

—¡No! ¡Sé que no! Yo sólo quería... lo único que quería es que estuviéramos juntas, como siempre, nada más que eso, juntas como antes... —todo es confuso, sólo quiero llorar, únicamente llorar.

—¿Y quién es entonces la egoísta ahora? ¿Quién es la que ha ido de madre salvadora cuando en realidad sólo estaba pensado en ella? ¿Te crees mejor que yo, Delia?

—¡Basta! ¡Basta las dos! —Lucía, cuya presencia había olvidado, se pone entre las dos, y nos mira realmente enfurecida—. ¿Creéis que así vais a arreglarlo? Todas cometemos errores, ¿vale? Delia, ya que estás siendo sincera, sé un poco sincera contigo misma también. Llevas toda la vida escudándote en Aitana, porque sabías que era un amor imposible, y con esa excusa evitabas aceptar todo lo demás, y evitabas salir del armario, ¿o no es verdad?

Me quedo mirando a Lucía y no entiendo por qué ella también me ataca, teniendo en cuenta que siempre la he apoyado en todo incondicionalmente, y ahora busca cómo hacerme más daño.

—¿Por qué te pones en mi contra?

—No me pongo en contra de nadie. Sólo digo que no puedes culpar a Aitana de no quererte cómo quieres que te quiera. Y tú, Aitana, ¿de verdad qué nunca lo pensaste? ¿Lo sospechaste? ¡Por favor! En el fondo una parte de ti lo sabía, pero preferías no pensarlo demasiado porque te beneficiabas de ese amor incondicional de Delia.

—¿Y tú no? —Aitana sube el tono de voz, y sólo entonces me doy cuenta de que tenemos más espectadoras en el cuarto de baño—. ¿Quieres intervenir, Luci? Pues mójate tú también. ¿O es que tú no te has beneficiado siempre de que Delia hiciera todo por ti? Tú siempre viviendo la vida, los hombres, y las que siempre estábamos ahí detrás para barrer tu mierda éramos nosotras. ¡Mira ahora! Te ha acogido en casa, te ha buscado un trabajo, ¿no has pensado que también puede estar enamorada de ti? ¿Por qué yo tenía que pensarlo, y tú no?

—Sabes que nunca fue lo mismo, Aitana. Sabes que entre Delia y tú las cosas eran diferentes, que lo compartíais todo, y a mí siempre me dejabais al margen, que siempre he sido una acoplada en vuestras vidas, que siempre he estado de más.

—¡Por Dios, Lu! ¿Ahora vas a focalizar en ti el drama? —las palabras salen solas de mi boca—. Sé que lo has pasado mal, pero ahora esto es entre Aitana y yo, pero no, tú siempre tienes que tener el papel principal, ¿es eso?

—¡No! Sólo os estoy intentando hacer ver...

—¿Sabéis lo que os digo a las dos? Que estoy harta. Harta de ser la buena, de ser vuestra madre, de tener que ocuparme de vosotras, que no sois más que un par de niñitas malcriadas y egoístas, ¡las dos! ¿No decís que sois tan mayorcitas? Pues muy bien, a partir de ahora os vais a buscar solitas la vida. Os vais a largar de mi casa, de mi vida, y me vais a dejar en paz. ¿Os parece bien?

—¿Lo dices en serio? —Lucía me mira, y ahora es ella la que se echa a llorar, pero en Lucía eso no es una novedad.

—Muy en serio. Que os vaya bien, a las dos —no puedo continuar con esta conversación. Ciega de ira me voy y las dejo allí plantadas.

Salgo del baño y me pongo la chaqueta, mientras intento limpiarme las lágrimas. Son increíbles, siempre he estado con ellas, siempre, y son sólo dos niñas desagradecidas. No son mis amigas, nunca lo han sido. El frío de la calle me golpea en la cara, y no sé qué hacer ni a dónde ir ni con quién hablar, porque extrañamente, esto es algo que sólo puedo hablar con ellas. Echo a andar hacia delante, como si la rabia, la ira y el dolor pudieran curarse dando un paso tras otro. Como si la mirada de Aitana, entre la aversión y la decepción, pudiera borrarse dejando atrás ese local. Como si esto no fuera más que una pesadilla, como si no fuera real que le he confesado a Aitana lo que siento y ella me hubiera rechazado. ¿Y qué pensaba que iba a hacer? ¿Abalanzarse en mis brazos? ¿Suplicar por mi amor? No, claro que no. Siempre he sabido que Aitana nunca iba a quererme así, pero no es lo mismo saberlo que sentirlo. Pienso en las palabras de Lucía, en si por una vez podría tener razón y he utilizado a Aitana como una excusa para mentirme a mí misma. En si las he tachado de ser dos egoístas cuando era yo la que actuaba siempre en beneficio de mí misma. Sólo porque no quería perderlas, cuando quizás ahora las haya perdido para siempre. Me quedo parada en mitad de la calle, y entonces, sin pensar, me doy la vuelta y echo a correr de nuevo hacia el local. Esto no puede ser verdad, esto no puede terminarse así.

Llego a la puerta del garito, y esta vez hay cola para entrar. Intento pelearme con el de la puerta para volver a pasar, cuando la veo. Aitana ya ha salido del local, y está sola, llorando, apoyada contra una pared. Intento zafarme de la gente que hace cola para acercarme hasta ella, para poder hablar bien de todo lo que ha pasado, cuando veo que un descapotable se acerca y para justo a su lado. Aitana deja de llorar en cuanto lo ve y se monta en el asiento del copiloto.

Gentiana

*Quien regala una gentiana no intenta
hacer una declaración de amor, sino de
dolor, y es que a veces una flor puede
significar una huida, una despedida.*

Aitana

Nunca antes me había dolido tanto la cabeza. Siento todo mi cuerpo resentido. Me escuecen los ojos de la llantina, y la garganta tras la vomitera. Los pies me matan de los tacones y el estómago aún da vueltas dentro de mí. Pero lo que más me duele es el alma, y eso no hay analgésico que lo cure a la mañana siguiente.

Joel y yo subimos en el ascensor en silencio. Recuerdo la última vez que estuve en un ascensor con él y no pude evitar tirarme a su cuello. Ahora mismo soy incapaz de hacer nada de eso. Sólo necesito sentir su calor, saber que hay alguien que puede cuidar de mí cuando más lo necesito, aunque sea cuando menos lo merezca.

—¿Entonces, vas a contarme qué ha pasado?

—Siento haberte llamado así, no sé, no sabía a quién llamar y...

—No te preocupes, puedes llamarme cuando quieras.

—A lo mejor tenías otros planes esta noche.

—Bueno, nada importante, pero a cambio de haber acudido a tu rescate, tendrás que contarme a qué viene esa cara de haberte pasado la noche llorando.

Me quedo mirando cómo sale del ascensor y avanza por el pasillo. Podría contarle que todo comenzó al verle, que lo cierto es que en parte esta terrible noche empezó cuando le vi con otra mujer. Sería un buen momento para sentarme a hablar con él, decirle que aunque ahora no tengo prisa, me gustaría saber que la posibilidad de tener un futuro no está totalmente descartada, o al menos, saber que si sólo vivimos el presente, lo vivimos en exclusiva. Pero esta noche no puedo con más ataques de since-ridad, con más reflexiones. Esta noche sólo tengo ganas de que me abrace y me diga que todo irá bien.

—Me he peleado con las chicas, una pelea horrible, creo que la peor que hemos tenido nunca.

Joel me mira y pasa su brazo por mi hombro mientras abre la puerta de su casa. Por un momento, dejo de darle vueltas a la cabeza a todo lo ocurrido y me dedico a escudriñar ese lugar que tantas ganas tenía de conocer. La casa de Joel. El lugar en el que siempre he pensado que encontraría todas las respues-tas, o al menos, gran parte de las piezas de ese puzle que nunca termino de montar, pero resulta que no es para nada como me la esperaba. Por alguna razón me la había imaginado llena de cachivaches de sus viajes, con estanterías a reventar de libros y, ante todo, acogedora, como un refugio de todo para él. Como si en su casa pudiera olvidar toda esa presión que parece sen-tir, y fuera simplemente él, como si entre esas cuatro paredes estuviera la clave del misterio que su persona es para mí. Sin embargo, mi gozo en un pozo. Su casa es un espacio totalmente carente de personalidad, aséptica. Moderna y decorada con gusto, pero sacada de un catálogo de Ikea. Paseo por el salón buscando alguna fotografía, algún cuadro que pueda decirme algo sobre él, pero todo parece decorado por alguien externo, como si nada hablase sobre Joel. Demasiado cansada como para pensar más, me siento en el sofá de cuero negro.

—¿Y por qué os habéis peleado, a ver? —Joel se sienta a mi lado—. ¿Os gusta el mismo chico?

Le observo con cara de pocos amigos, mientras con el control a distancia pone algo de música suave.

—Pues tiene que ver con eso, pero a la vez no es nada parecido.

—¡Qué críptica! —me pongo un poco nerviosa, me parece un tema muy íntimo como para poder explicárselo, pero necesito hablarlo con alguien—. ¿Te ayudaría un vaso de agua?

Joel se levanta y le veo moverse por la casa, mientras pienso en cómo abordar el tema. Espero a que me sirva el agua bien fría, que después de la vomitera y del llanto, no me sienta nada mal.

—Pues verás, Delia llevaba un tiempo rara conmigo, sobre todo desde que tú y yo… bueno, desde que empezamos a andar.

—¿Está celosa porque le robo a su mejor amiga?

—Lo cierto es que sí, está celosa, pero en el sentido estricto de la palabra.

—No entiendo…

—Pues que hoy me ha confesado que estaba enamorada de mí, todos estos años, todo este tiempo.

Joel hace un sonido muy parecido a un silbido y se sirve ahora un vaso de agua él.

—¡Vaya! ¿Y no lo sabías?

—¡No! ¿Por qué todo el mundo piensa que lo tendría que haber sabido?

—Oye, siempre podemos hacer un trío —Joel empieza a reírse y yo le miro muy cabreada.

—Es mi mejor amiga, para mí no es un chiste.

—¡Sólo era una sugerencia! Era por quitarle hierro al asunto, mujer...

—Pues me he enfadado mucho con ella. No sé, siento que todo ha sido una mentira, que todos estos años creía que era mi amiga, y ahora, no puedo dejar de pensar que en parte se aprovechaba de mí o algo. El caso es que nos hemos puesto a gritar las tres, porque Lucía, cómo no, ha tenido que ponerse de protagonista, y nos hemos echado mil cosas en cara, y al final Delia se ha cabreado, nos ha dicho que no volviéramos a su casa y se ha largado.

—¿Y qué has hecho?

—Pues he salido yo también del baño, no quería seguir discutiendo el tema con Lucía, así que como no sabía a dónde ir, te he llamado...

—Bueno, puedes quedarte aquí esta noche. —Joel ahora parece incómodo, quita su brazo de mi alrededor y vuelve a echarse agua—. Pero seguro que mañana por la mañana ya se os ha pasado el enfado y lo habláis. Las chicas tendéis a ser muy dramáticas, pero luego siempre arregláis las cosas.

—No lo sé, no creo que vaya a ser tan fácil. Nos hemos dicho cosas que...

—Bueno, mira el lado bueno, al trabajar en la agencia encontrarás algún hotel en el que te hagan un buen descuento para pasar unos días hasta que todo esto se aclare.

Me quedo helada. No es que esperase que fuera a acogerme indefinidamente en su casa, sé que eso ahora mismo estaría totalmente fuera de lugar, pero desde luego, tampoco esperaba que fuera tan insensible con algo así. Que el muro que pone conmigo fuera a ser tan infranqueable incluso en esto.

—¿Tú me tomas en serio alguna vez?

—¿Y eso a qué viene? Te tomo más en serio de lo que crees.

—Pues desde luego, no lo parece —creo que voy a echarme a llorar otra vez, pero por suerte, ahora mismo no me quedan más lágrimas.

—¿Quieres que te lo demuestre? —Joel se levanta y va por algo a su mueble, veo que lleva un iPad, y que busca algo en él.

—¿Qué se supone que vas a enseñarme?

—Estuve pensando en lo que hablamos en Portugal, en lo de arriesgar un poco más...

—¿En serio? —Joel sigue escudriñando su iPad mientras mi corazón vuelve a acelerarse, ¿tendrá que ver ese «arriesgar» conmigo?—. ¿Y qué has pensado arriesgar?

—¡Aquí están! —Joel me pasa la tableta y veo un álbum de fotos de algunos de sus viajes.

—Son fotografías... —las voy pasando sin entender nada.

—Estuve pensando en lo que me dijiste de hacer algo que me guste, siempre hacía estas fotografías en mis viajes por mera afición, y he pensado empezar a hacerlas de una forma más profesional, aprovechar mis contactos con periodistas de viajes para poder meterlas en alguna revista y sacarme un dinero extra, ¿qué te parece?

—Bueno, es una idea pero, ¿y el libro? ¿Lo de ser escritor?

—El mundo editorial está muerto, no tiene salida.

Me quedo mirando las fotos incapaz de entender nada, de entenderle a él. Voluble, siempre contradictorio e inestable. Cómo es posible que hace unos días me hablase con tanto fervor de una cosa, y de pronto, hoy cambie tan radicalmente de opinión. Soy estúpida. No conozco a Joel, sólo a la idea que me he ido haciendo de él, o la que me he querido hacer, que en este momento, está claro que no se acerca tanto a la realidad como pensaba. Es fácil enamorarse de una idea, de lo que alguien nos hace sentir, de cómo nos sentimos nosotros con su compañía. Lo difícil es enamorarse realmente de lo que es y de lo que no es la otra persona.

—¿Entonces qué te parece? ¿Es buena idea, verdad?

—Sí, sí lo es... —dejo el iPad en la mesa.

—¿Y tú qué vas a hacer?

—No lo sé, ahora mismo no sé nada...

—No tienes por qué resolverlo esta noche, descansa, mañana será otro día, lo pensarás todo más tranquila —Joel vuelve a ponerme el brazo sobre el hombro—. Es tarde, ha sido una noche larga, ¿nos vamos a dormir?

Pienso en que me gustaría hacerle muchas preguntas, resolver muchas dudas, pero que en ocasiones es mejor no hacer preguntas de las que en el fondo no quieres saber las respuestas. Sólo sé que ahora sería incapaz de dormir.

—¿Sabes lo más gracioso de todo? Hoy es mi cumpleaños... —Joel, que ya estaba preparándose para irnos a la cama, me mira de golpe.

—¡No lo sabía! ¿Cómo no me has avisado?

—No quería ponerte en ningún compromiso —me cojo las manos nerviosa.

—Pues está claro que no has empezado tu cumpleaños con buen pie, pero eso sí podemos arreglarlo esta noche. Ven, levántate —me ayuda a incorporarme mientras sube el volumen de la música—. ¿Bailas?

Como si estuviéramos en un baile de instituto me tiende su mano y en cuanto se la doy, me coge por la cintura, y comienza a balancearse de un lado a otro. No es que sea precisamente un bailarín profesional, pero poder descansar la cabeza en su pecho mientras me dejo envolver por su aroma y por su abrazo, es para mí la mejor sensación del mundo en este momento. Subo la mirada y entonces se rompe la magia, cuando veo que hace el tonto intentando distraerme, y se pone a utilizarme como si fuera algún tipo de instrumento de percusión. Joel, al final, no es más que otro niño asustado, que juega para no tener que pensar el miedo que le da no encontrar su lugar en el mundo.

—¿Puedo pedirte un regalo más de cumpleaños? —Joel me mira dubitativo—. No digas nada más, sólo bésame.

Dicho y hecho. Joel me aprieta entre sus brazos y comienza a besarme, primero con delicadeza, como si estuviera tanteándome, pero en cuanto yo aprieto mi cuerpo al suyo, sube la intensidad. Joel puede ser parte de la enfermedad, pero sé que ahora mismo él es mi única cura. Antes de que él me lo pida, voy deshaciéndome de mi chaqueta, de mi camisa, para poco a poco ir desabrochando la suya y poder besar su cuello, su clavícula, su pecho. Sé que luego dolerá, pero como una yonqui mal curada no puedo evitar buscar una dosis más. Subo la mirada para dejar que me penetre con sus ojos azules, y vuelvo a besarle una vez, y otra vez más. Joel entonces hace algo totalmente inesperado. Me coge en brazos, y así, en volandas, me lleva hasta su dormitorio y me tiende en su cama para después ponerse él encima. Todo es mucho más lento, mucho más cuidadoso, y por algún motivo, mucho más doloroso. Como si deseara aspirar en cada uno de los besos toda su esencia, como si quisiera llevarme todo de este instante, porque en alguna parte de mí se esconde la certeza de que no volverá a repetirse.

Joel se pierde devorando mi cuello, mi pecho, como si él también tuviera una especial hambre de mí. Yo me aferro a su cuerpo, mientras suspiro e intento dejar la mente en blanco, intentando vivir el presente, ése en el que sólo existimos él y yo. Nada más, nadie más.

Poco a poco nos deshacemos de la ropa que sobra en la cama, para poder sentir piel con piel, para que no haya nada que se interponga. Me abro de piernas y espero ansiosa a recibirle. Joel entra en mí directamente, sin muchos más preámbulos, con toda la profundidad que puede. Suspiro. Intento abrirme más para él, subo mis caderas y engancho mis piernas a su espalda, en un intento de sentirlo más adentro, de conseguir que llene todo el vacío que hay en mí, de dejar que me atraviese el cuerpo y el alma. Su cuerpo comienza a balancearse sobre el mío con fuerza, con ansiedad. Una vez, otra vez, cada vez más dentro, cada vez más grande en mi interior. Muerdo su cuello, araño su espalda y me permito dejar que entre susurros se me escape su nombre en forma de súplica, de plegaria.

Sus embestidas son cada vez más fuertes, pero sé que él aún no quiere irse, que él tampoco quiere que este momento se acabe. Intenta equilibrar un poco el ritmo y vuelve a besarme, y ese beso me sabe muy diferente, porque por una vez está lleno de verdaderos sentimientos, pero son sentimientos de pena.

Poco a poco el placer nos va venciendo, y comenzamos a irnos de este mundo, y el orgasmo llega para ofrecerme todo lo que estaba anhelando, una mente en blanco.

Me despiertan los primeros rayos de sol que se cuelan por la ventana. Abro los ojos despistada, y me quedo observando a Joel, que duerme profundamente a mi lado. Me tapo con la sábana y me incorporo un poco en la cama. Observo su habitación, me doy cuenta de que esta noche ni siquiera me había parado a mirarla, aunque en realidad, no hay mucho que analizar. Éste es el dormitorio de un hombre que podría haber sido especial, pero que decidió no arriesgarse y ser uno más. Miro el reloj, son las ocho de la mañana. Me vuelve a doler la cabeza y me siento terriblemente cansada, pero sé que por alguna razón, si vuelvo a acostarme, esta vez no conseguiré volver a conciliar el sueño.

Me apoyo sobre mi brazo y me quedo observando a Joel. Me gusta verle así, tranquilo. Mientras duerme, sé a qué atenerme con él, pero en cuanto despierte, volverá toda la incertidumbre, todas las dudas que sé no me va a resolver, todas las necesidades que nunca serán cubiertas. Observo su cuerpo, ese que pensé que podría ser para siempre mi templo, ese que he adorado como nunca pensé hacer con ningún otro. Respira tranquilo y parece que ahora nada le altera, que está en casa. Pero no puedo engañarme, yo no soy su hogar, y sé que por algún motivo, no lo seré nunca.

Suspiro. Todo el mundo me ha dicho una y otra vez que tenía que superar el miedo y agarrarme a un amor, lo que nadie me dijo nunca fue que la verdadera sensación de pánico llega en el momento en el que te das cuenta de que tienes que soltarlo. Porque nada duele más que despedirse de algo que una quiere, pero no puede seguir teniendo.

Con mucho cuidado me levanto de la cama, para no hacer ruido, y busco mi ropa. Sólo entonces, ya vestida, me permito el lujo de mirarle así, en ese instante precioso, para hacer una fotografía mental, para recordarme que esto, en algún momento, fue de verdad.

—Te quiero, Joel...

Hay despedidas en las que es mejor no despedirse. Salgo de la habitación, cierro la puerta, y no miro atrás. Sé que es lo que tengo que hacer. Busco mi móvil y sin pausa, empiezo a marcar.

ASFÓDELO

Tanto en color azul como en blanco,
el asfódelo es símbolo de soledad,
de un corazón abandonado.

Lucía

LLEVO UNA HORA SENTADA, paralizada, atascada. Es como uno de esos puntos de no retorno, en el que no eres capaz de ir hacia delante, ni hacia atrás. Sólo soy capaz de quedarme en la puerta, sin tener claro si quiero entrar o salir.

Llevo una hora sentada aquí y en realidad podría decir que llevo varias semanas. Horas indefinidas pensando si debería cruzar o no ese umbral, pensando en pros y contras, en causas y efectos. Supongo que si hoy he decidido venir aquí, si estoy tan cerca, es porque me he dado cuenta de algo que no he querido asumir en todo este tiempo. Estoy sola.

No creo ser la única, supongo que todos, de una forma u otra, lo estamos. Siempre había pensado que tener gente a tu alrededor significaba estar acompañada, pero con la edad he aprendido que la gente entra y sale de tu vida, cada cual por su motivo. Que no permanecen ni la familia, ni los amigos, ni los amores, que todo es cambiante, y que los compañeros de viaje no siempre tienen el mismo destino que tú.

Sé desde niña lo que es perder a alguien, porque mi padre no murió, pero desapareció de nuestras vidas, y eso para una niña pequeña significa lo mismo. Pero mi madre siempre estuvo allí, luego mis amigas, y después Julio. Hoy sé que no puedo contar con ninguno de ellos. Que la gente cambia, se enfada, muere o que simplemente se marcha.

No había querido asumirlo hasta ahora, porque hasta hoy cada pérdida la había ido compensando, había tenido en quien refugiarme, pero cuando Delia y Aitana se marcharon de aquel local me di cuenta de que no tenía a quién llamar, a dónde ir. Como una idiota acabé sola, caminando por la calle, esperando que algún bar abriera para poder desayunar algo, tomarme un chocolate caliente y pensar. Pensé en coger una habitación de hotel y solamente echarme a dormir, pero cuando me puse a buscar, por alguna razón, acabé aquí, en esta puerta. Porque sólo ahora sé que esta decisión depende única y exclusivamente de mí. Que nadie va a solucionarme la vida esta vez.

Me hubiera gustado que éste hubiera sido un momento feliz en mi vida. Al menos, creía que debía ser así. Siempre quise tener hijos, sobre todo desde que conocí a Julio, pero nunca encontrábamos el momento. Éramos jóvenes, con toda la vida por delante y mucho que disfrutar, había mucho que hacer antes de plantearse ese paso. Porque al fin y al cabo, la maternidad es el único cambio en tu vida que realmente es definitivo. Los matrimonios pueden deshacerse, las carreras profesionales derrumbarse, y puedes reinventarte cuantas veces quieras, pero una vez se es madre, se es para siempre. Y no sólo eso. Ser madre significa dejar de ser tú, porque desde ese momento hay alguien que siempre depende de ti. Hasta hace apenas unos meses yo quería ser la única persona que dependiera de Julio, y no quería a nadie que dependiera de mí.

Pienso en la discusión de las chicas, y creo que tienen parte de razón en lo que me dijeron. Que Aitana se aprovechó de Delia, y

Delia de Aitana, pero yo me aproveché de ellas también. Que nunca he querido asumir verdaderas responsabilidades, que nunca he querido realmente implicarme con nadie más allá de dejar que fueran ellos los que me quisieran a mí. Mi madre, mis amigas, Julio. Puede que tengan razón, que yo sea así, alguien que necesita que la quieran, pero que ya no sabe querer.

Suspiro, me levanto y atravieso una puerta por la que pensé que nunca tendría que pasar.

☙

A lo lejos veo una figura que se acerca y sólo me hace falta mirar su forma de caminar para reconocerla en la distancia.

—¿Qué ha pasado, Luci?

Me quedo mirando a Aitana sin ser capaz de articular una sola palabra. Cuando empezó a llamar no quise contestar, pero al final, en mitad de mi desesperación, de mi debilidad, no pude evitar cogérselo y contarle dónde estaba. Me observa asustada, mirando de nuevo esa puerta, como si mil preguntas pasaran por su cabeza, como ansiando de mí una respuesta.

—Ya es tarde... —me abrazo a ella y por fin, rompo ese saco de angustia y me echo a llorar.

—¿Tarde? ¿Quieres decir que has...?

Quisiera contestarle, pero ahora mismo sólo puedo llorar y dejar que me abracen. Soy débil, ésa es mi verdad.

—¿Pero cómo no nos contaste nada, Luci? Nosotras, de haberlo sabido... Siento haberme ido así, estaba superada, no podía discutir más, siento haberte dejado sola, de verdad.

—¿Dónde fuiste?

—A casa de Joel...

—¿Lo arreglasteis?

—Ahora mismo eso es lo de menos, Luci.

—No, cuéntamelo, por favor, quiero saberlo.

—Se ha terminado.

Miro a Aitana y la veo realmente triste, como nunca la había visto por ningún otro hombre. Creo que ese chico le gustaba de verdad, y eso me genera más ansiedad.

—No debí haberte animado a que te lanzaras con él, tal vez Delia tuviera razón.

—¡No! Joel es lo mejor que me ha pasado, he disfrutado de ello mientras ha durado, me ha ayudado a ver las cosas de otra manera, es sólo que sabía que todo lo que podía darme, ya me lo había dado, que ya no había más...

—¿Por qué siempre tiene que acabarse el amor? ¿Por qué cuando amas al final pierdes y sólo queda dolor? —la angustia, esa maldita angustia, vuelve ante la mirada inquisitiva de mi amiga.

—¿Lo has hecho, Luci? ¿Has abortado? —Aitana me coge de los hombros y me mira directamente a los ojos, esperando una respuesta que no sé cómo darle.

—¿Sabes en qué pensaba? En que creo que no soy capaz de volver a querer, en que no puedo volver a amar algo o a alguien y perderlo. En que más allá de lo difícil de las circunstancias, que Julio ya no esté, que puede que todo sea una locura, más que pensar en si quiero ser madre o no quiero serlo, mi verdadero miedo es volver a amar de nuevo, y volver a perder de nuevo.

Aitana me acaricia la mejilla y me limpia las lágrimas con una extraña sonrisa.

—Dime una cosa, Lucía, has perdido a Julio, pero ¿preferirías no haberle conocido nunca? ¿No haber vivido esa parte de tu vida? ¿Que esa persona nunca hubiera existido?

Me quedo pensado en las palabras de Aitana, en si es posible que la niña que conocí hace unos años ahora sea una persona mucho más sabia.

—No...

—Por favor, Lucía, dime, ¿lo has hecho?

—Iba a hacerlo, yo iba a... Pero entonces, me di cuenta de algo.

—¿De qué?

—De que tenía miedo a querer este bebé, pero en realidad ya es tarde, Aitana, porque ya lo quiero...

Aitana me mira, me abraza, y se echa a llorar conmigo.

—Todo va a salir bien, Luci, ya lo verás, no estarás sola.

—Sé que no, que ahora sí que no estaré sola nunca más —en un gesto extraño, me toco la tripa, pensando que era estúpido pensar que estaba sola precisamente en el momento en que había alguien tan dentro de mí—. ¿Y qué vamos a hacer ahora? No creo que Delia...

—Ya... ¿Sabes? Hay gente que te decepciona, y en realidad no es su culpa, sino tuya. Por no querer ver cosas sobre ellos que si te hubieras parado a observar, eran evidentes. Aunque eso no quiere decir que la decepción duela menos —Aitana se queda pensativa, sé que no habla sólo de Delia, sé que por algún motivo habla de muchos más aspectos de su vida—. No te preocupes, ¿sabes qué? He descubierto que tengo descuento en los hoteles por mi trabajo. —Y por algún motivo que desconozco, Aitana, entre lágrimas se echa a reír, y yo con ella también.

❧

Termino de recoger las cosas que hay tiradas en nuestra pequeña habitación del hotel de apartamentos. Nunca he sido muy maniática del orden, pero no sé si es el embarazo o es esta habitación, que me paso el día recogiendo las pocas cosas que pude llevarme de casa mientras Delia estaba trabajando. Llevan siendo unos días raros, entre estar aquí las dos y mi malestar constante del estómago no es que esté siendo una estancia muy agradable, pero reconozco que Aitana se esfuerza mucho en cuidarme, en animarme con todo esto. Es una felicidad extraña. Todo parece estar en contra, pero cada vez que me toco la tripa, noto cómo ya se advierte una pequeña curva cuando me miro en el espejo; sé que todo irá bien, porque tiene que ir bien. He soñado varias veces con el bebé. A veces es un niño y otras una niña. No tengo una verdadera preferencia, sé que sea lo que sea va a ser la persona más especial que habrá en mi vida, y que lo querré incondicionalmente, y eso es algo totalmente nuevo para mí.

Miro el reloj, empiezo a exasperarme, yo llevo lista un rato pero Aitana aún está encerrada en el baño. Resulta extraño que ahora sea ella la que tarde mucho más en arreglarse que yo. Llevamos dos semanas conviviendo juntas en este hotel de apartamentos, y apenas hemos vuelto a hablar de todo lo que ha pasado. La primera noche que llegamos aquí hablamos de todo aquello que habíamos callado estos meses: ella me contó todo sobre su relación con Joel y yo le hablé sobre todos los miedos que había querido acallar. Sin embargo, no hemos hablado de Delia. He intentado sacar el tema alguna vez, pero Aitana lo ha evitado tajantemente. Sé que es pronto, que es complejo, y que yo en su lugar tampoco sé cómo hubiera reaccionado. Pero todo es raro sin Delia. Lo tiene que estar pasando fatal, y sé que en estos momentos debería apoyarla más que nunca, pero algo me dice que ella es diferente a mí y que necesita estar sola. Que necesita pensar antes de volver a enfrentarse a nosotras.

Mientras Aitana termina de pintarse, vuelvo a revisar mis últimos bocetos. He vuelto a dibujar. Desde que me enteré de lo del embarazo me quedé atascada, quizá porque tuve miedo de perder también lo primero que hacía por mí misma. Pero ya sé que puedo tener todo lo que quiero si lo intento, que quizás una cosa no tenga por qué excluir a la otra.

—¿Lo tienes todo entonces? —Aitana, irónicamente, revisa su bolso mientras me hace esa pregunta.

—Sí, sí, venga, vámonos.

—Ais, ¿no estás nerviosa?

—Pues mucho, ¡así que vámonos ya que me vas a poner histérica!

La sala de espera está abarrotada. Una piensa que el día en que va a ver por primera vez a la persona más importante de su vida debería ser más idílico, pero la seguridad social le quita todo el encanto a estas cosas.

—¿Y cuándo se podrá ver si es niño o niña?

—¡Pues todavía no, es pronto!

—Sé que con esta edad ya debería saber cómo van estas cosas, pero reconozco que de embarazos sé más bien poco, Luci.

—Esto es sólo una revisión. Aunque si te soy sincera tengo un poco de angustia.

—¿Por qué?

—No sé, cuando alguna vez los amigos de Julio, en Barcelona, nos enseñaban las primeras ecografías de sus hijos, te juro que no era capaz de distinguir nada.

—Anda, mujer, no seas tonta, pero ya te lo enseñará el ginecólogo.

—Aitana... ¿tú crees que yo puedo llegar a ser una buena madre?

—Claro que sí, cariño, la mejor —Aitana me abraza y me sonríe con cariño.

—Creo que debería llamar a mi madre. Llevo tiempo pensándolo, no puedo dejarla fuera de esto, supongo que tengo miedo de que me aparte como me apartó cuando me fui con Julio, pero creo que también me arrepentiré si no me doy la oportunidad de averiguarlo.

—Tu madre te quiere, Luci, sólo que cometió un error, quizás esté pensando en la forma de remendarlo, de arreglar las cosas. Creo que este bebé podría ser vuestra oportunidad de empezar de nuevo.

—¿Tú crees?

—Sí, claro, y si no es así, al menos no tendrás la duda de haberlo intentado, y a mí me seguirás teniendo. Aún tenemos un buen rato de espera, parece que la cosa va con retraso, ¿por qué no la llamas ahora?

—¿Ahora? Yo no...

—Ya ha pasado tiempo, todo está mucho más tranquilo, seguro que las dos tenéis ganas de hacer las paces pero ninguna sabe cómo dar el paso. Éste es tan buen momento como otro cualquiera —Aitana señala mi teléfono móvil—. Venga, ve afuera y llama, yo estaré aquí pendiente; si veo que se acerca tu turno, salgo y te aviso.

Cojo el teléfono móvil, dándole vueltas a las palabras de Aitana. Salgo y pienso que una vez más vuelve a tener razón, que hay problemas que no pueden evitarse siempre, y que a veces se alargan porque cuesta dar el primer paso. Sonrío. Sé que tengo que arreglar las cosas con mi madre, pero en este momento hay una llamada que necesito hacer antes.

Vuelvo a la sala de espera, Aitana está leyendo un libro, y para mi desgracia, compruebo que aún nos queda gente por delante.

—¿Lo arreglaste? —Aitana me mira cuando me siento a su lado.

—Creo que sí... —le sonrío y me siento a esperar.

Entramos en la sala como una media hora más tarde, la ginecóloga me prepara y le pregunto si Aitana puede quedarse conmigo a verlo. Cuando ya estoy en la camilla, la enfermera entra y le cuchichea algo a la ginecóloga al oído.

—Me dicen que hay una persona fuera que también quería pasar, ¿la dejo o...?

—Sí, sí, la estaba esperando —Aitana me mira expectante, pero su gesto cambia en cuanto ve a Delia entrar por la puerta—. No podía hacer esto sin estar todas juntas.

Aitana se queda petrificada, y Delia se pone a mi lado sin saber muy bien cómo actuar. Justo cuando la enfermera va a poner el ecógrafo, algo falla, parece que algo le pasa al aparato, y se disculpa un momento para ir a buscar uno nuevo a otra sala. Nos quedamos las tres solas, yo recostada, y ellas, cada una a mi lado. La tensión se masca en el ambiente, pero creo que yo ya he intervenido demasiado, que ahora les toca hablar a ellas.

—¿Cómo te encuentras, Lu? —Delia, como era de prever, rompe el hielo conmigo.

—Bien, alguna náusea, algún mareo, pero en general, podría decir que estoy mejor de lo que he estado en mucho tiempo.

—Eres muy valiente, estoy muy orgullosa de ti —silencio, de nuevo silencio—. ¿Dónde os estáis quedando?

—En un hotel que ha conseguido Aitana por su trabajo.

—Ya... —Delia mira al suelo—. Yo... Siento haberos dicho lo que os dije, no quería que os fuerais, sabéis que mi casa es vuestra casa, nuestra casa, es sólo que...

—Yo también lo siento —Aitana abre por fin la boca—. Luci tenía razón, Delia. Puede que fuera algo que en el fondo sabía pero que no quería saber, y puede que simplemente me dejase querer porque era más fácil. Es sólo que no sé si ahora las cosas pueden volver a ser como antes.

—No lo serán. Serán distintas, pero a lo mejor ahora que no hay secretos pueden ser mejores. Tenemos un motivo para intentar que lo sean, ¿no? —Delia pone su mano sobre mi tripa, y mira de nuevo a Aitana que permanece dubitativa—. Lo siento, Aitana, es cierto que yo también te he usado de escudo, que te he querido siempre para mí, que no he sido ni sincera ni realista. Pero creo que todo esto me ha venido bien para superarlo. He anulado mi boda con Ángel.

—¿Ibas a casarte? —Aitana y yo alzamos la voz a la vez.

—Era una idea de mis padres. No os lo dije porque... Supongo que por el mismo motivo por el que no os dije otras muchas cosas. Pero no era más que parte de la misma mentira. Sé que ya no puedo vivir así, quiero ser mejor, ser yo misma.

—¿Y qué le has dicho a Ángel? —no puedo evitar preguntar.

—La única verdad que necesitaba saber, que no le quería en la manera que tenía que quererle. Supongo que él también lo sabía, pero como yo, tampoco quería asumirlo. No le he dado más detalles, creo que en este momento tampoco necesita saberlos. Pero voy a hablar con mis padres, voy a contarles todo.

—Estoy orgullosa de ti, Delia, tú también eres muy valiente —miro a Delia orgullosa, y después a Aitana, en busca de algún gesto que me ayude a descifrar qué es lo que le pasa por la cabeza.

—Perdóname, Aitana. Te parecerá estúpido, pero ser capaz de decirte la verdad y recibir tu negativa, me ha ayudado a entenderlo todo, a encajarlo todo. Tengo muy claro que nunca podré tenerte de esa manera, y que lo superaré, pero lo que no podría superar es perderte como amiga.

Justo en ese momento, aparece de nuevo la ginecóloga con el ecógrafo nuevo y vuelve a hacerse el silencio. Por un momento, incluso en mi incómoda postura, había olvidado dónde estábamos y para qué. Pero cuando la doctora vierte el gel frío en mi tripa, enchufa el monitor y comienza a escucharse un sonido rítmico, como de un latido, lo que olvido es todo lo demás.

—Veamos, un momento —la ginecóloga comienza a apretar y a mover el aparato sobre mi tripa y a teclear algunas cosas—. Sí, pues aquí lo tenemos, ¿puede verlo?

Me quedo atónita mirando la pantalla, con asombro contesto:

—Sí, sí que lo veo.

Sin poder evitarlo, las lágrimas corren por mis ojos, y después de muchos meses no son de pena, sino de pura alegría. Es mi hijo y está ahí, dentro de mí. Es real, no es un sueño, esa pequeña alubia en blanco y negro es parte de mí, y sé que desde este día lo será para siempre. El hijo de Julio y mío. El último regalo que me ha hecho, el mejor de todos. No puedo evitarlo, mi mano se mueve en busca de la suya, y me doy cuenta de que él no va a poder ver su carita cuando nazca, sus primeros pasos, su primera palabra. Sé que Julio es un amor que ya he perdido, pero ahora sé que el amor nunca hay que dejarlo pasar por miedo a perderlo.

—¿Sabes, Aitana?

—Dime, Luci... —la pobre también está llorando, tan sensiblera ella.

—Tu madre tenía razón.

—¿Mi madre? ¿Y eso?

—Sí, ella decía que hay amores que son para siempre. Y sé que este amor sí que va a ser para toda mi vida.

Aitana me mira emocionada, y por primera vez fija su mirada en Delia, y luego en mí de nuevo. Entonces deja su sitio, se pone entre nosotras y nos coge a ambas de las manos.

—Hay otros amores que también son para siempre, chicas.

Epílogo

*Porque en definitiva, regalar un
ramo de flores, puede ser símbolo
de despedida o de bienvenida, de un
perdón o de una nueva ilusión.*

UNA DE LAS COSAS MÁS BONITAS que se pueden hacer es construir algo desde cero. Siempre lo he pensado, que eso de la creación, de partir del folio en blanco y convertirlo en algo con alma, debe ser un proceso precioso. Sé que yo no tengo capacidad para eso, que cada uno tenemos nuestro don, o nuestro sueño, pero a falta de poder realizar mi propia creación, disfruto observando la de Lucía. La he visto dibujar muchas veces, coger una lámina totalmente vacía y convertirla en una escena del pasado, del presente, o del futuro, en algo que consigue llegarte al corazón, de una manera u otra. Pero esto es aún mejor que todo eso.

Doy vueltas a la tienda. El gusto con el que Lucía la ha decorado es simplemente único, y es que algo así sólo lo podría haber hecho ella. Es una mezcla entre un cuento de hadas y una tienda exclusiva, todo en tonos blancos combinado con una madera en tonos rosados. En una de las paredes están colgadas, como en una exposición, algunas de sus mejores láminas, mientras que justo enfrente está la exposición de telas y cerámicas. Tazas, colgantes, camisetas, bolsos, todo con el estampado de sus dibujos y decorado con lucecitas blancas que parecen salidas de un cuento de Navidad. En medio hay un par de mesas, una con cuadernos y agendas, y otra con postales, separadores de libros y demás, todo combinado de una forma preciosa por conjuntos de flores secas rosas y blancas. Por último, hay otra esquina, que mi amiga ha dedicado a los bebés, cómo no. Lucía está arriesgando mucho con este negocio, de hecho, lo está arriesgando todo, y cuando la miro y la veo sonriente abrazada a su ya avanzada barriga, pienso que tiene que salirle todo bien, que se lo merece.

—¿Qué os parece?

—Increíble, Lu. Ha quedado preciosa, de verdad —Delia está a su lado, junto con Adriana, que anda de un lado para otro, como una niña en una tienda de chuches.

—Jo, Lucía, me gusta mucho, ¡de verdad! Es hasta más bonita que nuestra tienda, ¡y eso ya es decir! ¿A que sí, amor? —Adriana rodea a Delia por detrás y le da un beso en la mejilla, al que Delia responde con un apretón de manos. Reconozco que al principio me resultó chocante ver a Delia con Adriana, por muchas cosas, supongo, pero ahora, cuando las miro, no puedo evitar sonreír. Delia parece mucho más feliz que antes, es como si en estos meses hubiera florecido al fin. Sé que ha sido muy difícil a lo que ha tenido que enfrentarse, sobre todo en lo referente a sus padres, pero creo que Adriana es la recompensa a todo eso y que hoy seguro que piensa que ha valido la pena.

—Pues esto se merece un brindis —Saco de la bolsa la botella de vino y los vasos de plástico que hemos traído para la ocasión. Al final, he aprendido a apreciar el vino, aunque ahora lo tomo con mucha más moderación. Todas nos servimos un poco, y esperamos a que Lucía, la protagonista merecida de hoy, se sirva su vasito de zumo de piña y diga unas palabras.

—Pues a ver, brindemos por... Por el futuro, por las segundas oportunidades, y por el amor, porque todo esto, al cabo, también es fruto del amor. ¡*Cheers*!

Todas sonreímos y no lo podemos evitar, nuestro brindis acaba en un corto pero emotivo abrazo colectivo.

—Bueno chicas, ya tendréis tiempo de verlo todo mejor el día de la inauguración, ¡que ya no queda nada! Ahora tengo que ir a dejar algunas cosas más a casa de mi madre, que me está esperando. ¿Nos vemos esta tarde, entonces? Tenemos que dejar todo listo para el viaje de mañana.

Lucía ha hecho, por fin, las paces con su madre, que como era de esperar, se ha vuelto loca de contenta con la idea de tener un nieto. Ya sabemos que va a ser niño, y que será seguramente el hombre de todas nuestras vidas. Como Lucía está muy agobiada pensando en la tienda, en la maternidad y en todo lo demás, su madre ha pedido un traslado en su empresa para mudarse a Madrid a vivir con ella, al menos, de momento. Sabía que Lucía algún día empezaría a vivir su vida, pero me da pena pensar que no oleré el chamuscado de su plancha de pelo todas las mañanas. Vuelvo a mirar a Delia y a Adriana, al contrario que con Ángel, sé que Delia tiene ganas de empezar una vida con ella, y que si no han hablado de vivir juntas enseguida, es porque no quieren agobiarse al verse ya todos los días en la tienda, pero que ese momento tendrá que llegar, y que yo tendré que irme para dejarles intimidad. Delia insiste en que no tiene prisa y en que no me agobie con eso, pero ahora que Luci se marcha, sé que yo también debería hacerlo. Pero hoy no quiero pensar en eso. Mañana salimos de viaje, nuestro viaje, y ahora mismo, ésa es la idea con la que estoy más ilusionada. Sé que para Lucía es un viaje muy importante, pero creo que de alguna manera, también lo es para las tres.

Nos despedimos en la puerta y mientras Delia y Adriana se van de nuevo a la tienda, yo cojo un taxi para que me dé tiempo a llegar de nuevo a la oficina, ya que sólo he podido escaparme en la hora de la comida.

Doy gracias porque, por una vez, no hay atasco. Llego hasta antes de la hora, aunque extrañamente, según llego veo que algo pasa, porque la gente se mueve de un lado para otro, y todo el mundo anda entre murmullos. Busco a Celia con la mirada, pero veo que está muy ocupada poniendo al día a un corrillo sobre el que debe de ser el nuevo chisme del día. Indiferente me siento en mi silla, me pongo mis cascos y enciendo mi ordenador, cuando Dani aparece a mi lado.

—Es temprano aún, ¿tienes tiempo para un café rápido? —miro el reloj, quedan diez minutos hasta que sea mi hora, así que asiento y le acompaño a la máquina.

—¿Qué pasa hoy? ¿Por qué hay tanto jaleo?

—Pues preferiría contártelo yo —miro extrañada a Daniel—. Va a haber cambios en la empresa. Por lo visto andaban mal de dinero y nos ha absorbido una agencia más grande.

—¿Entonces, nos van a echar?

—Eso aún no se sabe, si nos mantendrán, si recortarán, si traerán gente de la otra empresa... Pero es que hay más, y eso lo mismo te afecta un poco.

—¿A mí? Bueno, a todos, ¿no?

—Sí y no… El tema es que viene una nueva jefa, nos la han presentado en la hora de la comida. Es familia del dueño de la otra agencia, ya sabes, y el caso es que se rumorea, seguro no lo sé, que es la nueva novia de Joel, de hecho, lo que dicen es que es su prometida.

Me quedo callada, sin saber muy bien qué decir. Desde que Joel y yo dejamos de vernos, venir a trabajar era algo incómodo, aunque por alguna razón él estaba ya poco por la oficina, como si le hubieran encargado otros asuntos de comercial y estuviera fuera mucho más que antes. Supongo que esos asuntos eran ligarse a la nueva jefa, que los negocios a veces se cierran en la barra del bar, pero también en la cama. No puedo evitar darle vueltas a esa última palabra, «prometida», ¿pero cuánto llevarán juntos, un par de meses? ¿Cómo puede alguien con miedo al compromiso prometerse en dos meses? ¿Qué tendrá esa mujer que no tenía yo? Supongo que lo que tiene es la aprobación, o incluso la imposición de sus padres, que es lo que nunca hubiera conseguido yo. Que no debe ser una cuestión de si la quiere o no, de si me quiso a mí, de ser más o menos, que simplemente a veces las cosas pasan así y ya está.

—¿Aitana? ¿Estás bien?

—Supongo… Ya llevaba mucho mejor lo de Joel, fui yo la que decidí que no era para mí, es sólo que…

—¿Te digo algo? Veo cómo te mira, estoy seguro de que le jodió que le dejaras, de que por él volvería a liarse contigo, y que todo esto no son más que negocios.

—Sí, puede que sí, pero el caso es que tendré que verles aquí, juntos. Y una cosa era saber que muy de cuando en cuando me cruzaba con él, y otra tragarme en primera línea los preparativos de su boda.

—Te entiendo, ¿y qué vas a hacer entonces?

—Supongo que lo que tenía que haber hecho hace tiempo. Dejarlo.

—¿El qué?

—El trabajo. Quizás ésta sea la excusa perfecta para buscar algo que realmente me motive, ¿sabes? Para arriesgar de verdad. Llevo tiempo pensando que debería intentar buscar un trabajo como guía turística, y si no, siempre habrá otras agencias. Quizás éste sea el momento de intentarlo, de cambiar.

—¿Estás segura?

—Sí, y no. La verdad es que económicamente me viene fatal. También estaba pensando en cambiarme de casa, Lucía se va a vivir con su madre y sé que Delia está deseando que Adriana se traslade al piso. Había pensado en buscar algo para mí sola, pero está claro que si dejo el trabajo eso no va a ser posible.

—¿Y por qué no te vienes a vivir conmigo?

—¿Contigo?

—¡Sí! Mi compañero se marcha, le ha salido un trabajo en el extranjero y tiene que irse esta misma semana. Ha sido repentinamente, y claro, me deja totalmente colgado, así que hemos llegado a un acuerdo, y me ha dejado pagado parte del alquiler para que tenga margen a buscar a alguien. Entre eso y tus ahorros, quizá podamos arreglárnosla entre los dos mientras encuentras otro trabajo. ¡Yo lo veo!

—¿Y quieres vivir con una chica?

—¿Que si quiero? Joder, mi anterior compañero era un cerdo, pensar en que te mudes conmigo es una bendición, ¡lo pasaríamos genial!

Me quedo mirando a Daniel, y sin poder evitarlo, vuelvo a darle uno de mis abrazos, a los que finalmente se va a tener que ir acostumbrando. Parece que al final va a ser cierto eso de que cuando se cierra una puerta, se abre una ventana. Los cambios dan miedo, pero a veces son buenos.

Vuelvo a mi mesa, y pienso en que es estúpido postergar más esta decisión, que cuanto antes, mejor, así que me pongo a redactar mi carta de renuncia. Podría esperar a ver si con los cambios me despiden, y así tener paro, pero si no es así, sólo habré ganado en días de angustia. Me acerco al despacho de la nueva jefa. Es mayor que yo, de hecho, diría que es mayor que Joel. Es atractiva, pero tiene los rasgos duros, el pelo negro azabache, la mirada fría y sus gestos apuntan a que le gusta el control. Quizás a Joel le venga bien un poco de mano dura, porque está claro que la que tengo enfrente no es el tipo de mujer que él suele elegir. Presento mi carta de renuncia y ella apenas se inmuta, me dice que no va a ser necesario esperar los quince días, y me pregunta vagamente mis motivos, sin mirarme realmente a la cara, y le contesto que son personales, a lo que no hay más preguntas. Si ella supiera...

Salgo del despacho, y para mi sorpresa, el que entra detrás de mí, es Joel. Como viene siendo habitual en estos últimos tres meses, nos miramos apenas un segundo, y después, apartamos la mirada. Voy a mi mesa y comienzo a recoger mis cosas. Celia ha salido a hacer unos encargos, así que luego tendré que llamarle para decirle que si nos tomamos al menos unas cañas con las chicas. Tendré que prepararme una excusa, Daniel es el único en el trabajo que sabe lo mío con Joel, y está claro que a todas mi marcha les va a parecer precipitada. Cuando tengo todo recogido, miro a mi alrededor y siento pena. Al final han sido unos meses en los que han pasado muchas cosas, en los que he aprendido otras muchas, y en los que todo ha cambiado mucho, sobre todo yo. Supongo que este trabajo ha sido parte de todo eso. Me da pena despedirme, pero a veces hay que soltar algo para poder agarrar algo nuevo. Me dirijo a las chicas y les explico, aunque sea mentira, que me ha salido un trabajo nuevo, que ha sido repentino y que me voy hoy mismo. Todas se ponen tristes, pero cuando les digo que además lo más seguro es que me mude a vivir con Dani, les cambia la cara, saben que de esa manera es seguro que no perderemos el contacto. Cojo mi caja con mis cuatro cosas, suspiro, y me voy al ascensor, que como siempre, tarda un millón de años en venir. Mientras estoy esperando oigo unos pasos tras de mí.

—¿Entonces es verdad que te vas? —Joel, que no me ha vuelto a dirigir la palabra en todo este tiempo, se pone enfrente de mí, con ojos de cordero degollado.

—Sí, ha sido todo un poco repentino, pero a veces las cosas pasan así.

—Contigo todo es repentino.

—No debo ser la única, he oído algo sobre que la nueva jefa es tu prometida, ¿es cierto?

—Bueno, algo así, no lo sé, supongo —Joel me mira confuso, y entre sus torpes palabras puedo leer mucho entre líneas—. ¿Tu marcha tiene algo que ver con eso?

—No, claro que no, he encontrado un nuevo trabajo, ha sido una coincidencia, sólo eso. Supongo que me tocaba arriesgar, lo que tú siempre me decías, y en fin, me he decidido a hacerlo —hay un silencio incómodo, y por algún motivo siento que no sólo nos cruzamos miradas, sino también recuerdos—. Alguno de los dos tenía que arriesgarse, y está claro que tú ya has decidido no hacerlo. Adiós, Joel, te deseo lo mejor, de verdad que sí.

Me acerco a él, y beso suavemente su mejilla, mientras me monto en el ascensor y dejo que la puerta se cierre con la última imagen de sus profundos e hipnóticos ojos azules.

Abro la ventanilla del coche y saco la cabeza para coger un poco de aire, pero Delia enseguida me regaña. El viaje se me está haciendo un poco largo y admito que quizá no hubiera sido tan mala idea ir en tren, pero ahora mismo todas tenemos que ahorrar. De hecho, es el viaje más largo que hemos hecho las tres juntas, y pensé que sería divertido, pero se me han acabado los juegos de viaje y ya me he aburrido de hacer *selfies on the road*. Busco entre las canciones del mp3, y entonces encuentro la que podría ser perfecta en este momento. *If it makes you happy* empieza a sonar a todo volumen, y antes de que me dé cuenta las tres cantamos al unísono. Delia agarrada al volante, Lucía abrazada a las cenizas de Julio, y yo utilizando mi móvil como micrófono improvisado. Sonrío, no sé si parecemos sacadas de una típica película de carretera americana, o más bien, de una de Almodóvar.

Dejamos las cosas en el hostal y nos ponemos nuestras gafas de sol para salir a dar una vuelta, muero de ganas por ir a ver la playa. Cadaqués es un pueblo precioso, donde todo lo que se respira es paz y armonía. Las casitas blancas, las puertas color añil, el olor a mar, las barcas de los pescadores, todo es simplemente idílico. Las chicas no pueden convencerme para que me resista a darme un chapuzón rápido antes de comer. Pese a que el otoño se asoma, en la costa todavía hace suficiente calor para un baño cuando luce el sol, pero ellas no se animan conmigo, se quedan sentadas en la toalla disfrutando del día tan estupendo que hace. Ojalá la vida fuera así, simplemente disfrutar, que la mayor preocupación del mundo fuera si va a hacer frío cuando salgas del agua o qué pescadito frito te apetece más probar. Me pongo bocarriba y me dejo flotar sobre el agua, pensando que nos preocupamos demasiado, cuando ser feliz es algo tan sencillo como esto.

Al final comemos en un restaurante cerca de la costa y Lucía nos insiste en que tenemos que probar el *suquet* de pescado, muy típico de la zona. Sé que hoy ella está un poco triste, solía escaparse algún fin de semana aquí con Julio, y no hace falta más que mirarla a la cara para ver que los recuerdos se le amontan, pero después se toca la tripa, creo que pensando que quizá nunca es tarde para construir nuevos recuerdos felices.

Si estuviéramos en otras circunstancias, habría pasado la tarde viendo la casa de Dalí, pero hoy tenemos algo más importante que hacer, quizá pueda ser mañana. Volvemos a montarnos en el coche y Lucía, nerviosa, nos indica cómo llegar. El cabo de Creus tiene un paisaje realmente impactante, no sólo por la vista, sino por la peculiar forma de sus rocas. Es cierto que tiene algo especial, casi puedo percibir por qué este lugar inspiró a diversos artistas, entre ellos, cómo no, a Dalí. Entiendo por qué Lucía ha elegido un sitio como éste, en el que además debe de tener muchos y grandes recuerdos. Nos acercamos juntas a la parte del mirador que está menos concurrida y miramos a Lucía.

—¿Estás lista? —Delia la coge del hombro, puesto que agarra con ambas manos las cenizas de Julio.

—¿Alguna vez se está lista para algo así? —Lucía suspira y Delia y yo nos miramos, sin saber qué responder—. Sí, creo que sí.

Lucía abre la urna, con disimulo para que nadie nos llame la atención, pero se queda como atascada, mientras vemos que una lágrima cae solitaria por su mejilla.

—Si quieres, podemos empezar nosotras —al ver que Lucía necesita un empujón, se me ocurre una idea un tanto absurda—. Yo quiero despedirme de Julio, primero, dándole las gracias por ser tan buen profesor, y después, dándole las gracias por haber hecho tan feliz a mi amiga, y porque gracias al amor que tuvisteis vosotros dos, creo que algo así es posible, incluso para mí.

Bajo su melena rubia, puedo ver cómo Lucía tiene una sonrisa triste, pero que empieza a respirar un poco más tranquila.

—Está bien, pues yo quiero agradecer a Julio que gracias a su inspiración, mi amiga ha sido capaz de hacer algo tan fantástico como sus dibujos, y recordar que él seguirá vivo en cada uno de ellos, pero también en ese futuro hombrecito... que ha sido el mejor regalo que nos ha podido hacer a todas —no lo podemos evitar, a todas se nos pone un nudo en la garganta mientras Lucía se toca la barriga, y llorosa, comienza ella también a hablar.

—Gracias, Julio, por haber sido el amor de mi vida, mi guía, mi amante, mi compañero, mi amigo, mi alma gemela. Por los buenos momentos y por los malos, porque aprendí de ambos. Por enseñarme que el amor no era lo que pensaba, un cuento de hadas, sino que era algo aún mejor, aún más importante. Por ser quien eras, y por hacer de mí quien soy. Por tus tortitas por la mañana, por tus besos por las noches, por las discusiones tontas por la tarde. Por haberme dejado ser parte de tu vida y porque vas a ser siempre parte de la mía. Por nuestro hijo, porque es lo mejor que podías dejarme, y porque sepas que no le va a faltar de nada en tu ausencia, porque compartiré con él mis recuerdos para que también sean los suyos. Porque cuando te dije que iba a quererte siempre, no mentía, porque te amaré eternamente en cada uno de esos recuerdos que son sólo nuestros. Adiós, mi vida, te quiero...

Lo que queda de Julio cae poco a poco al mar, y se queda flotando entre el viento y la marea, pero todas sabemos que Julio no son sólo cenizas, y que él, de alguna forma, nunca se irá de nuestras vidas.

El tiempo, haciendo de las suyas, ha vuelto a retroceder. Escucho cómo el sonido de los ruedines de las maletas resuenan en la tarima flotante del piso, exactamente igual que el día que empezó todo, hace ya seis meses. Estoy en el sofá sentada, mientras Delia y Lucía van de un lado para otro con cajas, y no es que me sienta vaga, que también, es que me siento incapaz de moverme.

—¡Será posible! ¡Lu, deja esas cajas, que tú no puedes coger peso y que las recoja Aitana, que son suyas!

—Bueno, ella me ayudó a mí con mis cosas.

—Sí, pero ella no tiene un bombo considerable, ¡Aitana! ¿Quieres levantarte de ahí y ponerte a bajar cosas? Daniel está esperando con la furgoneta abajo. ¿Tú ya has revisado si te dejaste algo más por aquí, Lu?

—Sí, lo que llevo en la maleta nada más. ¿Tú lo has metido todo, Aitana? ¿Aitana?

Me quedo observándolas por un momento, como si todo no fuera más que un extraño sueño.

—Es sólo que... Sabía que esto era temporal, que no íbamos a quedarnos aquí las tres siempre, pero ahora que veo que nos separamos de verdad, pues... —no lo puedo evitar y me pongo a moquear.

—¡Anda, no seas tonta! ¡Pero si te mudas a dos paradas de metro! Vamos, que te puedes venir dando un paseo, y a Lu también la tenemos cerca, ya verás, en vez de vernos para discutir quién puede entrar en el baño, nos veremos para tomar unos vinos.

—Y para cambiar pañales, vais a ser las madrinas de David, y vais a tener que ayudarme muy mucho, ¿os acordáis?

—Sí, nos vamos a ver mucho, es un cambio, pero va a ser para mejor, ya verás.

—¿Me lo prometéis?

—Que sí, tonta —Lucía viene al sofá y me da un abrazo—. Además, si la que se larga ahora dos semanas a Dublín y nos deja abandonadas eres tú. ¿Tienes todo preparado para esto también? Tenías que haber hecho la mudanza antes, mira que me extraña, con lo planificadora que tú eres.

—¡Pues debe de ser que ya no lo soy tanto! —finalmente me levanto y me pongo a bajar cajas antes de que empiecen a echarme la bronca.

La suerte te sonríe cuando menos te lo esperas. Me han contratado como guía turística por el centro de Madrid, pero me han puesto como condición que haga un curso intensivo de inglés de dos semanas en Dublín. Lo bueno es que creo que es una experiencia que, aunque me aterra, me vendrá genial; lo malo, que los gastos corren por mi cuenta, pero bueno, sabiendo que el mes que viene podré pagarle el alquiler a Dani, porque ya tengo el contrato firmado, respiro tranquila.

Mis cosas ya están en la furgoneta de Daniel y las cosas de Lucía en el coche de su madre, así que las tres subimos arriba para comprobar si todo está bien. Delia no nos ha dicho si Adriana se mudará enseguida, supongo que irán poco a poco, pero está claro que el estar solas en casa, cuando quieran y puedan, les ayudará mucho. Miro el piso por última vez, tal y como está. Sé que Delia lo ha mantenido tal cual hasta ahora, pero que cuando Adriana se mude, habrá cambios. Más cambios. Puede que pinten por fin la pared y le cambien el color lila, que elijan otro sofá que sea más de su gusto, que nuestras fotografías dejarán paso a las suyas, y que los recuerdos que construimos aquí una vez, dejarán de estar entre estas cuatro paredes, para estar ya sólo en nuestra memoria. Es complicado entender cómo algo material, como unas cenizas, o un piso, simbolizan mucho más que eso, un momento, una etapa de la vida. Para mi este piso es eso, mi juventud, y salir de él, esta vez de forma definitiva, es saber que tengo que afrontar el empezar a convertirme en adulta. Sé que después de todo lo que hemos pasado, incluso aún más después de «todo lo malo», nosotras vamos a seguir juntas, pero también sé que será diferente. Diferente no siempre quiere decir malo, puede que incluso sea para bien. Sin más, me acerco a la barra para coger mi taza rosa del desayuno.

—Ésta déjala aquí, para cuando quieras venir a tomarte un café —sonríe y vuelve a dejarla en el que ha sido siempre su sitio. Así, en la barra se quedan nuestras tres tazas de siempre, una verde, una rosa y una azul.

Asiento feliz de saber que aún queda algo de mí, que sigo teniendo un pequeño hueco en esta historia, y antes de que me dé cuenta, nuestra embarazadísima amiga se nos echa encima para un último abrazo colectivo.

—¡Os voy a echar taaaanto de menos!

—Venga, niñas, no seáis crías, si al final sé que por alguna razón os voy a tener por aquí siempre, así que venga, que nos esperan abajo.

Delia va con Lucía delante, y yo cojo las llaves para cerrar la puerta. Echo una mirada más, una última fotografía mental, apago las luces, y cierro una puerta más.

Daniel me espera abajo. Me sonríe en cuanto llego, está muy emocionado con que compartamos piso y, en parte, yo también, sé que aunque va a ser raro vivir con un chico, Daniel y yo vamos a pasarlo muy bien, que es algo nuevo, pero que va a ser fantástico. Me despido de las chicas sin mucho más melodrama. Tiramos para su piso, tengo que dejar todas las cajas amontadas en mi nueva habitación, para después salir pitando al aeropuerto. Sé que he calculado fatal, pero lo cierto es que tras varias entrevistas fallidas, no pensaba que fueran a seleccionarme en este trabajo, y me había tomado las cosas con calma, por eso al final ha tenido que ser todo tan precipitado.

Subimos las cajas entre los dos, o más bien, las sube él y yo ayudo un poco. Tendré que aprovecharme de esto de vivir con un chico, aunque no sea mi novio. Mi madre, la mujer, insiste en conocerle, y eso que le he explicado muy claro que es gay, pero tiene alguna idea tonta de que quizá Dani cambie de idea y se enamore de mí. Como ella dice, «uno se enamora de las personas», y aunque en eso no le falta razón, tengo claro que ése no va a ser el caso, y desde luego, espero que no lo sea, bastantes malentendidos he tenido ya al respecto. Cuando dejamos todo, Dani, avisándome que no me acostumbre, prepara un poco de pasta para comer algo rápido, y en cuanto terminamos, cojo la maleta y volvemos a la furgoneta para aprovechar el día de alquiler y ahorrarme el taxi al aeropuerto. Ya tendré tiempo de acomodarme y disfrutar del nuevo piso, ahora lo primero es lo primero.

Daniel para un momento la furgoneta en la salida de pasajeros de la T4, se despide rápido y vuelve a arrancar. Me quedo allí, con mi maleta, en medio de esa enorme terminal, muerta de miedo. Siempre había querido viajar y supongo que lo que me faltaba era ser capaz de hacerlo sola. Hago la cola de facturación sin dejar de mirar el reloj, quiero pasar el control de seguridad cuanto antes. Sé que llevaré algún líquido de más, que algo acabará por pitar, y cómo no, me tendrán que cachear, así que cuanto antes pase el trago, mejor que mejor. Al final, el agobio no es para tanto, y si no tenemos en cuenta el numerito de quitarse cinturón, zapatos y cualquier cosa de metal, no va tan mal. De hecho, para mi propio asombro, gracias a los colores del techo encuentro pronto mi puerta de embarque, en la que ni siquiera anuncian aún la hora, por lo que voy sobrada de tiempo. Busco una cafetería, pero decido que un café sólo acabaría por romperme los nervios, así que acabo pidiéndome una tila y sentándome a repasar una vez todos los apuntes que me he hecho en un cuaderno, con el alojamiento, el lugar del curso e información práctica de Dublín. Hay cosas que nunca cambian.

Como no consigo estar del todo concentrada, no puedo evitar fijarme en que hay un chico muy guapo sentado en la mesa de al lado. Parece extranjero, quizás italiano, aunque bien podría ser griego o portugués, al final somos todos muy mediterráneos. Para mi desgracia, me pilla mirándole, así que vuelvo a fijar la mirada nerviosa en mi guía, como si me estuviera leyendo un documento confidencial, pero no puedo evitar volver a echar un vistazo rápido y darme cuenta de que ahora es él quien no deja de mirarme. Aún peor, se levanta y se dirige hacia mí. Tierra, trágame.

—Hola, me he fijado en que estás sola, como yo —italiano, definitivamente el acento es italiano, aunque habla muy bien español—. ¿Te queda mucho para tu vuelo? El mío se ha retrasado y no sé cómo matar el tiempo, ¿te importa si te invito un café y nos hacemos compañía?

Me quedo estupefacta y tengo que reprimir el impulso de esconderme tras mi cuaderno y hacer como que no he visto ni oído nada. La verdad es que el chico es guapo, moreno, con ojos oscuros, pero claramente ardientes. Mi imaginación empieza a volar pensando cómo será sin ropa, y me sonrojo aún más de lo que estaba. Es absurdo, estoy en un aeropuerto y él es extranjero, ni siquiera sé si tendré la oportunidad de verle otro día, y de ser así, tendría que llevar una relación a distancia, porque las odio; aunque por otra parte habla muy bien español y si está en este aeropuerto lo mismo es que vive en Madrid. Paro mi cabeza loca en seco. ¿Qué estoy haciendo? Hago *reset* y me quedo sólo con una sola de las mil ideas que me han pasado por la mente:

—Claro, ¿por qué no?

Agradecimientos

A TODOS LOS AMORES a los que tuve que decir adiós con un «te quiero», por ser parte del placer y del dolor, del proceso de crecer en la vida. Al amor que se quedó, por ser no sólo amante, amigo y compañero, sino también mi maestro. A mis padres por ser capaces de abrir la mente y ser siempre un apoyo y nunca un obstáculo en mis sueños. A Álvaro y Aitana, porque sin saberlo fueron no sólo mi distracción en la escritura, sino también mi ilusión para seguir con ella. A mi *Dom*, por no dejar nunca que me rinda, ni siquiera desde la distancia. A Emma, por ser mi lectora y mi crítica desde que éramos niñas, y la primera en sumergirse en estas líneas. A mi hermana, mis cosladeñas, periodistas, domingueras y, en definitiva, a todas mis amigas y amigos, por compartir conmigo todas esas historias, que sin saberlo, me inspiran.

A todos y todas los lectores que hayan dedicado un rato de su vida a compartir este pedacito de la mía. Gracias.

Decirte adiós con un te quiero, de Silvia C. Carpallo
se terminó de imprimir y encuadernar en abril de 2016
en Programas Educativos, S. A. de C. V.
Calzada Chabacano 65 A,
Asturias DF-06850, México